NI

ZHONGJIU

SHI

AIWO

DE

你终究是爱我的

顾七兮 作品

远方出版社

图书在版编目（CIP）数据

你终究是爱我的 / 顾七兮著 .—呼和浩特：远方出版社，2018.11
（紫水晶情感小说系列）
ISBN 978-7-5555-1185-4

Ⅰ.①你… Ⅱ.①顾… Ⅲ.①长篇小说－中国－当代 Ⅳ.① I247.5

中国版本图书馆 CIP 数据核字（2018）第 234294 号

你终究是爱我的
NI ZHONGJIU SHI AIWO DE

作　　者	顾七兮
责任编辑	云高娃　敖尔格勒玛
责任校对	云高娃　敖尔格勒玛
出版发行	远方出版社
社　　址	呼和浩特市乌兰察布东路 666 号　邮编 010010
电　　话	（0471）2236470 总编室　2236460 发行部
经　　销	新华书店
印　　刷	三河市华东印刷有限公司
开　　本	155mm×225mm　1/16
字　　数	220 千
印　　张	19
版　　次	2018 年 11 月第 1 版
印　　次	2019 年 2 月第 1 次印刷
标准书号	ISBN 978-7-5555-1185-4
定　　价	38.00 元

如发现印装质量问题，请与出版社联系调换

目录

第一章　搞笑相亲会 / 001

第二章　十年后的重逢 / 019

第三章　那些肆意的青春 / 041

第四章　全民女神 / 065

第五章　分手 / 085

第六章　相亲遇到奇葩 / 103

第七章　暧昧不清 / 123

第八章　懵懂动情 / 145

第九章　婚事 / 159

第十章　假戏真爱 / 173

第十一章　爱火重新燃起 / 197

第十二章　女神回归 / 237

第十三章　不忘初心，方得始终 / 261

第一章 搞笑相亲会

安夏瑶，性别，女，二十七岁，单身，杂志情感栏目签约作家，笔名安夏。

按度娘的解析，二十五周岁至二十七周岁之间，为初级剩女，这些人还有勇气继续为寻找伴侣而奋斗，故称"剩斗士"（圣斗士）；二十八周岁至三十二周岁之间，为中级剩女，此时属于她们的机会已经不多，又因为事业而无暇寻觅，别号"必剩客"（必胜客）；三十二周岁至三十五周岁之间，为高级剩女，在残酷的职场斗争中存活下来，依然单身，被尊称为"剩者为王"；到了三十五周岁往上，那就是特级剩女，当尊之为"齐天大剩"（齐天大圣）。

安夏瑶目前处于圣斗士阶段，当然她压根不担心自己会嫁不出去，也不害怕自己会成为齐天大圣，不过安妈妈就急了，不时在家一哭二闹三上吊地逼她参加各种遭遇奇葩极多的相亲盛宴，力求在最短时间能把她嫁出去。

安妈妈的口头禅是："瑶瑶，其实，你不小了。"

安夏瑶只能神色无奈地回道她还小，慢慢来，不急。

"不急？你还小，慢慢来？"安妈妈不等安夏瑶把话说完，忙打断道，"你看看，你那些同学，哪个不是结婚生宝宝了？有的二胎都满地打酱油了。你看，隔壁老王家的女儿，比你还小三岁呢，可是人家大学刚毕业，不但婚结了，现在娃都怀了，老王天天在我面前嘚瑟，气死人了都。"

一般安妈妈用这些事实打击安夏瑶的时候，她会很乖巧地听完，笑笑就过去了，可今天不知道怎么回事，或许是天气燥热，火气上升了，安夏瑶听完安妈妈的话后，深吸了一口气，面色平稳地怼道："妈，你怎么不说表姨家的女儿，前年结婚，去年离婚了呀？还有马大叔家的儿子，刚结婚，媳妇怀上娃就跟人跑了,刘哥哥家还在为离婚争夺财产闹官司呢。"

"安夏瑶,你就非得气死我是不是?"安妈妈听到这些,瞬间就变脸,气急败坏道,"你好的就不学,非得学坏的是吧?"

安夏瑶看安妈妈真动怒了,不由得安抚道:"妈,我不是故意气你,我只不过说实话而已,感情这回事,缘分很重要的,你干着急是没用的。"

安妈妈沉着脸,正色道:"干着急是没用,所以得做点实事,多帮你安排一些青年才俊见见,我就不信了,广撒网还找不到你要捞的菜呀?"

安夏瑶知道,跟安妈妈有代沟,这话题永远扯不清楚,所以识相地保持了沉默。

"瑶瑶,你二十七岁了,我像你这么大的时候,你都已经七岁,去上小学了。"安妈妈深吸了一口气,"明明我把你生得不难看呀,脑袋瓜也挺聪明的,怎么就宅在家嫁不出去了呢?"安妈妈对着安夏瑶自言自语,接着分析道,"我看你是写书写多了,有点写坏脑子了,以后不要再写那些乱七八糟的东西了,你一个大龄剩女,写什么情感专栏呀,胡扯。"

安夏瑶无语地翻翻白眼,"妈,你让我相亲就相亲,不带歧视我工作。"

"好了,早听话不就没事了?"安妈妈也懒得跟安夏瑶较真,只要她乖乖去参加活动就行了,催促着,"都快一点半了,你去收拾下自己,可别错过了时间。"

这八分钟约会,是某情缘网举办的相亲活动,现场是男女比例一样,相互交谈八分钟,看对眼的,有意进一步发展的,可以私下交换爱情明信片,把吉祥爱情号给对方,然后由红娘负责后期牵线联系。

安夏瑶收拾妥当出门时,安妈妈一脸笑意地给她一张007的红色卡号,神秘兮兮地说:"瑶瑶,我可是特意帮你抽了你的幸运号,希望你今天能够好运。"

安夏瑶无奈地看着安妈妈,僵硬地露出一个比哭还难看的笑,"妈,我尽量不让你失望。"尽量,只是尽量,要真的失望了,那也是没办法的事。

安妈妈倒是一脸坚定地看着安夏瑶,"我不管你用抢的、用偷的、用骗的,哪怕是绑架的也好,总之你年前一定要想办法把自己给嫁出去,不然我就不认你这个女儿,你过年,也甭回家来了。"

"妈,你不是吧?"安夏瑶的俏脸顿时拉长,比苦瓜还苦,哪有这样强制要女儿嫁人的?

"我是认真的。"安妈妈没好气地一把把门给摔上了,其实不能怪她这个做妈的心狠,安夏瑶二十七岁,在大城市里确实不算大龄,可是这俗话不是说得好,干得好,不如嫁得好,趁现在还是美好的年纪,能挑挑拣拣,等安夏瑶真把自己挑剩了,可就难咯。

安妈妈说这叫防患于未然。

安夏瑶在两点五十八分的时候,到达了咖啡馆,里面被包场了,拉着大大的横幅,写着"相亲恒久远,婚姻永流传"的标题语,而进门的布景海报上,布满了密密麻麻的签名,看来来参加这个活动的人确实不少。

前台一位长相秀丽的女孩把笔递给安夏瑶,热情地说:"先在这里签个名吧,进入大厅,会有主持人安排座位。"

安夏瑶接过笔，在女孩的注视下，只能硬着头皮签名，习惯性地签了安夏，随即又别扭地把瑶字给加了上去，把笔还给女孩，说了声"谢谢"，这才踩着高跟鞋步入会场。

安夏瑶看了下全场，确实跟安妈妈说的那样，男女比例一样，不过，女的多数长相不错，穿着时尚、靓丽，而男的嘛，似乎有点参差不齐，高矮胖瘦相当明显。

社会上，剩女现象为什么会这样严重？其实剩女并不是别人挑剩的，相反剩女是自己把自己挑剩的。

安夏瑶曾经关注过不少剩女、剩男话题，度娘解析是剩男与剩女形成一种鲜明的社会现象。有人这样说：男人和女人都是好面子的动物。在择偶时，男人喜欢找个比自己弱的女人，女人也不喜欢比她弱的男人，假如我们将人分成ABCD四个层面的人，A男选择B女，B男选择C女，C男选择D女，那么剩下D男和A女，便成了当今的剩男、剩女。

这些剩男、剩女多半是这个社会上相当极端的两种人。而这两种极端的人形成的原因也都是各种各样的。

主持人抓着话筒，开始致辞："欢迎各位在百忙之中来参加我们八分钟约会活动。"话刚说完，自己先带头鼓了下掌，调动气氛，接着响起了稀稀拉拉的掌声。

主持人忙摆摆手，继续说："因为时间宝贵，在这里我不耽误大家的时间，长话短说，今天来的所有人中，安小姐是最后一位，一共来了二十六个人，其中十四位女士，十二位男士，非常欢迎你们。"

安夏瑶搬了一把椅子，坐在角落里，听着主持人宣布了下规则："我们是安排一对一交流，八分钟的对话时间。今天，女士们可以单独认识十二位男士，男士们可以跟十四位女士交流,如果有相互中意的,可以当场交换爱情吉号,如果有私底下暗暗中意的,也能跟我们红娘说吉号,我们会负责帮忙后期联系。祝大家度过这段愉快时光,更期待大家能找到属于自己的那颗菜,有缘遇到你的那个她(他)。现在开始第一轮交流。"

安夏瑶面前坐下一个大概三十来岁的男士,他扬扬手里的爱情吉号,笑着打了下招呼:"你好,007小姐。我是013。"

安夏瑶目测,此男身高不够一米七,体重在一百六十斤左右,可能还会更"稳重"点。她不是歧视胖子,只是不喜欢他那看着像怀孕了似的啤酒肚,不过既然人家微笑着打招呼了,安夏瑶也不能以貌取人,所以她也扯着嘴角回了个微笑,"你好。"

"007小姐,你是做什么的?"013自认为潇洒地甩了下头发,笑嘻嘻地问安夏瑶。

安夏瑶看着他那参差不齐的龅牙,淡淡地瞥了眼,盯着眼前的桌面回答:"我没有工作,宅在家。"

"宅在家好,我就是想娶个像你这样漂亮又愿意待在家不工作的女人,怎么样,我们交换下爱情吉号吧?"013一听,整个人乐得眯起了小眼睛,沾沾自喜地说,"你放心好了,我以后会养你的。"说着甩了甩手上金灿灿的劳力士手表,"我这人吧,没什么文化,但就是钱多,你以后要什么,我就能给你买什么,只要你跟我结婚,生个儿子就成。"

安夏瑶浑身鸡皮疙瘩一阵乱抖,尴尬地看着013,"抱歉,013先生,你不是我喜欢的类型。"

"切,看不上我呀?"013那小眼睛里闪过一丝轻蔑,"我还看不上你咧,看看你这副要胸没胸、要屁股没屁股的瘦弱模样,就知道不能生儿子,再见。"说完,气呼呼地转身就走。

安夏瑶暗自吐吐舌头，目送着他去了一个相对丰满的女士那里，心里暗叹，极品啊。这还没叹息完，眼前又坐了一个男士下来，自我介绍道："我叫王杰，请问你叫什么？"

"你好，我叫安夏瑶。"安夏瑶礼貌回话，眼前这个身高大概一米七八的样子，长得还算白净，希望不要太雷人就好。

"安小姐是做什么的呢？"王杰温和地看着她问。

"自由职业。"安夏瑶一般不把她是专栏作家的事跟随便相亲的陌生人说。

"自由职业，那就是没工作咯？"王杰若有所思的眸光瞟向安夏瑶。

安夏瑶从他的眸光里捕捉到一丝轻蔑，还没消化掉，王杰倒是直爽地继续开口："安小姐这么漂亮，又没有工作，来参加这样的约会，是不是想嫁个有钱人呀？"

安夏瑶没有来得及接话，王杰忙淡然地说："可惜我是个穷人，我没车没房，你一定不会喜欢我的，看不上我的，对吧？"

这下轮到安夏瑶傻眼了，自由职业就一定是没工作吗？长得漂亮跟嫁个有钱人有什么关联？还有最后那句话，叫安夏瑶怎么回答？回答说，我喜欢你，不在乎你没车没房，好，交换爱情吉号，那也忒委屈安夏瑶了；回答说，对不起，你不是我喜欢的类型，就坐实了王杰所猜测的，安夏瑶喜欢有钱人，看不上穷人。这家伙真是不会聊天，瞬间把话题聊死，安夏瑶只能咬着唇，沉默。

"安小姐，很难回答吗？"王杰勾着嘴角，轻蔑地笑，似乎料准安夏瑶就是一个懒惰、爱慕虚荣的女人，"难道我说出了真相？"

"对不起，王先生，我并没有任何瞧不起你的意思，只是确实如你所说的，我没工作，需要找个长期饭票，我看你不适合我。"安夏瑶歉意地说完，王杰连起码的绅士礼貌都没有，转身就带着鄙夷换下一个美女了。

"007美女，你好，我是026，我叫刘飞，是玩IT的。"对面坐下一位高瘦的帅哥，爽朗地自我介绍。

安夏瑶已经被之前两个打击到，这会儿看到刘飞，只是随意点点头，公式化微笑了下，报出名字："安夏瑶。"

"你的名字很好听哦。"刘飞谄媚地看着安夏瑶，补了句，"安小姐，你长得也很漂亮哦。"

千穿，万穿，唯有马屁不穿，恭维的话，人人都爱听的，安夏瑶的笑容也真实了几分，"谢谢。"虽然她也很想虚伪地夸一句"你也很帅"，可是事实并非如此，安夏瑶实在没有办法睁着眼睛说瞎话。

"安小姐，你是做什么工作的呢？"刘飞问。

鉴于前两次自我介绍，职业这一栏的失败，安夏瑶咬咬牙，硬着头皮道："我是给杂志写东西的自由撰稿人。"

"哇，那么厉害。"刘飞双眼布满了崇拜，"我最喜欢有文艺气息的女孩子了。"

安夏瑶则是回了礼貌的微笑。

"安小姐，冒昧问下，你多大了？"

"二十七。"安夏瑶诚实回答。

刘飞眉头微微拧了起来，小声嘟囔道："你二十七了啊？怎么一点都看不出来。"

毕竟这样明着嫌弃她年纪大，安夏瑶听得有些尴尬，只能假装没听到。

刘飞犹豫半晌，终于再次抬头，鼓足勇气问："安小姐，你介意姐弟恋吗？"

安夏瑶看着刘飞问："你多大？"

"我今年二十，"说完，又急急地补充道，"我其实不介意女朋友比我大，比我大正好能照顾我。"

安夏瑶怔怔地看着刘飞，讪讪道："你二十，还真没看出来。"

刘飞忙甩了下头，自豪地说："我长得比较老成，不过我没骗你，我真的二十，我身份证上是1997年哦。"说着还真从口袋里翻出身份证，递给安夏瑶。

安夏瑶只是随意地瞄了一眼，惊诧道："你二十怎么就出来上班了，还相亲约会？"照理说，应该是大一、大二的样子吧。

"我高中毕业之后，就进了IT网络，专门在家玩游戏的。"刘飞沾沾自喜地说，"我很厉害的哦。"

安夏瑶只觉得头顶上全是黑线，原来他所谓的玩IT是这个呀。

"安小姐，我很中意你，我们交往吧。"在八分钟倒计时铃声响起的那一秒，刘飞坚定地开口道。

安夏瑶则是抱歉地拒绝了："对不起，我不喜欢姐弟恋。"目送走了刘飞，她对面的位子上又坐了一位男士，安夏瑶稳稳心神，深吸了一口气，折腾了三位男士，有些口渴了，不由得拿起桌子上的咖啡杯。

对面男士就发话了，"007小姐，你喜欢喝咖啡？"

安夏瑶习惯地点点头，"嗯。"

"现在很多人都喜欢喝咖啡，但是女士喝咖啡，有很多坏处的，比如易引起骨质疏松症，易引起糖尿病，易患不孕症，还有增加心梗的危险。"对面的男士说到这，换了一口气，接着说道，"此外不论男女，饮咖啡均可增加患心脏病、高血压的危险，还会导致成瘾现象。由此可见，为了优生优育与防病保健，妇女不宜长期、过量饮用咖啡。007小姐，你以后还是少喝点咖啡。"

安夏瑶抓着咖啡的手犹豫了下，最终还是把咖啡放下了，沉默地看着对面自我介绍着的男士，"你好，007小姐，我是王博，我是一个营养专家。007小姐，你可别嫌我啰唆，现代人对待营养健康这一块的认知，实在是太少了……"王博开始滔滔不绝地说了一堆的大道理，直到八分钟铃声响了，才依依不舍地离开，"007小姐，下次有机会，我还会继续跟你讲的哦。"

安夏瑶一头雾水，这人到底是来相亲的，还是准备开他的养生课程？难道对每个女士都讲上这么一段？

安夏瑶揉揉额头，还没喘过气来，对面又坐了一位男士，年纪相对比较大，看着应该有五十的样子了。

安夏瑶并不介意找个比自己年纪大的男士做男朋友，但是前提也不能大过安爸爸呀，要把这大叔给带回家，估计安爸爸得叫他哥。这不家里的辈分都乱了嘛？

安夏瑶尴尬地赔着笑，"你好。"心里默哀道：大叔，你想啃嫩草，别挑我下手啊，我不适合你，怕磕了你牙。

大叔坐了下来，认真地把安夏瑶从头到脚地打量了一遍，"007小姐，我叫成大富，虽然看着成熟了点，但是实际年龄不大的，我今年才五十五岁。"

安夏瑶心里大叫，妈呀，说你五十还真是看轻你了，原来五十五了，比安爸爸还大六岁呢。不过，看着气质像有钱人，保养上应该是下了不少功夫的。

"007小姐,怎么称呼你?"成大富目光灼灼地看着安夏瑶。"安夏瑶。"安夏瑶硬着头皮回答。

"我想找个小女朋友,寻找一点青春的激情。我觉得,你挺好的,看着很乖巧,不知道,你中意我吗?"成大富心直口快地说,语气中还带着遮掩不住的台湾腔。

安夏瑶尴尬地扯扯僵硬的嘴角,讪讪地道:"你好,我是想要找男朋友,以结婚为目的地谈恋爱的……"安夏瑶言语里想委婉地拒绝这大叔,他们不适合结婚,也不适合谈恋爱。

谁知道成大富一脸欢喜地道:"安小姐,我们可是想到一起去了,我也是想以结婚为目的谈恋爱的。我觉得,我们倒是可以交换下爱情吉号试试看。"

安夏瑶想挖个地洞钻进去,暗自隐忍着抓狂,委婉地道:"成先生,我不太喜欢年纪大的。"

"不喜欢没关系,感情可以慢慢培养的,以后你就喜欢了。"成大富信心满满地道,"安小姐,我可跟你说哦,成熟男人是很有魅力的。"

安夏瑶心里道:可是像你这样熟透了的男人,有毛线的魅力啊?不过碍于修养,只能讪讪地开口道:"我还是比较喜欢青涩一点的,像你这样熟透了,太有魅力的男士,我怕驾驭不住,所以对不起,我们不适合!"

成大富一脸惋惜地看着安夏瑶,"安小姐,你真的不考虑我?像我这年纪,事业有成,又会体贴,宠女人,还能跟你结婚,说难听点,等我死了,还有大笔遗产继承,难道你都不心动?"

安夏瑶艰难地笑了笑,"成先生,你这么好,一定会遇到一个心动的女人,但是那个女人,肯定不是我。"安夏瑶虽然不是大富大贵的女人，但是好歹也是不差钱的女人，不求奢侈品样样限量版，有个几件撑撑门面就行，她不是有钱就能被买的女人。

成大富一脸惋惜地走开，寻找下一个年轻美女培养感情去了。

安夏瑶接下来又看了几个，她也不一一做详细描述了，怕自己说话太刻薄，落下一个尖酸的形象，但是具体可归为极品就是。

安夏瑶抬手看看手表，时间也差不多了，而且十二位，看过十一个了，最后一个可看可不看，准备闪人。

在安夏瑶面前又坐下一个年轻小伙子，高高瘦瘦，长得白白净净，斯斯文文，还戴着眼镜，安夏瑶刚才粗粗看了全场，他是在场十二位男士当中长得最好看的一个，是不是极品，她不知道，强打着精神，挤了一抹公式化的微笑给他，"你好，安夏瑶。"也不差最后一个了。

"你好，我叫叶轩，其实我并不想来相亲的。"叶轩开门见山地对安夏瑶道，"是我爸妈逼我来的。"

安夏瑶尴尬地笑笑，"呵，是吗？"同病相怜，她也是被安妈妈给逼来的。

"不过，来了之后，感觉还挺好玩的，不知道你有没有兴趣试婚？"叶轩挑了下飞扬的剑眉，看着安夏瑶问。

"试婚？怎么个试法？"安夏瑶随意地问，纯属消磨最后几分钟的时光。

"就是先上床，试试我们和谐不，好的话，我们可以谈恋爱，结婚。"叶轩一本正经地说，"如果那方面不和谐的话，我们就各走各的，重新寻找属于自己的那个。"

安夏瑶其实挺佩服他能够淡定地说出这样的话，要是安夏瑶，她肯定是没脸说出口，她忍了十一位的火气，终于忍不住在这时爆发了，"我觉得，你更适合去酒吧猎艳，那儿多得是一夜情给你试。"说完这句，又优雅地补充了一句，"不过你得做好措施，小心你那工具使用过度，使用不当，提早坏了，那就不好了。"安夏瑶说完，毫不犹豫地拎着包包，气呼呼地踩着高跟鞋，丢下被她说得面色不自然的叶轩。

都什么破人，都什么破事，简直就是一群大变态，极品大杂烩。

安夏瑶走出相亲会场，直接给死党七七打电话，"破人，你在干吗呢？快点起来了，我们去锦瑟喝一杯。"

七七打着哈欠，含糊不清道："嗯？瑶瑶，这才几点啊，你就要去酒吧喝一杯？今天什么日子？受什么刺激了？"

"嗯。刺激大着呢，我现在急需发泄。"安夏瑶不停地拍着胸脯，给自己上涌的火气降压。

"是不是相亲去了？"电话那头的七七毫不掩饰地爆笑出来，"又看到什么极品了吧？"每次安夏瑶相亲，总会拖着她出来喝酒解闷，把相亲对象全部批判一番，感慨自己遇人不淑。

安夏瑶的相亲史真的很精彩，精彩到七七甚至拿她做版本，写了一部精彩的小说。

安夏瑶没好气地道："是啊，不只看到一个极品，是一堆啊，我快要疯掉了。"

"一堆？你不是吧？"七七八卦地问，"跟我唠唠。"

"八分钟相亲会。"安夏瑶知道，她不坦白的话，一会儿一定会被七七问得全部爆料为止，那还不如先坦白呢。

"哈哈哈，瑶瑶，你今天是被骗去的，还是拐去的，还是被蒙去的？"七七打趣地问。

"被我老妈威逼利诱恐吓去的。"安夏瑶心里别提多郁闷了，"破人，你到底出不出来？"

"出来，绝对出来啊，我半个小时后到，锦瑟集合哈。"七七不再磨叽，挂了电话就快速地收拾自己。

七七跟安夏瑶一样，都是资深级的宅女，安夏瑶是杂志专栏作家，而七七是华语中文网签约的作者，靠码字写书生活。自从在写手群勾搭同城相约见面，成了无话不谈的好姐妹，2008年至今，也有九个年头了。

安夏瑶先到锦瑟，这个时间点酒吧的人不是很多，没一会儿穿着性感花色抹胸长裙的七七摇曳着飘然而至，那凹凸有致的身材，被花裙包裹得紧紧的，飘逸的花色雪纺给她增加了几分俏丽清新。

安夏瑶瞄了瞄七七，扯了扯嘴角，"没事装什么嫩啊。"这一打扮，明明二十六的人，看着至多像二十一—二的样子。

你说，这么粉嫩、漂亮，又有才华、又有财的美女加才女，怎么会单着呢？安夏瑶真的想不明白，更想不明白为什么安妈妈跟七七的妈妈一样，那么愁她跟七七会嫁不出去？天天不是催着交男朋友就是给安排相亲，如果搁古代，恐怕早就被包办婚姻了。

"喂，我本来就很嫩好不好？"七七不满地哇哇大叫起来，"我说瑶瑶，你今天受刺激了，也别把火往我身上撒呀。来吧，跟我说说，今天你又遭遇了哪些个极品？"

"哎，一言难尽。"安夏瑶长长地叹了口气。

"我说,你是不是眼光太高了?"七七伸手戳了戳安夏瑶,"这世界四条腿的蛤蟆不好找,这两条腿的男人不难找吧?正常点的,不满大街都是嘛。"

"得,你少在这跟我说风凉话,你别忘记,你穿再嫩,你装再嫩,你户口本上也是二十六的人了,正常男人那么好找,你没要求,你怎么不给我找一个出来,告别单身?"安夏瑶用事实说话。

七七呵呵地干笑了两声,"我眼神太犀利嘛,没办法,看不到适合的。"只讲究,坚决不将就。

"好了,喝酒,喝酒,今天不醉不归。"安夏瑶端着酒杯,跟七七碰了碰,接着一饮而尽,苦涩的味道顺着喉咙缓慢地滑下,带着一股燥热,径直涌向肺腑……

"为了我们早一点告别单身,来,再干一个……"七七打着酒嗝,拍了拍喉咙,再一次一饮而尽。

安夏瑶跟着喝干,脑袋带着一点昏沉,眼神开始迷离起来,眼前的桌上已经堆了不少的酒瓶,而之前灌的酒,也开始上头了。

安夏瑶跟七七相互对视了两眼,不约而同地点点头,"差不多了,撤吧。"喝酒喝到八分醉,既能让脑袋昏沉,忘记烦恼,也能保持一定的理智安全回家,倒头就睡。

安夏瑶跟七七相互搀扶着走出酒吧,安夏瑶戳戳七七,"今晚,住你家还是住我家?"安夏瑶跟七七都跟家人分开住,各自有一个不大的单身公寓,平时相约一起喝酒泡吧,喝完了,不是住七七家就是住安夏瑶家,两人借着酒劲儿一起促膝长谈,好的、坏的,什么都能说。

"你说,每次要么你跟我回家,要么我跟你回家,是不是有点无聊？"七七嘟囔着，打了个酒嗝，含糊不清地道，"别人去酒吧都能猎艳，一夜情什么的，为什么，我们就不行？"

安夏瑶没有回答，她松开七七的手，带着点酒劲儿问道："七七，我长得好看不？"

七七顺着安夏瑶的话坚定地点了点头，回道："好看，瑶瑶最好看了。"

"我为什么会长得这么好看呢？"安夏瑶看着七七问，"我这么好看，为什么没有男人呢？还要去相亲，还要去相那些乱七八糟的男人。"安夏瑶抓狂，是因为今天相亲遇到的那十二位让她大受打击。

七七带着点醉意，摇摇开始昏沉的脑袋道："那是因为，你自己不想去找男人。"说完，又特认真地补充了句，"每一个不想去爱的女人，其实，心里都有一个不可能去爱的男人……瑶瑶，你可能心里还住着某人吧。"

"屁，我心里才没人呢。"安夏瑶矢口否认，摇摇晃晃地走了几步，强调地解释了句，"七七，我心里真的没有人，我的心是空的。"

七七对着安夏瑶嘿嘿地笑了起来，"既然是空的，那就找个人去填上啊。"

"我也想啊，可是今天看了十二个人，看得我的心拔凉拔凉的……"安夏瑶长长地叹了口气，借着酒劲儿，把心里的酸涩一股脑地吐了出来，"七七，我又没要求找个什么什么样子的人，我只是想找个正常一点的人啊，只要正常就行啊。"

"可以，走，姐姐跟你一起去找。"七七勾着安夏瑶，两个人歪歪扭扭地再一次进了酒吧。

八分醉后，再喝一点，就十分醉了。

七七拖着走路都不稳的安夏瑶走出酒吧,迎着夏夜的凉风,深深地吸了口气,戳了戳安夏瑶道:"瑶瑶,你现在醉了没?有没有勇气去寻找一夜情?"

安夏瑶松开七七,扭着歪歪斜斜的八字步,醉眼蒙眬,但是信心满满地回道:"有。"

"好,那一会儿,我帮你拦。有年轻帅哥就上,没有,我们就打道回府。"七七还残留了一点点的理智,不过脑袋是发热状态的。

都乖巧了这么多年,偶尔疯狂一把,就当作体验生活,给自己下本小说寻找点素材吧。

第二章 十年后的重逢

叶致远大步走出酒店大门，俊朗的五官跟修长的身姿在人群中异样扎眼，他的表情带了一点生人勿近的淡漠，俊美得犹如雕刻一般的五官却真的跟雕塑一样，面无表情。

深深地叹了一口气，他拿着车钥匙快速地在停车场搜索到跟他人一样扎眼的悍马，轻快地走了过去，开门上车，叶致远插着钥匙，并没有启动直接开车，而是随手开了车窗，又悠然地点了一支烟。烟火在夏夜繁星点缀下忽闪忽闪的，升腾着的烟圈映照着他俊朗的五官，有些模糊不清。

"七七，你把我带哪儿了？我走不动了。"安夏瑶眯着眼嘟囔，抗议地开口道。她的脑袋很昏沉，说话都大舌头，最想做的事是找个地直接躺下睡。

"帮你找男人啊。"七七无比认真地看着安夏瑶，"你刚才不是说了嘛，要来个激情邂逅？"

在本城最豪华的酒店门口，找一辆豪华的车，再拖一个年轻的男人直接开房，奸情不就很容易地发生了。

叶致远听着由远及近的两个女声，俊眉不由得微微拧了起来，神色带着鄙夷，现在喝醉了的女人还真是疯狂，能这样理直气壮地吼着找男人激情邂逅。

"是哦，七七，你要找好一点的车哦……"安夏瑶打着酒嗝，"跟有钱人一夜情，比较容易甩掉。"

叶致远听着这似曾熟悉的嗓音，心里微微升起涟漪，本摇上了车窗，准备踩着油门走的脚，瞬时顿了顿。

"瑶瑶，你喜欢悍马不？"七七看着前方悍马的车灯闪了闪，知道车内有人，准备要开走了，不由得扭过头问安夏瑶，不等她回答，忙拽着她快步走向悍马的车尾，毫不犹豫地一把把她推在车尾上。

砰的一声，发出一声沉闷的撞击声。

安夏瑶闷声哼了哼，"七七，你是不是拉着我撞车去了？好疼啊。"

七七嘿嘿地笑，那纯真的表情就好像是做了什么坏事的小孩一样，比画了一个手势，"嘘。"

"马上有帅哥来带你走哦。"

"这破车撞得我好疼啊。"安夏瑶挣扎着起来，没好气地伸脚踹了下悍马的车尾，"哎哟，真硬啊。"

叶致远听到车尾被撞的声音，本来不想多事的他又听到被踹声，不由得开了车门走下车，他倒是很好奇，到底是何方醉鬼竟然这样彪悍。

夏夜的凉风徐徐地吹在他的俊颜上，叶致远优雅地走了过来，带着一股倨傲的压迫感。

七七丢下依靠着车尾瞌睡的安夏瑶，凑上前，认真地上上下下地把他打量了一遍，长得很好看，像她喜欢的偶像吴尊类型，白白嫩嫩的，身高也差不多一米八左右，这样长得好看，又开悍马的帅哥，做一夜情的邂逅对象，应该不委屈安夏瑶了，是吧？

七七对着叶致远扯了扯嘴角，咧了一个最大最灿烂的笑容，招招手，打招呼道："嗨，帅哥，你好。"

叶致远的俊眉拧得更紧了，上上下下打量了一遍七七，看她身上倒是没什么风尘味，可是，不是那样的女人，怎么会半夜喝成这样，还搭讪男人，对，而且还是目标明确地要找个有钱男人一夜情。

七七看着叶致远冷着一张俊脸，不由得有些讪讪，酒也清醒了不少，知道自己刚才的所作所为，在正常人眼里，已经是疯子级别了，再把安夏瑶送上门的话，这帅哥不但不会笑纳，而且有可能把她们两个当作疯子处理，万一来个报警什么的，让安夏瑶跟七七去警察局做客喝茶，那就玩大了。

七七想到这，不由得一个机灵，忙讨好地对叶致远道歉："对不起啊，我跟朋友有点喝多了。"

叶致远的俊眉依旧拧得紧紧，语气淡漠，"喝多了，就早点回去，发什么酒疯呢！"还好他没开车，要是刚才他倒车的话，那可就真的撞车了。

"是啊，我这就带她回去。"七七在叶致远的冷眼压迫下，有些举措不安，心里还纳闷，人家言情小说里不都是这样写的嘛，女主要失身，随便找个豪车撞上去，就一定会撞到男主，带回家，激情邂逅，然后摩擦出爱情火花，可是，为什么偏偏到了他们这，这帅哥不来电就算了，还一脸鄙夷地把她们两如花似玉的妞当作神经病一样看待，实在是太伤自尊了。

"七七，到家没？我好困！"安夏瑶的眼睛已经眯着，扭着八字，歪歪斜斜，左右摇摆地挪了过来，脚步一个跟跄，毫无形象狼狈地摔倒在地，接着趴在地上不再动弹，敢情她想以地为席，以天为被啊？可是为什么要滚在叶致远的车边呢。

叶致远的眉头已经拧成了一个川字，薄薄、性感的嘴唇紧紧抿着，对于这种半夜在外面游荡，还喝得醉醺醺的女人，他非常反感，尤其还听到她们的对话，要激情邂逅，更是鄙夷得不得了，嗖嗖的冷眼朝着七七射过去，"还不把你朋友给带走，她挡着我的路了。"语气遮掩不住鄙夷，凸显他现在非常不爽！

七七被他这样轻视的眼神看得心里不舒服，没好气地道："挡着你的路？这条路写着你的名字吗？"七七说完，不干示弱地瞪着叶致远，"我今晚还就让她睡这大马路上了，你嫌碍事，自己处理呀。"

好吧，七七承认，她这一点非常不讲理且无赖了，可是这男人凭什么这样鄙夷她们呀？不就是长得好看了点嘛，至于那么拽？再说了，天大，地大，醉鬼最大，既然知道她们俩喝多了，就不该较真，躲着点、闪着点呗。

叶致远被七七的话给呛到了，他大步朝着安夏瑶走了过去，心想：好啊，他自己处理，就把这妞给拎起来，然后扔旁边垃圾箱里去，给她点教训，看她以后还敢喝多不，还敢随便在大马路上拦车激情邂逅不。

七七望着叶致远走到安夏瑶那边去，张了张嘴，想开口说点什么，但最后还是选择静观其变，反正人来人往的大街上，她也不怕叶致远对安夏瑶做什么过分的事。

叶致远刚走到安夏瑶的身边伸出手，还没来得及拽，安夏瑶已经眼疾手快地一把拽住他的胳膊，使劲儿一拉，使叶致远防备不及地摔倒在地，还来不及做出什么反应，安夏瑶已经翻身压上他，像个无尾熊一样缠住他，咯咯咯笑了几声，闭着眼睛道："七七，你个笨蛋，帮我找的男人在哪里？"

叶致远的俊脸就这样黑了，敢情这女人把他当成她那伶牙俐齿的小姐妹了？还闹上了？

"醉鬼，起来。"叶致远沉声对安夏瑶道，努力克制住要把她一脚踹飞的冲动。

安夏瑶散乱的黑发把她的俏脸遮了大半，尤其在这样的星空下，更是模糊不清，隐约听着似乎有男人的声音，不由得眯着眼睛，犹如小狗似的吸着鼻子，嗅了嗅，"男人？"接着在叶致远的身上端坐好，一把拽着叶致远的领带，将他拽了起来，"你叫什么名字？"说着，微微张开了醉眼蒙眬的黑眸。

叶致远快要忍不住抓狂地暴走了，他狠狠得被安夏瑶拽着领带把上半身支起，喷着怒火的黑眸，灼灼地瞪着眼前的女人，真的很想把这个女人扔进垃圾桶里去，不过在这之前，他钳住她的手腕，专注而认真地掰开她死死揪住自己领带的一根根手指头。该死的，这个女人实在是太放肆了。

安夏瑶醉眼蒙眬地对视上叶致远那张俊脸，整个大脑空白一片，接着手无意识松开领带，猛地把叶致远推倒在地，对着七七哭喊道："七七，我做噩梦了，见鬼了。"

叶致远防备不及地被安夏瑶粗暴地推倒在地，后脑勺咚地撞了下，只觉得有点头昏眼花，而坐在她身上施暴的女人却犹如见鬼似的快速地爬了起来，接着狼狈地朝七七哭喊着跑过去，但是因为脚底虚软无力，所以没两步又跌倒在地上，趴着大哭，"七七，我见鬼了，我看到叶致远了。"

叶致远简直就要疯了，他额头的青筋凸起，该死的女人，竟然说他是鬼，该死的，他长得有那么抱歉吗？

叶致远还没消化自己是鬼的讯息，听到那醉鬼女人又在喊"我看到叶致远了"，不由得愣了下，随即快速地起身，看了一眼走向安夏瑶的七七，快步地奔了过去，在她蹲下身子的前一秒，先一步蹲下身子，用力地搀扶起地上那只哭闹的醉鬼，然后毫不犹豫地伸手拂开她散乱的长发，一张陌生而又熟悉的俏脸就这样生生地摆在了眼前。

叶致远惊愕，不禁眯起眼睛打量这个醉鬼，而安夏瑶也眨巴着惺忪的黑眸看着他。

四目相接，电光火花闪烁。

安夏瑶的黑眸溜溜地盯着叶致远的俊脸看了半响，对着他嘿嘿干笑了两声,"你跟叶致远长得好像。"接着,双目一闭,昏睡过去。

叶致远满脸的黑线,看来这个女人还真醉得不清,安夏瑶,很好,终于让我逮着你了。

七七不明状况地站在一边,讪讪地看着叶致远,伸出手就要去搀扶安夏瑶,"那什么,我要带我朋友回去了。"

叶致远无视七七,一把揽腰抱起安夏瑶,眸光淡然地对着七七努了下嘴,命令道:"上车。"

七七傻眼,情况转变太快,她可不想把安夏瑶卖了,还把自己也倒贴了。

叶致远开了车门,把安夏瑶放了上去,然后耐着性子,回身看了一眼彻底被惊在原地的七七,"你到底走不走?不走,我们走了。"叶致远从来都不是多管闲事的男人,但她既然是安夏瑶的朋友,看样子也喝了不少,不由得爱屋及乌地关心了起来,至少得安全送她回去吧。

七七眼瞅着安夏瑶真要被叶致远带走,不由得急了,跟了上去,一把卡在车门那,"喂,你是谁啊?你想干吗?"七七话说着,手就开始去拉安夏瑶,"瑶瑶,醒醒。"她跟安夏瑶也就嘴皮子逞下强,什么激情邂逅,什么一夜情,那些是小说里的故事,在现实生活中可不能胡来。

"你们不是要找激情邂逅吗?"叶致远轻轻地勾着性感的薄唇,淡淡地嘲讽道,"我不就是你们要猎艳的对象吗?"

"你少自恋了。"七七没好气地赏了一个白眼给叶致远,接着一把拽住安夏瑶,"瑶瑶,快点醒醒,我们遇到坏人了。"七七说完,戒备地抓着手机,瞪着叶致远,"我警告你,你别胡来,我报警了哦。"

叶致远悠然地坐上驾驶位，看着卡在副驾门边浑身防备的七七，玩味地笑了笑，"我总算是见识到了，什么叫作女人翻脸比翻书还快！"刚才还口口声声要找激情邂逅一夜情的女人，这会儿张牙舞爪地装起圣女来了，搞得叶致远好像是坏人一样。那他就假装坏人，吓吓这丫头，免得下次喝多了，又要激情邂逅，真遇到坏人，那就完蛋了。

"关你屁事啊。"七七气呼呼地瞪了眼叶致远，接着摇晃安夏瑶，"瑶瑶，瑶瑶，你快点醒啊。"火气上升了，忍不住开始着急，动作也越发粗鲁起来。

安夏瑶被七七摇晃得厉害，不由得捂着嘴巴，含糊不清地道："我要吐了……"

七七一听，立马把安夏瑶往叶致远的方向一推，忙转身，跳远了几步，接着听到她的呕吐声，吐得叶致远满身都是，"安夏瑶。"叶致远咬牙切齿地河东狮吼道。

七七捂着被震的耳朵，看着呕吐物，知道闯祸了。七七看到依靠着柔软座椅蹭了蹭，舒服地找了个位置继续睡的安夏瑶，不由得带着点同情看向叶致远。

叶致远的俊脸青了又白，白了又红，红了又青，瞬间转变了好多种颜色，看得七七那个暗暗叫惊奇，七七随意地问："你认识安夏瑶啊，你是谁？"

叶致远再三地深呼吸，然后握拳，克制着自己要把安夏瑶扔下车的冲动，咬牙切齿地从牙缝里挤出来："我就是叶致远，你到底要不要上车？"

"哦。"聪明的七七其实已经估算出了七七八八，所以听到叶致远这样一说，忙毫不犹豫地跳上车，"你家地址，我先送你。"叶致远简洁地问。安夏瑶睡得死死的。叶致远俊脸毫无表情，车内低气压，七月的夏天，却生生地让人感觉到冷意，七七也不敢贸然开玩笑，正经地报上了自家地址。七七心里暗暗想着，安夏瑶跟叶致远是不是能成为她下一本小说里的主角呢？

没一会儿，叶致远停车，然后看着七七问："安夏瑶的地址？"

七七稍微犹豫了下，随即报了安夏瑶的地址，然后下车，拉上车门，对着疾驰而去的悍马挥了挥手，心里对安夏瑶道："瑶瑶啊，不是我想出卖你的，叶致远的气场太强了，我这小心肝完全承受不住呀。再说了，你今晚要激情邂逅，跟初恋情人邂逅，应该算是很激情了吧？"

没一会儿，叶致远就抱着瘫软如泥的安夏瑶到了家门口，扶着她挨着自家大门站着，然后抽手从她的包里翻出钥匙开门，抱着安夏瑶进屋，带上了门。

将安夏瑶安顿在床上后，叶致远才拧着俊眉，望着自己，雪白的衬衫被安夏瑶吐得满是污渍，叶致远即使没有洁癖，但是这会儿也觉得浑身不舒服，他毫不犹豫地找到安夏瑶的浴室，脱了衣服，里里外外彻底地清洗了一遍。当他看了圈浴室，没找到半条浴巾遮体时，转过俊脸不由得对那两条粉色的卡通毛巾微微发了下呆，随即拿了一条，刚想擦身，砰的一下，浴室门被人连推带撞地撞开了。

叶致远条件反射地用那条小毛巾挡住自己的下体，惊恐地望着本来被他安置在床榻上沉睡的醉鬼，"啊！"高分贝的女声失控从安夏瑶的嘴里发出，入眼一具光赤赤的裸体，她条件反射地捂着自己眼睛，等了一会儿后，见裸体并没有任何出声的行为，甩开手，对着自己催眠道："幻觉，幻觉，一定是出现幻觉了。"然后闭着眼睛，摇了摇昏沉的脑袋，开始毫不犹豫地脱自己的衣服。虽然醉得东西南北不分，虽然醉得在睡觉梦游，但是夏天不洗澡，浑身都黏糊糊的，太难过了，安夏瑶就是感觉难过，才摸索着来浴室洗澡。

这下轮到叶致远想失声惊叫了。不是吧，安夏瑶醉成这样，竟然当着他这大男人的面，三下两下地把自己的衣服给剥干净了，随手解开黑色的胸罩，扔到了叶致远的俊脸上，接着弯身开始脱自己性感的小裤裤。

叶致远只觉得自己脑袋里的血压不停地上涌，小腹间窜起一股燥热，整个人热得能喷出火来，他毫不犹豫地一把拽住安夏瑶的手，眸光闪烁着灼灼的欲火，"安夏瑶，你在干吗？"

安夏瑶对着叶致远扯着嘴角，露出一个灿烂的笑，带着醉意，一字一句温和地说："我要洗澡，叶致远，你帮我好不好？"

叶致远的心一阵说不清楚的柔软，不由得眯起眼睛打量安夏瑶，见她眼神迷离，不像是清醒的样子，不由得深吸了一口气，努力克制着自己奔腾的欲火，粗喘着道："安夏瑶，你醉了，还没清醒是吧？"

"谁说我醉了？我没醉。"安夏瑶没好气地挥舞了下手，嘟囔道，"我现在只是在做梦，梦到了叶致远你这个混蛋而已……我没醉，我没醉，我真的没醉。"

叶致远揉了揉快要爆炸的脑袋，看着安夏瑶。这家伙，现在这模样，要是没醉，叶致远把自己的头剁下来给她当球踢。不过跟醉鬼还真的没什么好计较的，叶致远不由得安抚道："好好好，你没醉，那你乖乖地去睡觉好不好？"

"不好,我还没洗澡。"安夏瑶理直气壮地回应,"我要洗澡。叶致远,你帮我洗澡。"

叶致远心里不住地暗骂,安夏瑶你这个恶魔,你就是故意来整我的是吧?不过为了防止她裸奔或者再出做一点什么过分的事,叶致远只能硬着头皮道:"好,我帮你洗澡。"然后小心翼翼地扶着安夏瑶进了浴室,拧开了水龙头。清凉的水洒在燥热的身上,伴随着叶致远目不斜视认真擦洗的动作,安夏瑶没有焦点的目光对上叶致远,望着他那憋红的俊脸,不由得嘿嘿笑了起来,"叶致远,你在脸红,你在害羞哦。"

叶致远听到这话差点就吐血了,他哪是在害羞啊,他是生生被欲火给烧的,孤男寡女,赤身裸体在浴室里洗澡,恐怕柳下惠都得失控吧?还别说,可怜他一个有着正常反应的正常男人啊。

"叶致远,我想吃了你。"安夏瑶怔怔地看着叶致远,蒙眬的醉眼里,其实是没有任何焦距的,手臂很自然地勾住了叶致远的颈脖,踮着脚尖,带着满嘴的酒气毫不犹豫地张嘴吻上了叶致远性感的唇。叶致远的眉头拧得紧紧的,眸光灼灼地望着安夏瑶,浑身僵硬,一时之间大脑有点短路,不知道该做出什么反应来。一,顺着安夏瑶的意思,趁她喝醉,将她吃抹干净。二,做一个正人君子,推开她,毕竟安夏瑶是醉鬼,现在所做的一切行为都是不经过大脑思考的。

到底是该选择一,还是二呢?

安夏瑶舔了舔舌头,松开了叶致远,自言自语地道:"你还是不肯吻我,对吗?"这样的春梦,安夏瑶做过很多次,梦到她跟叶致远接吻,可是叶致远不肯吻他,还说,我的吻,只吻我的女神,安夏瑶算什么?连个替补都不算!安夏瑶伤心地背过身子，接着泪流满面，梦就中断醒来，安夏瑶却不知道，这一次竟然是那样的真实。叶致远身上滚烫的温度让安夏瑶浑身都燥热了起来，即使冰凉的水，依旧无法降下温度，"叶致远，我讨厌你。"安夏瑶情绪失控地吼完，接着，毫不犹豫地一把将叶致远的脖子大力地勾了过来，她整个火热的身躯就贴了上去，张口粗暴地吻住了叶致远的唇，接着泄愤似的咬了起来，叶致远吃疼地微微张了张嘴，安夏瑶灵巧的舌就钻了进去，接着纠缠着叶致远细细密密地吻了起来，强吻！叶致远有生之年，还是第一次被一个女人这样强吻，再不主动做点什么，恐怕别人要怀疑他不是男人了。

　　叶致远幽深的黑眸内闪过一丝微怔，随即隐没在幽深的眸底，他反手大力地拥搂住安夏瑶的腰肢俯身，用力地加深了这个吻，灵巧的舌热烈地回应着安夏瑶，不停地跟她相互纠缠，相互吮吸，相互舔齿……修长的大手更是毫不客气地游弋在安夏瑶光滑细腻的裸背上，不断地细细摩挲……最后，在安夏瑶怀疑她会不会在梦里因为接吻而窒息的时候，叶致远松开了她，接着俯身将她横抱起来，朝着她的卧室快步地走去。

　　空调哗哗地吹着凉风，能降下室内的温度，却降不下两个已经玩火快要自焚的人的激情。

　　厚实宽大的双人床上，男女的身体仿佛是连体婴孩似的，紧密地纠缠在一起。

　　叶致远的理智，早在浴室就被烧得干干净净，现在除了想要，还是想要。而安夏瑶醉得模模糊糊，一直以为自己在做春梦，不停地热切地迎合着叶致远。她动情地闭着双眼，红唇带着红润的光泽，微微张着，不停地散发着动人的音节，鼓舞着叶致远不断卖力地在她的身上点燃一个又一个敏感点。安夏瑶只觉得浑身有一股说不清楚的燥热,身体某处空虚得渴望有什么能够去填补,这样的感觉,既舒服又带着说不清楚的难耐,甚至让她失控得浑身颤抖,无法用言语形容的感觉,直到身下撕裂般的剧痛传来,她才浑身战栗得惊叫了起来,半清醒半模糊地望着俯在她身上同样一脸震惊的男人,毫不犹豫地伸手去推开他,"叶致远,你混蛋,你禽兽……"

安夏瑶谩骂的话还没说完,就被叶致远俯身张嘴尽数地吞进肚子里。这一刻心中的狂喜,瞬间将他掩埋。

叶致远真的很意外,十七岁的安夏瑶是处女,他差一步得手,没有想到二十七岁的安夏瑶依旧是处女,并且阔别十年,还是让他得手。

叶致远望着安夏瑶疼得不断掉泪,心里微微有些不忍,温和地安抚道:"不疼了,不疼了,马上就好。"动作也瞬间变得温柔起来,修长的大手在安夏瑶的身上轻轻按揉摩挲,以挑动她的情欲,能够让她忘记这一瞬撕裂的疼痛,当然,他被温柔紧致包裹,憋得浑身都疼,疼得快要爆炸了。

安夏瑶其实想反抗的,但是不知道为什么,看到叶致远额头上豆大的汗珠不断地滴下来,而且紧张的神色似乎比她还要难受,就停止了挣扎,再说,她醉酒后,也确实没有反抗的能力,就放弃了反抗。

疼痛渐渐地散去,叶致远看着安夏瑶刚刚痛白的俏脸渐渐染上了绯色的红霜,不由得慢慢重复起人类最原始的运动,周而复始地律动起来……叶致远最后在柔软紧致的包裹中,播下了他的灼热,俯身倒在安夏瑶柔软的身子上,粗粗地喘息。安夏瑶体力不支渐渐地连哼都哼不动了,但还是带着泄愤似的,张嘴狠狠地咬在了叶致远的肩头上,用了全身最大的力气。

叶致远吃疼地哼了哼,低头看到安夏瑶已经疲惫得昏睡了过去,脸上还带着激情的绯红,长长微卷的睫毛上却沾着湿润的泪珠。叶致远低头,轻轻地吻了吻她紧闭的双眼,接着随意地扫了一眼火辣辣疼痛的肩膀,一排整整齐齐的牙印,红红的,醒目地印着,看来安夏瑶还真的很讨厌他,下嘴可真狠,就差把肉咬下来了。

叶致远甚至在想,明天醒来之后,这个女人会不会直接拿刀切了他或者砍死他?或者知道自己酒后丢了第一次,会不会一哭二闹三上吊?

不过牡丹花下死,做鬼也风流,明天醒来的事,等明天再说。

叶致远勾着漂亮性感的嘴角轻笑了下,"安夏瑶,注定我是你的男人。"

不管这中间空白了十年,不管彼此经历过什么样的生活,遇见过什么样的人,最终,还是回到了原点。

叶致远紧紧地搂着安夏瑶柔软的身子,拉过薄薄的空调被,将两个人的身体遮住,然后心满意足地进入了梦乡。

安夏瑶头痛欲裂地醒过来的时候,已经快中午了,她睁着酸涩的黑眸,揉了揉眼,看着头顶上熟悉的天花板,再看看熟悉的屋子,入目都是自己所熟悉的一切,宽大明亮的落地窗,没有拉遮阳窗帘,只是一层轻纱,微微地挡住了一些灼热的阳光,能透过纱幔望向外面的世界,阳光灿烂。

昨晚醉酒的记忆慢慢地浮上脑海,安夏瑶踢了踢身边的人,以为是跟她一起回家的七七,这两个人有无数次醉酒挤床的习惯,略一动,不禁"啊"了一声,浑身就好像被拆了骨头重新组装似的,又酸又疼,浑身都提不起劲来。

昨晚的春梦断断续续地从安夏瑶的脑海里闪过,看似模糊,却又那么清晰可见,安夏瑶忙掀开被子,瞄了瞄身上,这一看,不禁傻眼,她雪白细腻的身上布满了青青紫紫的斑点,胸前被密密麻麻地种满了草莓,"啊。"她失控地惊叫了一声,把身边的人给惊醒,叶致远打着哈欠,茫然地从被子里探出身子,友好地对安夏瑶笑了笑,淡定地打了个招呼道:"早啊。"

在自己熟悉的屋子里醒来,但是发现身边睡着的是陌生男人时,作为一个大龄女青年,会有什么反应?

别人会有什么反应,安夏瑶不知道,但是她猛地扑倒在叶致远的身上,左右开弓,狠狠地朝着他的俊脸甩了两巴掌,然后甩了甩麻疼的手,淡定地说了句:"会疼,原来不是做梦。"然后抓着被子,把自己捂得结结实实的。

如果可以挖地洞,安夏瑶可以肯定,她会毫不犹豫地挖了钻进去,她实在没脸见叶致远。

叶致远,这个人就像一个魔咒似的,住在安夏瑶的心里,从十七岁到二十七岁,整整十年了。

安夏瑶一直以为,她这十年的情感是空白的,至少是跟叶致远无关的,但是在这一刻,她清楚地感觉到,自己的心跟叶致远这个魔咒紧紧地相连着。

即使这十年,刻意地洗刷记忆,刻意地忘记过去,刻意地假装这个人不存在,但是事实上,他一直不曾离开过安夏瑶的心里。虽然岁月曾经在这个魔咒上流下了流沙,刻意淡化了叶致远这个名字,但是只要有风一吹,沙石飘落,"叶致远"这三个字,依旧深深地刻在了安夏瑶的心里,那么醒目,那么清晰。

虽然当初全校都知道是她安夏瑶劈腿甩了叶致远，叶致远也狼狈地放过狠话，"安夏瑶，这辈子，别再让我遇见你，不然我会让你死得很难堪。"

安夏瑶也因为劈腿，甩了大名鼎鼎的叶致远，而辉煌了整个高中时代。

但是只有安夏瑶自己心里最清楚，她只不过是不想做炮灰女，为自己争取一点点仅有的尊严，她的心早就沦陷在叶致远的柔情里，并且无法自拔。

每个女人，一旦爱了，就会容易卑微，而卑微了，就容易被男人甩，安夏瑶不想爱得卑微，不想等着被叶致远甩，所以她先一步下手甩了叶致远。安夏瑶的情感观是，我可以爱你，可以无条件地爱你，但是我不能放下骄傲自尊去爱你。

这么多年过去，安夏瑶并没有后悔她当初的选择，因为她至少让叶致远深深地记住了她这个炮灰女，能让一个自己深爱的人记住自己，不管用什么样的方法，都是值得的。因为成长中的我们，能记住的太少了。曾经深爱过的人、记忆或许都会模糊，可一旦是你恨着的、较劲儿的人，那么想要忘记，也就难了。

如果当初不是安夏瑶甩了叶致远，而是叶致远甩了安夏瑶，那么安夏瑶会跟之前很多很多被叶致远甩过的女人一样，被他忘得干干净净，甚至可能连名字都不会记得。

叶致远是高高在上的王子，既有高干老爹，又有总裁老妈，还有一堆用金钱捧着他的叔叔阿姨，这样的家庭背景使他既有骄傲的资本，也有狂妄的后台，所以他想低调都不行。

十七岁，单纯的安夏瑶并不是不喜欢叶致远，更不是想靠甩了他而闻名全校,她只不过在知道了叶致远追求当初如丑小鸭般的她,只为了跟心中的女神路语蕊怄气的真相,无法再若无其事地做叶致远的炮灰女友,所以她选择了用最极端的方式,让叶致远记住了她这位炮灰而已。

事实上,用了十年时间的验证。安夏瑶清楚地知道,叶致远确实是记住了她,只是也空白了十年时间,空耗的青春用来证明这样一道无趣的题,似乎有些浪费了。

安夏瑶用被子蒙着自己的脑袋,眼角不知不觉地湿润了,她也不知道自己为什么会哭,但是她心里真的很悲伤。

十七岁那年,就准备给叶致远的贞操,错过了十年时间。当她以为她跟叶致远会老死不相往来的时候,她的第一次,在二十七岁的时候,还是给了他。

叶致远意料的场景一个都没出现,安夏瑶既没哭着吵着,也没闹着,她只是狠狠地甩了自己两巴掌,确认下昨晚的事,不是做梦,又安静地把自己蒙到了被子里去,不声不响。

安夏瑶的举动让叶致远有些担心,他毫不犹豫地伸手揭开了安夏瑶蒙着脑袋的被子,乌黑深邃的眼眸一动不动地望着安夏瑶。

她清澈明亮的瞳孔内没有丝毫的焦距,呆呆地望着前方,而眼角的湿润,则说明她掉眼泪了。

"安夏瑶,安夏瑶。"叶致远急切地叫唤了两声,甚至挥手在她眼前扬了扬,安夏瑶这才把焦距放到了叶致远的身上,看到他光洁、白皙、棱角分明的俊脸,微微有些闪神。

十年了,三千六百多个日日夜夜过去,叶致远的青涩早已褪去,已经变得成熟了许多,但是面容依旧那样俊朗,帅气得让人移不开视线。

时光飞逝如电,一眨眼,十年都过去了。

安夏瑶甚至想起十年前的自己,扎着马尾,箍着牙套,乖巧地穿着校服,一脸小鸟依人的幸福,依偎在叶致远的肩头,幸福地憧憬道:"阿远,我们是不是能一直这样幸福下去?"

叶致远伸手捏了一把安夏瑶的鼻尖,装着深沉道:"那是,我们的幸福是一万年的……"

甜言蜜语的情话犹如昨晚在耳边所说的一样清晰、动人,可是触摸不到的回忆,岁月划下的空间跟距离,早已让两个年少的孩子成长蜕变成大人。

十年,说长真的很长,人的一辈子,也没有几个十年可以蹉跎掉,但是十年,说短真的很短,不过好像是眨眼之间的事。

往事汹涌地侵袭着安夏瑶的脑海,眼前的叶致远跟十七岁的叶致远交叠了起来,既清晰,又模糊。

叶致远是她的初恋,十七岁那年,最青涩美好的年华里,相遇,相恋,接着因为安夏瑶的劈腿分手,从此叶致远结结实实地恨上了安夏瑶,安夏瑶也踏踏实实地不再去招惹叶致远。一别十年,当安夏瑶以为他们会继续这样相安无事老死不相往来时,却发生了这样的事。

安夏瑶宿醉后的脑袋有点疼,她觉得人生有些搞笑讽刺。

叶致远幽深黑亮的眸子紧紧地锁着安夏瑶,不错过她俏脸上的任何一个表情,浓密的俊眉微微地挑了下,终于率先开口道:"安夏瑶,你好吗?"

是不是每一对分了手的情侣,都会用这样的方式打招呼?

你好吗?

我很好，你呢？

我也很好。

即使不好，也会硬着头皮说好。

安夏瑶的视线看向不远处的墙壁，她没有勇气跟叶致远那灼灼的眸光对视，还能波澜不惊，语气拿捏妥当地说："嗯，我挺好的。"

叶致远看着安夏瑶，淡淡地接话道："我也挺好的。"

安夏瑶不知道十年后，面对初恋情人，还一夜情上了床的初恋情人该说点什么，所以她沉默了。

叶致远也被这样诡异的氛围给怔住了，张张嘴，半晌也没找到话说，于是两个人陷入僵局。

"安夏瑶，昨晚的事，作为一个男人，我想对你负责。"叶致远话说出口，脑子里反应过来时，被自己吓了一跳。他一定是抽风了，不然怎么会说出这样不经大脑思考的话？不过作为一个男人，既然说出口了，也不能收回去。

"你想负责？"安夏瑶尽可能地让自己的语气变得波澜不惊，才能遮掩住内心狂乱的汹涌。

"对，因为你是第一次。"叶致远老实地回答，"我想，我们或许能试试谈恋爱。"

安夏瑶惊诧地看着叶致远，心里犹如打翻了五味瓶，各种滋味涌上心头，随即勾起唇角，对着叶致远扯了一抹淡笑，"作为一个男人，你上过的处女多了去了，一个一个负责过来，轮到百年之后，还不一定有我呢。"

被安夏瑶这样轻描淡写却毫不留情面地暗损，叶致远的俊脸微微窘迫有点挂不住，语气不由得带点不耐烦，"安夏瑶，你什么意思？"

"我没什么意思,只不过说了事实而已。"安夏瑶一脸淡定地抓着被子起床,裹着自己奔向洗手间,丢了句话,"我不用你负责,今天以后,你走你的路,我过我的桥,即使死了到黄泉奈何桥,我们还是互不相干的两个人。"

"你。"叶致远气呼呼地指着安夏瑶,"安夏瑶,你怎么能这样随便?"

"是啊,我就是这样随便,我随便起来不是人。"安夏瑶按压着有些沉重得透不过气来的胸口,倚靠着洗手间的门,强装着镇定,淡淡地开口。

"安夏瑶,你真不用我负责?"叶致远不死心地问。

"我干吗要你负责?"安夏瑶淡淡地反问。

"我是你第一个男人。"叶致远抓狂地开口,虽然听安夏瑶说不用负责,他心里松了口气,好像麻烦远离了,可是为什么他就是开心不起来呢?

"嗯,第一个又怎么样,又不是最后一个。"安夏瑶咬着唇逞强地说着。

"安夏瑶。"叶致远情绪失控,气急败坏地大吼。

"如果没别的什么事的话,麻烦你穿上衣服赶紧走吧。"安夏瑶围着浴巾,把叶致远昨天清洗后挂在洗手间的衣服拿出来,朝他礼貌地递过去,"如果可以,我希望你忘记昨晚的事。"

"安夏瑶,你真这样想?"叶致远接过衣服,眸光正色地盯着安夏瑶,心里别提有多不爽了。

叶致远生平第一次被女人甩,也是唯一一次被女人甩,就是安夏瑶,一夜情之后,安夏瑶又是唯一一个急于要跟他撇清关系的女人,这让优越感良好的叶致远心里非常不舒服。

"嗯。"安夏瑶看了一眼叶致远,淡淡地瞥开视线,轻轻地点了点头,"我现在过得很好,不想你打扰我。"

叶致远恼恨得磨了磨牙,没好气地道:"你以为我稀罕打扰你?"快速地穿好了衣服,看着安夏瑶已经体贴地帮他连门都开好了,逐客意思非常明白。他的俊脸黑了下来,气急败坏地道:"安夏瑶,是你自己不要我负责的,你可别后悔。"

安夏瑶轻扯了下嘴角,用最大的力气挤了一抹笑给叶致远,"我从来不做后悔的事,包括当初劈腿甩了你。"

果然安夏瑶一提到这件事,叶致远的俊脸瞬间黑得跟锅盖似的,情绪失控道:"安夏瑶,再见,希望我们再也不见。"顺带着狠狠地甩上了门,然后转身大步流星地走了出去。

安夏瑶浑身的力气犹如瞬间被抽干了似的,无力跌坐在地上,无声无息地抽噎了起来,豆大的眼泪不停地从酸涩的眼眶内,悄无声息地滴落……

十七岁的时候,叶致远一脸拽气地对安夏瑶说:"我想,我们或许能试试谈恋爱。"

安夏瑶的心便犹如小鹿乱撞似的,俏脸烧得通红,羞涩地点头,"嗯。"

于是从那一刻开始,她成了叶致远的女朋友,就好像是灰姑娘找到了王子,将要开始幸福的人生。

可美梦才刚刚开始做,就已经被惊醒了,原来叶致远追求她,只是为了气他心中的女神——路语蕊,而安夏瑶只不过是一枚棋子,或者说炮灰。

十七岁那年,对待爱情,对待失败的爱情,安夏瑶伤得起,因为她够年轻,她够轻狂,所以甚至在知道自己是炮灰之后,还能张牙舞爪地反击——劈腿,赠送给叶致远一顶莹莹绿帽,然后潇洒转身离开。

但是二十七岁的安夏瑶,对待爱情,对待会失败的爱情,她伤不起!既然伤不起了,所以,她不想贸然给叶致远任何可以伤到她的机会。

第三章 那些肆意的青春

房间里的电话响起来，在寂静空旷的空间里尤其刺耳，安夏瑶想忽略，但是铃声锲而不舍地响着，似乎不接不罢休的样子，安夏瑶只能拖着酸麻的身子起身。

"瑶瑶，你还没起来？手机怎么关机了？"七七一晚上都没睡好，脑袋里昏昏沉沉，一直在思考她昨晚把安夏瑶丢给叶致远，任由两个成年人用自己的方式处理问题，是对的，还是错的。

但是想了一个晚上，七七也没想出正确的答案来，憋了一晚上，她最终还是忍不住在十二点给安夏瑶打电话，可是安夏瑶关机了，她只能打家里电话。

"起来了，手机没电了。"安夏瑶慵懒地躺回床上，倚靠着床头，漫不经心地回话。

"嗯，那个，昨晚那个，你跟那个……"七七有些语无伦次，纠结地不知道该怎么开口问比较妥当。

安夏瑶拧着秀眉，心一紧，握着电话咬着唇，半响没有回话，其实她明白七七的意思，尽管七七说得语无伦次。

"你跟叶致远到底什么情况？"七七深吸了一口气，稳了稳心神，总算抓到了重点。

"没什么情况。"安夏瑶尽可能地说得轻描淡写，但是也不准备对七七有所隐瞒，"就是一夜情，上床了，然后，各走各的。"

"啊。"七七惊得下巴都差点掉下来，音量不由自主地抬高，"瑶瑶，你没开玩笑吧？"

安夏瑶细不可闻地叹了口气，"七七，你觉得我像是开玩笑吗？"再说这种事也不能拿来开玩笑。

七七咬着唇，犹豫了半响，"瑶瑶，你真决定各走各的？"

安夏瑶勾着嘴角自嘲地笑了,"干吗不?"接着对七七说,"七七,一个人如果曾经把你伤得很深很深,过了十年都好不了,再出现依旧会把你伤得很深很深,你会怎么做?"

"那我肯定躲得远远的,不会再给他任何伤害我的机会。"七七毫不犹豫地说,"我才没那么多十年去消磨、去独自疗伤呢,而且还是好不了的伤。"

安夏瑶苦涩地扯了扯嘴角,"所以我跟你做了一样的选择。"说她懦弱也好,说她没出息也好,说她什么都好,但是安夏瑶确确实实对叶致远没有抵抗力,但是又真真切切地害怕自己会被伤害,除了躲得远远,目前她再也找不到更加适合的方法。

七七瞬间就明白了安夏瑶的苦心,不由得问:"那叶致远呢?他也是一样的想法?"千万别说是,要不然七七下本书的主角一定会写他叶致远,而且还是最卑鄙无耻的小人,人见人骂的那种类型,让读者的口水淹死他。

"他说他要负责。"安夏瑶漫不经心地牵着嘴角,苦涩地自嘲,"可是,七七,你信这个男人会负责吗?会对一个十年前就甩过他的炮灰女负责吗?"

七七握着电话叹息了一声,虽然她之前没跟叶致远接触过,对他的认知,也只是安夏瑶只字片语的形容,但是昨晚上的叶致远,看着就是那种高傲不拘的男人,而且还是身边不会缺女人的那种。七七后悔了,昨晚她就不该在叶致远的气场压迫下,抱着侥幸的心理,浪漫的言情情怀,希冀着安夏瑶能跟他有一个难忘的夜晚,然后解开彼此的心结,顺理成章地摩擦出激情的火花。

理想很丰满,现实却很骨感。看来,七七还是真的太过浪漫，太过天真了。现在的状况，七七深深地感觉，完全就是赔了夫人又折兵，不由歉意道："瑶瑶，对不起，我昨天就不该丢下你一个人。"

"没事，不关你的事。"安夏瑶安慰七七。

"可是，"七七自责，"都怪我。"出什么馊主意，要去激情邂逅。

"没有什么可是的。"安夏瑶打断七七，随即沉默了下，深深地叹息了一声，轻描淡写地说，"昨晚的事，就让它过去，当作什么都没发生。"

"叶致远会让它过去，当作什么都没发生吗？"七七不太确定地问，脑海里不由浮现出叶致远的身形来，那样霸气的男人，恐怕不是那么好招惹的，招惹了也不是那么好处理的吧？

安夏瑶咬着唇，"他会的。"犹豫了下，还是开口道，"他那么骄傲，好面子的人，不会让一个十年前甩了他的女人拒绝他的负责之后，还厚着脸皮死缠烂打的。"安夏瑶说完，又自嘲地补充了句，"再说了，叶致远也不是那样会死缠烂打的人。"

七七嘴角抽搐了下，"瑶瑶，你还真了解叶致远。"可是十年没有联络，没有见面的人，见面就扑倒滚床单，是不是真的还能跟过去一样呢？七七很怀疑。

叶致远是安夏瑶的初恋，是在安夏瑶心里住了这么多年的禁忌，是不是真的如安夏瑶所说的那样，桥归桥，路归路，当作什么都没有发生呢？

恐怕这个问题，安夏瑶自己都不敢去想。

安夏瑶的初恋，在十七岁。那时刚由初中升到本部高一，安夏瑶还是一个箍着牙套,扎着小辫,笑得傻乎乎的小女孩,天真地以好好学习,天天向上为目的,每次考试都在全校前三,稳坐班级第一的好学生,加乖乖女。

安夏瑶的生活简单而又纯粹,干净得犹如一张白纸一样。

而叶致远,转校过来,跟安夏瑶同班,并且在第一天就轰动了全校,因为他在当天摸底考试中,全交了白卷。

接下来的一个月时间内,叶致远打架,抽烟,早恋,泡班花,问题一个接一个,把班主任给忙得团团转,而他总是一脸漫不经心,习惯了别人帮他收拾烂摊子。而班主任碍于他的身世背景,敢怒不敢言,只能委婉地说教,但是压根就不管用。

安夏瑶是乖乖女,好学生,并不是班干部,所以她并不关心问题少年叶致远,也不用头疼班级纪律,所以安夏瑶跟叶致远的生活是两条平行线,完全相交不到一起。

这一天风和日丽,阳光明媚,月底的摸底考试成绩刚出来,安夏瑶毫无意外高分,稳坐班级第一的交椅。

语文老师,也就是班主任,他在课堂上发考卷,从高到低,最后看到叶致远的试卷,他都想哭了,猛地拍了一下讲台,"叶致远,你上来。"

全班视线都顺着班主任的眸光好奇地看向最后一排的叶致远,当然包括安夏瑶。

叶致远靠着教室最后一排,睡得口水长流,冷不防被点名也不知道,同桌小跟班伸手戳了戳他,"叶少,醒醒。"

"下课了啊?走,打球去。"叶致远被戳醒,拎起衣服,就准备往教室门外走去。

那动作干净利索,太戏剧化了。

全班不少人都忍不住咻咻笑出声,安夏瑶也忍不住捂着箍牙的嘴，呵呵直笑。

"叶致远，你，你上来！"班主任拍着讲台桌，终于忍不住咬牙切齿地吼他的名字，又冷眼扫了圈班级里笑闹的同学们，恼羞成怒道，"安静。"

叶致远倒是一脸波澜不惊地站起来，"在呢。"然后在全班的注目下，缓缓地走上讲台边，青涩的俊颜带着不羁的倨傲。

"叶致远同学，你能跟我说说，你的考卷为什么都是红叉叉？"班主任对叶致远简直苦不堪言，整个老脸被气得铁青，伸手颤抖地指着试卷。

叶致远随意地瞄了一眼，拽拽地道："因为零分嘛。"

"那你为什么会考零分？"班主任的声音拔高了几个调调。

"我怎么知道？我做题了，你批的叉叉，你给的零分。"叶致远丝毫不觉得这跟自己有什么关系，自从交过白卷，闻名全校，他被老爹狠狠抽过一顿之后，保证不再交白卷，并且会做题。可是他都做了，填满了，还是考零分，那就不能怪他了。

班主任倒是被他呛得差点就气闷过去，失控的拳头拍在讲台桌上，"叶致远，别人上课，你也上课，别人考试没有满分，也有一百四十五，可你呢，你就考个零分，你什么意思？"

叶致远耸了下肩膀，无所谓地道："别人聪明，我笨嘛。"

班主任终于再次发威，指着试卷，大声斥道："叶致远，你少糊弄我，你的IQ是在一百四十以上的。"

当初叶致远转学来的时候，高一有五个班，班主任都看过他的资料，IQ一百四十以上，升学考试是全校前三，所以五个班主任都抢破头想抢这家伙进自己班级，当然包括他自己。谁知道这孩子第一天就给他一张白卷，震得他差点没心脏病爆发。

班主任知道叶致远的背景，而且这孩子在青春期的叛逆期,所以他也不逆着来,小心翼翼地捧着、哄着,希望叶致远能明白他对人才的渴求跟爱护。

可是谁能想到,一个月了,这家伙不但不正视自己的态度,打架、抽烟、泡妞,给他这个班主任惹了一堆事不说,今天竟然又故意考个零分,简直让他气得想要暴走。

叶致远撇撇嘴,没有接话。

"叶致远,你看看,你看看,你填的什么题目?"班主任没好气地伸手指了一处填空题,念道,"君不见青海头,妾相思红床帐。你接得倒是顺,押韵押得不错啊。"

叶致远面不改色地对班主任咧嘴笑笑,谦虚道:"一般,一般。"不少同学已经暗自隐隐发笑,碍于班主任刚拍桌警告,只能憋着。

"穷则独善其身,富则妻妾成群。"班主任念完这句,哈哈哈,全班同学都发出爆笑声,安夏瑶也捂着嘴巴笑得趴倒在了桌子上。叶致远的俊脸丝毫没有窘迫,倒是拍拍讲台桌,一脸淡定地说:"别吵,安静。"接着转过脸,嬉皮笑脸地看向班主任,"您继续念,能博大家笑一笑,我觉得很有成就感。"

班主任猛地再拍了一下讲台桌,用力过度,手掌暗暗发麻,不由神色狰狞地暗自甩手,可见他真是被气得不轻,完全失去理智了,"叶致远,你说吧,你到底什么意思?还要不要念书?"

叶致远无奈地抽抽嘴,眨了下漂亮的星眸,痞气地回答:"要,怎么不要念书呀!"

"那你像是念书的态度吗你?"班主任气急败坏地捶着自己胸口,"你看看,别人考一百四十五,你给我考零分,零分啊。"痛心疾首地望着叶致远,低声嚷嚷道,"你好歹也考个人家的零头，意思意思嘛。"

叶致远瞅了一眼满是圈圈叉叉的考卷，认真地对班主任点点头，一脸受教的模样，接着转过身子，对着班级里的人大吼了下问道："谁考了一百四十五啊？"

安夏瑶条件反射举手，随即愣住，看到叶致远俊美冰冷的脸，散发着灼灼怒火正瞪着她，"你没事考这么高干吗？"看着叶致远的样子，凶悍得好像要把安夏瑶掐死似的。

安夏瑶一脸欲哭无泪，对叶致远无话可说。这就是所谓的躺着也中枪？

"叶致远。"班主任怒了，大力地拍拍讲台桌，随即，疼得龇牙咧嘴，不停甩手。

叶致远忙转过身子，低垂着脑袋，"老师，您小心着点，手疼。"然后认真地保证道，"老师，我下次一定会考出最高分的零头的，你放心吧。"

"你……你……你……"班主任被气得上气不接下气，差点就犯心梗，顽劣的学生，他遇到的多了，但是像叶致远这样的，还是头一次遇到。这样的孩子，如果教育得好，是国家栋梁，可是教育不好，那可是毁国家的蛀虫。

班主任深感任务沉重，不由得深吸了几口气，认真地看着叶致远，语重心长道："叶致远，你是一个聪明的孩子，你之前的成绩很好，你为什么要这样自暴自弃呢？"

叶致远青涩的俊脸上闪过一丝不自在，没好气地顶嘴，怄气道："我没自暴自弃，我不聪明，我很笨。我就这样了。"

班主任再三地深呼吸后，稳了稳心神，顺着他的话说道："好吧，你笨没关系，只要你认真好好地学习，我相信，你一定会笨鸟先飞的。"

叶致远扯了扯嘴角,"恐怕,会让你失望。"

班主任看看叶致远,接着伸手朝安夏瑶一指,"会不会失望,我现在不知道,但是我安排全班最高分安夏瑶跟你做同桌,帮你补习。"

"啊?"叶致远傻眼。

安夏瑶也傻眼,今天要不要中枪这么多次?

班主任把考卷往叶致远手里递过去,"找你的同桌帮忙,把这个考卷给订正过来,明天我检查。"

"我不要跟她坐。"叶致远毫不犹豫地拒绝。

"老师,我也不要跟他坐。"安夏瑶举手,站了起来。

班主任看看叶致远,又看看安夏瑶,一锤定音道:"我决定了,叶致远同学,你如果有异议的话,就把家长找来跟我说。"班主任直接无视掉安夏瑶的不满,对叶致远施压道。

叶致远的不愿意,在听到班主任说这话的时候,只能憋屈地吞咽下去,没好气地接过试卷,朝着安夏瑶那边走去。

安夏瑶站着,气呼呼地看着走过来的叶致远,对着班主任不满道:"老师,你这是强权主义,为什么我要跟一个考零分的笨蛋坐?会影响我成绩的。"

叶致远一听这话,心里不乐意了,考零分就是笨蛋了?看看穿着灰色校服,一脸土包子似的安夏瑶,长得不好看就算了,还箍牙,张嘴在那边说话的时候,铜黄色的牙箍异常醒目刺眼,这丑丫头竟然还嫌弃他会影响她的成绩,简直忒瞧不起叶致远了。

班主任安抚着她道:"安夏瑶,你成绩好,同学之间相互帮忙是应该的,所以,叶致远,就拜托你照顾了。"

"班长成绩也好,为什么不跟班长坐?"安夏瑶是个偏执又一根筋的丫头,她就是不想跟叶致远这样的问题少年坐一起。

班主任顺着安夏瑶的眸光看了一眼班长,那个胖乎乎的小丫头满眼桃花的花痴相看着叶致远,站起来跟班主任自告奋勇道:"是啊,老师,要不让叶致远同学跟我坐吧。"

叶致远也看了过去,不由得浑身抖了下鸡皮疙瘩,要被那样的花痴缠上,还不如跟这个对他有偏见的臭丫头坐一起呢,至少他不会被花痴的口水给淹死,耳根能清净点。

班主任轻咳了下嗓子,似乎在衡量。

叶致远忙跳出来开口道:"老师,我跟安夏瑶同学坐好了,我会好好学习。"

"老师,我不要。"安夏瑶急了。

"老师,我这次摸底考,会比安夏瑶成绩还高,你同意我俩做同桌不?"叶致远轻描淡写地对班主任说道,其实叶致远是怒了,所以后果很严重。这丑丫头竟然这么不给他面子,嫌弃他,还要推他去那个花痴班长身边坐,简直欺人太甚。她成绩好傲娇是吧,叶致远还偏偏就要压她一道,让她嚣张不起来。

班主任一听这话,简直求之不得,忙应承道:"好,叶致远同学,你就跟安夏瑶同学做同桌,"他其实很容易满足,他都不求叶致远发挥天才水平,只要他别考零分拖全班后腿就行。

"老师,我不要……"

"安夏瑶同学,你如果还有什么异议,请你家长来跟我说。"班主任打断安夏瑶。

拜托,都高一了,又不是幼稚园,为了不满意同桌去请家长来学校,而且看着班主任的样子,即使安夏瑶请了,估计也强权主义,霸王条约。

门口有人叫他,班主任忙丢了句"你们先自己看下考卷,我一会儿回来讲解",就匆匆出去了。

安夏瑶委屈地忍下满腹泪水,紧握双拳,满腔的悲愤化作动力,瞪着黑溜溜的眸子,不停地朝叶致远射冷眼。如果眼光能杀人的话,叶致远这会儿身上早就布满了刀子,不知道死多少回了。

叶致远手握着拳,三步并作两步快速走到安夏瑶的身边,对她原来的同桌冷眼一扫,那丫头忙识相地收拾了自己的课本,往一边站去。

叶致远大大咧咧地往椅子上一坐,双手环抱着,痞气地瞅了一眼安夏瑶,鄙夷道:"安夏瑶,牙箍妹,你瞧不起我是吧?我还偏偏就要跟你坐。"

安夏瑶咬着唇,怒瞪着叶致远,浑身散发着怒意,竟然叫她牙箍妹,简直就是气炸了,没好气地回了一个绰号:"考零分的笨蛋,你就不该叫叶致远,你干脆叫零蛋,你怎么不笨死算了?"

"我笨死了,对你这个丑丫头有什么好处?"叶致远痞气地挑了下飞扬的俊眉,"那么怕跟我做同桌,该不会是怕喜欢上我吧?"说完,还特自恋地甩了下头,沾沾自喜地说,"虽然我长得英俊潇洒,玉树临风,人见人爱,花见花开,汽车见了要爆胎,美女前仆后继地追求我,但是你这丑丫头、牙箍妹就算了,我是对你没兴趣的。"

"你少自恋了,不要脸。"安夏瑶毫不犹豫地赏了叶致远两个大白眼。

"有脸的人才能不要脸,没脸的人,连想不要脸都没资本。"叶致远漫不经心地说着,鄙夷地看了一眼安夏瑶,继续毒舌道，"就像你吧，就属于没脸见人的，牙箍妹。"

"你，你，你。"安夏瑶彻底被叶致远气得暴走，第一次见识到了什么叫作刻薄毒舌。

"牙箍妹，人长得丑，不是你的错，但是出来吓人就是你的不对了。"叶致远继续不怕死地损着安夏瑶，"你看看，你拿镜子看看你现在这样子。哎哟，吓死我了。"

"叶致远。"安夏瑶被气得情绪失控地狂捶桌子，气急攻心，鼻间一阵酸涩，眼泪就在眼眶里打转，没两秒，唰唰往下掉。对于任何一个女生来说，叶致远这些话真的很伤自尊。

叶致远看着安夏瑶被他气得浑身发抖的样子，不由得心情大好，不过女人翻脸如翻书，他还没爽够，就见安夏瑶的眼泪犹如断线的珠子一样，不停地掉落下来。

任何男人对待女人的眼泪都有些措手不及，尤其刚才还张牙舞爪、伶牙俐齿跟他互损的丑丫头，这会儿哭得毫无形象，一把鼻涕一把泪，上气不接下气的样子，叶致远的心里倒是微微愧疚起来，伸手摇摇她，"喂，丑丫头，你别哭呢，搞得我好像在欺负你似的。"

"你本来就在欺负我。"安夏瑶理直气壮地甩开叶致远，哭得更加委屈了。

"我，"叶致远被安夏瑶那么一吼，带着点心虚，讪讪道，"我没欺负你，你别哭了。"

安夏瑶不理会叶致远，趴在课桌上哭得异常伤心，她心里委屈着呢，莫名其妙地要跟问题少年做同桌，还被他这样看不起，鄙视损她，实在太伤心了。

"什么情况？"班主任回来，课堂里立刻鸦雀无声，安夏瑶的哭声变得异常醒目，他忙关切地走了过来，看着一旁有点局促的叶致远问道。

叶致远略带心虚地低着头，含糊不清地解释："没什么情况，女人嘛，本来就是麻烦。她要哭，就让她哭呗。"

"叶致远，你欺负安夏瑶了是不是？"班主任语气沉重地问。

叶致远小声地辩解："我没欺负她。"

"你欺负我了，你骂我是丑丫头、牙箍妹。"安夏瑶深吸了一口气，哭红的双眼含着眼泪，抬起头，望着叶致远控诉道。

班主任把幽深的眸光看向叶致远，压迫感十足地问："是吗？"

叶致远点点头，无奈地承认，"好吧，我承认，我是叫她丑丫头、牙箍妹了，可是我说的也是事实嘛。"

"哇。"安夏瑶一听又气得趴在桌子上，伤心欲绝地大哭了起来。

"叶致远，我命令你，立刻跟安夏瑶道歉，"班主任朝着叶致远脑袋没好气地拍了下，"一会儿罚你去操场跑十圈。"

难得有人拍叶致远脑袋，他没有动怒跟老师翻脸，可见安夏瑶的眼泪让他有点失常。

叶致远推推安夏瑶，认真地开口道："牙箍妹，对不起。"

安夏瑶怒火灼灼地瞪着叶致远，咬着唇，不开口。

叶致远被她瞪得心虚，忙改口道："安夏瑶，好了，我说对不起，你别生气了，我还要罚跑十圈呢，我也想哭呢。"

班主任忙搭腔道："安夏瑶，一会儿你监督叶致远，他要是没跑完，你跟我说，明天我监督，让他跑二十圈。"

"老师，不是吧？十圈八千米呢。"叶致远的俊脸瞬间变成苦瓜脸。

安夏瑶哭过，发泄完了，心里也好受了点，接受了叶致远这同桌，于是吸吸鼻子，对叶致远说了句"活该"，然后转过身，抓着自己的卷子看了起来。

班主任看事态平息，不由得再次说："大家看下考卷，有问题相互帮忙解答下。我一会儿统一讲解。"说完，又出去了。

叶致远小心翼翼地瞄了几眼安夏瑶，估摸不准她现在到底还生不生气，试探地叫了下："安夏瑶。"

安夏瑶一甩小辫，转过脸，看着叶致远，没好气地哼了下，"干吗？"

这丑丫头生气的时候两腮鼓鼓的，还挺好玩，叶致远正色地清了清嗓子，一本正经地把考卷往她手边一推，"好了，老师要你帮我订正考卷的，我不懂的地方，你还得教我。"

虽然安夏瑶心不甘情不愿，赏赐了叶致远一对大白眼，但还是接过了他的考卷，秀眉望着卷面红色的圈圈叉叉的时候，紧紧地拧了起来，除了班主任念的那两句，安夏瑶忍不住鄙夷地念出第三句："君子有成人之美，小人夺人妻之爱。"念完，溜溜的黑眸看着叶致远，损道："零蛋，你心里是不是不健康？还夺人妻之爱呢，重口。"

叶致远傻眼，这丑丫头，他叫她丑丫头、牙箍妹，她就哭得惊天动地，可是瞧她一本正经喊自己零蛋的样子，还真是蛮欠抽的，尤其那满口的铜黄色牙箍，真影响视觉。

"床前明月光，地上鞋两双。"安夏瑶嘴角抽搐得更厉害了，"零蛋，你故意的吧？"

叶致远深吸了一口气，不满地看着安夏瑶，"为什么你能给我起绰号，而我就不能给你起？"瞧她一口一个零蛋，喊得那个叫顺溜。

"你如果不满意,有意见的话,也可以哭嘛。"安夏瑶说得那个一本正经,"男人哭吧,哭吧,不是罪。"

"牙箍妹,算你狠。"叶致远磨了磨牙,被迫接受了零蛋这个绰号,当然也不甘示弱,礼尚往来地回了一个牙箍妹的绰号给安夏瑶。

"哦,对了,一会儿你十圈跑快点,我还赶时间去文学社呢。"安夏瑶低下头,抓着笔,一边帮叶致远修改试卷,一边不忘记提醒道。

这学校是住宿制,除非周末,平日里学生吃住都在学校。

叶致远,堂堂的叶大少,第一次被一个丑丫头强迫取了一个绰号——零蛋,还被她幸灾乐祸地掐着手表,一脸鄙夷地监督他跑完了十圈,丢了句:"人家都说头脑简单的人四肢发达,可是我看你零蛋的头脑,四肢也不是很发达,十圈竟然用了三十分钟,真是浪费我时间。"说完抓着书包,丢下已经累得浑身都好似散架躺在草地上直喘的叶致远,蹦跳着走远。

如果叶致远不是跑得口干舌燥,上气不接下气,不停地粗喘,他真想对安夏瑶道,你这丑丫头,站着说话不腰疼,八千米啊,能在三十分之内跑完,已经是业余一流运动员的水平了好不好?

叶致远浑身大汗淋漓,疲倦地躺在草坪上,闭着眼睛深呼吸,缓过劲儿后,抬眼望着昏黄的天空,心里那股说不清楚的抑郁,似乎随着汗液蒸发到了空气里,不再那么抑郁在心头了。

"不就跑了八千米嘛?至于装死这么久?"安夏瑶刻薄的声音清晰地传到叶致远的耳朵里。

叶致远慵懒地睁开漂亮的黑眸，扫了她一眼，就见一个白色的矿泉水瓶朝他身上扔了过来。

"哎哟。"叶致远防备不及，或者说他根本就懒得躲，故意捂着被安夏瑶砸到的胸口大叫道，"好疼啊。"伴随着龇牙咧嘴的惊叫，露出痛苦的表情。

"喂，你没事吧？"安夏瑶辨别不出叶致远的真假，隔了两三米远问着。

叶致远不接话，只是捂着胸口，不停地喊疼："牙箍妹，我心脏不好，你还砸它，你是不是故意想叫我死？"表情很痛苦的样子。

安夏瑶听叶致远这么一本正经地说，忙快步走了过来，蹲下身，搀扶着他，焦急地问："那你有没有事？要不要叫救护车？"安夏瑶一着急，就忘记了，叶致远连八千米都能面不改色跑完的人，怎么可能会心脏不好？而且心脏不好，也不可能被她一瓶水就砸出问题。

"啊，疼。"叶致远俊眉拧得死死的，手抓着安夏瑶的小手，柔软细腻的触感，使他不由自主地捂着自己胸口道，"真的好疼，你赶紧帮我揉揉。"

安夏瑶带着愧疚温柔地帮叶致远的胸口揉了揉，急得就快掉眼泪了，"叶致远，对不起，我不是故意的，我打120吧。"说着松开手，就往自己口袋里抓手机去。

叶致远一看，安夏瑶这丫头真急了，忙一把按住她的手，嬉皮笑脸道："骗你的，牙箍妹。"接着嚣张得哈哈大笑了起来，"被一个考零分得零蛋的人骗得掉眼泪，牙箍妹，看来你的智商比我还低啊。"

安夏瑶是个善良的孩子，对人和善，因为不满叶致远做同桌,才说话刻薄了点,谁知道被他那么一损,确实生气了,委屈地掉眼泪,让叶致远再一次措手不及,"喂,你别哭呀,我不逗你就是了。"

安夏瑶只顾着哭,不理叶致远。

"喂,你别哭,我给你扮小狗好不好?"叶致远讨好地说着。

"那你学狗叫。"

"啊?"叶致远见安夏瑶泪眼婆娑地要求,不由得汪汪汪来了三声,总算把她哄得破涕为笑。其实在安夏瑶哭过发泄之后,就接受叶致远这同桌了,只是看不惯他吊儿郎当的痞子样,才一本正经地监督他跑完十圈。事实上安夏瑶看叶致远跑得很累,本来想去文学社的她半路折回小卖部,很好心地给他买了瓶水送过来,谁知道叶致远竟然骗她,安夏瑶愤怒了。

"我说你这个丑丫头是水做的吗?动不动就哭。"

"你才水做的,你全家都水做的。"她随手抄起被叶致远扔在地上的矿泉水,朝着叶致远身上胡乱地拍打了上去,"混蛋,你竟然骗我。"

叶致远没料到安夏瑶会动怒,就好像是一只抓狂的小狮子,但是他又不能动手打女生,只能护着自己的俊脸,胡乱闪躲,求饶道:"牙箍妹,对不起,我错了,哎呀,你别打了,就算要打你也别打我脸呀。"

安夏瑶不管不顾,朝着叶致远没头没脑地打了一通,直到解了气,才扔下矿泉水瓶,气呼呼地转身就走。

叶致远目送着安夏瑶气呼呼离开的背影,嘴角不知不觉松懈了下来,勾着浅淡的笑意,捡起地上的矿泉水,猛地灌了几口,干涩的喉咙遇到纯净水的滋润,无比舒爽。

牙箍妹,虽然你长得确实不怎么样,但是好像还挺好玩的。

第二天上课,安夏瑶懒得搭理叶致远,就当他这个同桌是透明的空气。

叶致远看着安夏瑶一脸生人勿近的黑脸,张了张嘴,展开一抹最灿烂的笑容,主动打招呼:"嗨,牙箍妹,你早。"

安夏瑶则是甩都不甩他,彻底无视他。

叶致远还没在哪个女生身上这样吃瘪过,不由得有小小的挫败,"牙箍妹,还在为昨天的事生气?我不是故意逗你的,我道歉好不好?"纵使高傲的叶致远这样低声下气地对安夏瑶道歉,这丑丫头还真跟他倔上了,死活不理他。

"牙箍妹,你别生气了,跟我说句话好不好?"叶致远又跟安夏瑶磨叽了会儿,安夏瑶都不声不响,采取冷处理,这让叶致远的挫败感更强烈了,他叶大少都已经哄这丑丫头了,这丫头给脸不要脸,这让他自大骄傲的男性自尊非常受打击,不由闷闷地趴在桌子上,做梦会周公去了。

叶致远才不稀罕一个丑丫头不跟他说话呢。

安夏瑶眼眸的余光扫到叶致远趴在桌子上睡得香甜,心里就鄙视他,这家伙考试零分,竟然还不思上进,上课睡觉,简直就是无药可救了。

安夏瑶越是讨厌、越是鄙视一个人,就会主动远离对方,刻意无视,眼不见为净,免得让自己恶心,不开心。

连续一周,叶致远每天都顶着最灿烂的笑脸跟安夏瑶打招呼,主动示好,但是安夏瑶生生地把他这个人见人爱的大帅哥当作空气一样,不理不睬。

叶致远本来就不是好脾气的人,这一周他已经低声下气,赔尽笑脸了,甚至叶致远都觉得自己在犯贱,为了个丑丫头,竟然这样讨好她。可是安夏瑶还是这副不理不睬的样子,这丑丫头开不起玩笑,一点也不好玩。

叶致远的兴致一冷,也就不再刻意跟安夏瑶打招呼赔笑脸了,上课睡觉,下课打架泡妞,还是原来的样子,似乎他换位置跟不换位置,跟谁做同桌,一点关系都没有。

安夏瑶依旧是埋头学习的好孩子,除了换过同桌之后,身边多了一个睡神。叶致远上课除了睡觉的呼呼声,倒是不会做出任何影响安夏瑶的行为来,当然除了那些讨好他、追求他、给他送礼物、送情书的姑娘们,偶尔会大意塞到安夏瑶的桌肚里,让她稍微有那么一丝丝的不满跟困扰外,叶致远还算是一个能接受的同桌。

转眼,一个月过去,又到了摸底月考的时候。

叶致远拉着安夏瑶,认真地问:"牙箍妹,说句实话,你准备考多少?"

安夏瑶没好气地冷着脸甩开叶致远,不准备搭理他,她压根不相信叶致远那天跟她坐同桌放的豪言——要超过她,在她的概念里,这是绝对不可能的一件事。

叶致远再一次伸手拽着她,将她一把搂入怀里,在她失声惊叫之前,凑到她的耳朵边道:"我不想高你太多,五分就好,免得你太没面子。"说完松开安夏瑶,一脸痞气的笑容。

阳光透过玻璃窗折射进来,照在叶致远白皙俊朗的脸上,他的桃花眼大大的,闪耀着深不可测的光泽,嘴角勾着信心满满的笑容,让安夏瑶不觉地看着闪眼,安夏瑶打心眼里承认,叶致远是一个长得很好看的男生,他身上的气质纯洁得跟天使似的,但是又带着恶魔劣性,而偏偏又是这样邪气的劣性,让他成为很多女生追逐的源头。

是的，男人不坏，女人不爱。男生不拽，女生不睬。

同桌一个月，除了开始几天安夏瑶故意无视叶致远，之后还是跟正常同学一样，偶尔能说个话，借个东西什么的，而且每天很亲密地坐在一起上课，安夏瑶不想注意他的俊颜、不想看到他的一举一动都是不可能的。

安夏瑶是个乖宝宝，她讨厌不思上进的叶致远，讨厌打架、抽烟问题学生的叶致远，可是自己的眼睛却会忍不住地围着他转，偶尔瞥见他抽烟，甚至还会觉得，他有那么一丝丝性感迷人。

安夏瑶自己也不知道，从什么时候起，她会莫名心跳，会悄悄去打量上课熟睡的他，自己的眼睛会控制不住地围绕叶致远打转，在叶致远对视过来的时候，她又心虚地移开视线，假装不再看他。她还能冷眼地看着他面无表情地每天把大把大把女生送的情书扔进垃圾桶，看着他把女生送的礼物随手送给同班的女孩，或者让兄弟去哄自己的小女朋友，而他依旧是一脸痞气，并没有对哪个女生抛过媚眼或者有过任何暗示性的举动，但是校园里还是会有关于他的传说，传说他跟某某在恋爱，传说他跟某某牵手，传说他跟某某接吻了……

每当听到这些流言的时候，安夏瑶的心里便有一些说不清楚的感觉，这是一种安夏瑶从来都没有过的感觉，明明讨厌得要死，却还带着那么丝丝好奇与探究。有时安夏瑶也会被那些有关叶致远的事情搞得心情涩涩难安，不想再去听，不想再去知道，可是转个身，还是会竖着耳朵，带着酸涩的心情，一点一滴地去听。如果安夏瑶那时就认识七七的话，七七一定会戳着她的额头，正经地说："恭喜你，安夏瑶，情窦初开，你终于在暗恋一个人了。"

安夏瑶用很淡定的心态接受了她对叶致远的青涩情怀，至少表面上是波澜不惊，但内心汹涌澎湃，因为这是她人生最初的悸动。

有很多女生明恋、暗恋叶致远，他也不会看上安夏瑶这样的牙箍妹，所以安夏瑶小心翼翼地守护着自己这懵懂的情思。十七八岁的少男怀情，少女怀春，是再正常不过的事了，有的人会表白，但是有的人会选择掩埋，甚至一辈子默默地藏在心底。

如果不是叶致远的主动，安夏瑶想，她一定会小心翼翼地带着暗恋叶致远这个小秘密直到永远。

叶致远咧着嘴巴，亮着一口森森白牙，看着安夏瑶白皙的小脸因为他刚才的举动而瞬间烧红了起来，甚至红到了脖子根，不由得哈哈笑了起来，"安夏瑶，你在害羞？"接着故意把高大的身体朝安夏瑶欺近几分，坏心眼地想逗逗她。

安夏瑶受惊不浅地倒退一步，却不料脚步踩空，整个人开始仰后倒下去。

叶致远眼疾手快地一把捞住了安夏瑶，把她带入怀里，安夏瑶的发间散发着一股清凉的茉莉花香，淡淡的，沁人心扉，叶致远不由自主搂着，贪婪地多吸了几口。

被强搂在叶致远怀里的安夏瑶敏感地听着他强劲有力的心跳声，从没有跟男生如此亲密接触的她，跟暗恋对象这样亲密的姿态，让安夏瑶的心犹如小鹿乱撞似的怦怦直跳，而双颊更是红得跟苹果一样。

叶致远低下头，望着面红耳赤满脸羞涩的安夏瑶，不由自主地轻笑出声，"牙箍妹，你是不是在暗恋我呀？脸红得跟猴子屁股似的呢。"

"谁暗恋你啊？不要脸。"安夏瑶被叶致远戳穿心事，恼羞成怒地推开他，"有这些乱七八糟的心思，还不如多看点书，免得一会儿再考零蛋，零蛋。"

"牙箍妹我跟你说，这次我一定会比你考得高。"叶致远信心满满地看着安夏瑶，打趣道，"你到时候可别哭呀，爱哭鬼。"

"见过不要脸的，没见过你这样不要脸，你要是比我高，我以后天天给你抄作业，帮你做功课。"安夏瑶压根就不信叶致远能比她考得高，所以她又狠狠地补了句，"外带帮你写情书。"

叶致远挑了下飞扬的俊眉，望着安夏瑶，漫不经心道："如果我这次比你考得少，我以后不抽烟、不打架、不泡妞，好好学习，天天向上。"

安夏瑶正色地望着叶致远，不确定地问："真的？"

叶致远看着她黑溜溜的眸子，晶亮地闪着，微笑着点头，"大丈夫一言既出，驷马难追。"

"你是小男生好不好？我怕你反悔，不行，我得跟你拉钩。"安夏瑶一脸纯真地伸着手。

叶致远虽然觉得幼稚，但还是毫不犹豫地把手跟安夏瑶的小手指勾到了一起。

"拉钩上吊，一百年不许变。"安夏瑶跟叶致远盖章，然后笑嘻嘻地说，"一会儿可要发挥得好点哦，争取能考我的零头。"说完清脆地笑了起来。

叶致远不动怒，眉开眼笑地望着安夏瑶，"牙箍妹，趁现在还能笑，你多笑笑，一会儿考完，你知道比我考得少，你就得哭了。"

安夏瑶没好气地赏了叶致远一个白眼,扭身就走,"火车不是堆的,牛皮不是吹的,你还是乖乖准备好好学习,天天向上吧。我也不会太为难你,鄙视你。"

看到安夏瑶这样不把他放在眼里,还这样嚣张、嘚瑟,叶致远不淡定了,大声地补充道:"牙箍妹,要是我这次没你分数高,我就追你。"

全班本来叽叽喳喳在议论聊天的声音,瞬间变得鸦雀无声,都诧异地望着叶致远。

叶致远的俊脸一脸淡然,没好气道:"看什么看?不信老子能考过牙箍妹啊?那等着瞧呗。"

第四章　全民女神

两天后，周末放假归来，成绩出来，叶致远的名字出现在校园红榜上，压着安夏瑶，他比安夏瑶多了一分，稳坐全年级第三，班级第一的位置。

班主任乐得合不拢嘴，心想着，天才就是天才，只要愿意学习，成绩提升的速度堪比神舟上天啊。

叶致远带着痞气笑笑，一脚翘在桌子上，瞅着安夏瑶打击道："牙箍妹，怎么滴？哥哥考得比你高了哇，以后哥哥的作业，你得帮我写，功课你得帮我做，哦对了，哥哥想泡妞，情书也得你操刀哈，大才女。"叶致远知道，安夏瑶是校文学社的主力，校刊上，基本每一期都有她的名字出现。

安夏瑶则是拿着叶致远的试卷，紧紧地盯着，恨不得瞪出一个窟窿来。这个结果，真的很难让安夏瑶接受。你说，一个天天上课睡觉，下课打架、泡妞的小痞子，怎么可能考过一个上课专心听讲，下课认真复习的乖宝宝好学生呢？可是事实上，真的有。那么，安夏瑶以后是不是也得上课睡觉，下课泡帅哥，外带学习抽烟打架。当然安夏瑶忘记了，她的智商在一百一十至一百二十之间，是个高于常人的聪明人，而叶致远是一百四十以上的叫作天才的家伙，而人才跟天才，还是有距离的。

"同学们，安静。"班主任带着一个低垂着脑袋的女生走了进来，介绍道，"欢迎我们班又转来了一位新同学。"

安夏瑶放下叶致远的试卷，顺着班主任话音，朝着讲台上看过去，只见那名女生羞涩地抬起俏脸，语调甜腻温和地自我介绍："大家好，我叫路语蕊，以后请大家多多关照。"

掌声热烈地响了起来，安夏瑶跟着热烈地拍掌，心想：这女孩长得真好看，声音可真甜。

路语蕊，穿着小碎花的长裙，柔顺黑亮的直发披肩，那张精致秀气的瓜子脸，因为带着羞涩，透着微微的淡粉，黑溜溜清澈明亮的瞳孔配着弯弯的柳眉，长长的睫毛微微地颤动着，美得就好像是精致的芭比娃娃，她的肤色白皙无瑕，薄薄的双唇如玫瑰花瓣娇嫩欲滴，勾着淡雅的笑容，清纯得就好像是从画中走出来的漂亮女神。

安夏瑶凑着脑袋，低低地跟叶致远交谈："她叫路语蕊是不是？她这一来，我们学校校花的位置就是她了。"

叶致远倒是连眼都没抬，漫不经心地损安夏瑶："牙箍妹，我还以为你只知道学习呢，什么时候学会八卦了呀？"

"切。"安夏瑶没好气地切了下，"零蛋，你的反应很奇怪哦。"全班男生都好像嗅到了花香的蜜蜂，双眼贼亮地盯着路语蕊，连女生都跟安夏瑶一样，惊羡地望着路语蕊，而叶致远竟然连起码的好奇心都没有，而且还是那么一副事不关己的态度，有点反常。

"我有什么奇怪？"叶致远一把拽着安夏瑶的小麻花辫，"我还是校草呢，怎么不见你对我花痴？我还觉得你不正常呢。"

"我呸。"安夏瑶没好气地拽开叶致远的魔爪，又气呼呼地在他的手背上狠狠地拧了一把，"不要脸。"

叶致远疼得有些龇牙咧嘴，但是依旧不怕死地损道："牙箍妹，你考试比我分数低了，也不能这样虐待我呀，小心眼。"

"你有本事次次都比我考得高。"安夏瑶被戳到痛处，不由得跳脚，怒瞪着叶致远，"你这次是侥幸好不好？"

叶致远则是慵懒地丢了一个鄙夷的眼神给安夏瑶，道："我怕次次都考过你，你会哭鼻子，算了，有次成功的经验就好，足够打击你就好了，我很容易满足的。"

"你！"安夏瑶被叶致远气得暗自磨牙，而路语蕊则优雅地摇曳着婀娜多姿的身姿，朝着安夏瑶、叶致远前面的空位走来。

路语蕊一坐下来，就转过脸，对着安夏瑶露出一个灿烂友好的笑脸来，"你好，我叫路语蕊。"

那一瞬，安夏瑶望着犹如女神一般的路语蕊灿烂娇媚的笑颜，顿时觉得惊艳，美得她一下子找不到任何形容词，大脑有点空白，傻乎乎地扯了嘴角，同样露出最友善的笑容，"你好，我叫安夏瑶。"

路语蕊微微点了点头，然后看向叶致远，扯着嘴角最完美的弧度，甜腻娇柔地笑笑，才转过身去听班主任讲课。

安夏瑶的心犹如小鹿乱撞似的，一直处在兴奋状态，第一次在课堂上走神。她想的最多的是，怎么会有长得这么好看的女孩？叫她这样的丑丫头、牙箍妹，情何以堪。反观叶致远，依旧是那副面无表情的样子，在班主任讲课的时候，呼呼睡得香甜。

路语蕊的到来，跟叶致远一样，轰动了全校，但她是美得出名。

美的东西，本来就讨人喜欢，再加上美人没什么架子，很和善，路语蕊在最短时间内成了全校男生心目中的完美女神。能歌善舞的路语蕊也成了老师眼中的宠儿，不但让她当选学校广播的主播，更让她成了校园形象大使。

路语蕊，一切耀眼的光环都环绕在她的身上。

每天看着无数献殷勤的男生给她送礼物、送情书，丑小鸭似的安夏瑶是羡慕、嫉妒，尤其路语蕊当安夏瑶是好朋友，两个人相处时间越长，安夏瑶这朵绿叶的心态就越难平和。

不过让安夏瑶唯一感到欣慰的是，零蛋叶致远，他的表现并没有因为路语蕊的出现而有所改变,依旧是吊儿郎当的痞子模样,除了继续问题少年的行为,抽烟、打架、泡妞、上课睡觉外,课余时间唯一的乐趣就是跟安夏瑶吵架斗嘴。叶致远并没有因为路语蕊惊人的美而想去泡她,或者刻意去讨好她,甚至安夏瑶感觉叶致远跟路语蕊之间似乎还有那么一点点的疏远跟客套的距离。

"叶致远,能不能借下你的橡皮擦?"路语蕊带着甜美的笑容,转过身子,朝后座叶致远礼貌地开口。叶致远想也不想地伸手,拿过安夏瑶的橡皮擦给路语蕊递过去,拽气道:"不用还了,下次也别来借了。"

路语蕊傻眼,咬着唇,接过橡皮擦,细声地说了句"谢谢",然后神色委屈地转过身子。叶致远在安夏瑶茫然瞪他时,毫不犹豫地把自己的橡皮擦给她递过去,"喏,赔你。"

"路语蕊问你借橡皮擦,你干吗拿我的?"安夏瑶不满地低声嚷了句,音量控制在叶致远刚刚能听到的低声范围内。叶致远打了个哈欠,"借来借去多烦?送她不就得了,我跟你合用方便嘛。"说完挑了挑飞扬的俊眉,嬉皮笑脸地补充道,"没了我再买。"

安夏瑶赏了他一个白眼,气呼呼地咬着笔,埋头开始做题,她倒不是心疼一块橡皮,而是觉得叶致远跟路语蕊之间有点奇怪。这半个月时间,他们两个人之间的互动让人有些大跌眼镜,一头雾水。安夏瑶敏感地分析,似乎路语蕊在小心翼翼地讨好着叶致远,而叶致远不太领情。

莫非完美女神路语蕊也迎来春天了?一见钟情问题少年叶致远?

安夏瑶本来想找路语蕊八卦下问问她是不是喜欢叶致远，但是想到自己也暗恋他，就懒得多嘴去问了。

其实凭良心说，路语蕊跟叶致远真是很登对的一对，男的阳光帅气，女的娇媚可人，校花校草组合，绝对对得起金童玉女这四个字。

一晃，又大半个月过去了，又到了每月必经的月底摸考。

安夏瑶自从上次被叶致远压了一分，心里就不爽，铆足了劲儿，这次非要把叶致远给比下去。

开考后，安夏瑶唰唰地在试题上不停地填着答案。她这次一定要把叶致远给压下去，然后一扫之前被他打击的士气，一口气直接做到了最后一道题。她缓了缓，转过头，不自觉地扫了一眼叶致远，只见他背对着安夏瑶，趴在课桌上，在睡觉，还是在干吗，安夏瑶不知道，但是她肯定他绝对不是在答题。这家伙，该不会又想交白卷了吧？

如果他交白卷，安夏瑶考再高压着他也没意思啊。

安夏瑶怒了，她扫了一眼桌上的文具，两支笔，一块橡皮，一把尺子，一把小刀，犹豫了下，随即把手里的笔朝着叶致远的脑袋上砸去。

叶致远脑袋被砸中，忙挣扎着扭过俊脸来，神色痛苦地看了一眼气呼呼的安夏瑶，四目一对，看到叶致远的俊脸惨白惨白的，额头上有着豆大的汗珠，安夏瑶就知道叶致远病了，心里不由得愧疚起来。

监考老师冷着脸走了过来，"你们两个在干吗？"

安夏瑶的俏脸烧了起来，咬着唇，诚实地回道："我用笔砸了叶致远。"安夏瑶知道，她这样说，监考老师是不会相信的，监考老师更认为安夏瑶跟叶致远在作弊，递小纸条。

叶致远的俊眉因为身体的不适紧紧地拧在一起，他咬着牙说："是我笔坏了，问安夏瑶借笔，她才砸我的。"

"你们两个不要相互包庇了，肯定是在作弊。"监考老师是互换的，高中年级考核制度直接影响奖金的发放，各个老师都有私心，希望别的班级考得差点。安夏瑶跟叶致远，他是认识的，这两个人上次的成绩都是全校前几名。如果他们作弊了，对他们是个教训；如果他们没作弊，这时间点出差错，肯定来不及答完，就不会考高分，这样他们班的平均分肯定往下掉。

监考老师并不是故意想找碴儿，只是安夏瑶跟叶致远藐视考场纪律，不能怪他拿他们俩下手开刀，"是不是作弊，我会查的，你们两个现在交卷出去。"

安夏瑶犹豫地看了下自己没有答完的试卷，她知道，只要她坚持，可以把这误会给解除，并且考完试得高分，可是看了看叶致远苍白的脸色，她咬了下牙，一把拉着叶致远，"你没事吧？我们交卷吧。"然后半拉半拖半拽把叶致远带出了考场。

"零蛋，你哪里不舒服？"安夏瑶一出教室就关切地问。"你怎么知道我身体不舒服？"叶致远感觉肚子一阵接着一阵地抽搐，排山倒海般疼痛，手脚都瘫软无力，整个人已经快站立不住了，全身的重量都压在了安夏瑶的身上，虚弱地开口道。"看你的样子就是病了啊，我们去医院吧。"安夏瑶有点支撑不住叶致远高大的身躯，走路歪歪斜斜，"先扶我坐会儿。"叶致远咬着牙，扛着疼痛开口道，他快要倒了。

安夏瑶扶着叶致远坐下，想去找老师，但是看着叶致远的样子，不忍心走掉，于是忙掏出手机打了120，关切地拿自己的衣袖不停地给叶致远擦汗，"你没事吧？到底哪里不舒服？"

叶致远的俊脸苍白得毫无血色，指了指肚子，连说话的力气都没有。

安夏瑶忙蹲着身子，伸手摸上他的肚子，小心翼翼地轻揉了两下，"你肚子不舒服？以前有没有这样痛过？"

"牙箍妹，你很烦。"叶致远痛得渐渐眯起了黑眸，耳边唯一清晰记得的是安夏瑶的哭声，"零蛋，你千万别有事啊。"

这丑丫头、牙箍妹还真是会哭。

当叶致远醒过来的时候，已经是第二天中午了。恢复知觉，吸入鼻子的都是刺激不好闻的消毒水味，他微微皱着眉头，睁大了黑眸望着白花花的天花板、白花花的墙壁，心里有些说不出来的抑郁，青涩的俊脸上染着一抹不是这个时期少年该有的忧伤。他环视了下四周，靠近窗台边，端坐在椅子上，捧着书本的安夏瑶正看得入迷，阳光穿过透明的玻璃，折射在她的身上，似乎笼起一层金黄色的光源，她整个人散发着一种安静柔和的味道，跟往日里张牙舞爪的样子相差甚大。

叶致远的视线深邃地停留在安夏瑶的身上，她是那种跟你不熟连话都懒得说的人，但是一旦熟了，就会叽叽喳喳说个不停，可是每当看书的时候，又安静得让人不习惯。

安夏瑶不笑不说话安静的样子，其实挺漂亮的，只是那个牙箍实在是影响了她的美，叶致远在心里暗暗地惋惜。

安夏瑶似乎感觉到有灼热的视线看着她，不由得抬起头，看向叶致远，"你醒了？"

昨天送他到医院的时候，叶致远基本陷入昏迷，后来不但开始肚子疼,而且还又呕又吐,安夏瑶吓得不敢走开,只能跟家里扯谎,说学校要补习,然后一直守候在叶致远的床边,幸亏每次月考之后都会放假,也懒得跟学校请假。

"有没有觉得哪里不舒服了?"安夏瑶忙放下手里的书本,朝着叶致远走了过来,顺手递过去手机,"你给家里打个电话吧。"

叶致远轻轻地推开安夏瑶拿着手机的手,摇了摇头,微动了下唇,"不用。"

安夏瑶看了看叶致远,又看了看手上的手机,撇了撇嘴,也不再坚持,忙把叶致远的病情汇报了下:"你昨天是食物中毒,而且还伴随肠炎发作,引起了发烧,所以才会那么难过的。"

叶致远轻轻地"哦"了一声,然后看着安夏瑶,她逆光而站,略微黯淡的小脸上,黑溜溜的眼睛特别明亮,就好像天上的繁星似的,她叉着腰正色地质问叶致远:"说,你昨天吃什么乱七八糟的东西?"

叶致远虚弱地摇了摇头,"我也不知道。"

安夏瑶嘴角抽搐了下,没好气地哼了哼,"不知道?把你昨天去过的地方,吃过的东西,都给我罗列一个表格来,我帮你查。"一本正经地说完,然后快步地走到叶致远地床边,俯身伸手探向他的额头,探了探,"烧已经退了,我去问问医生你还要不要挂盐水,等着。"说完蹦跳着跑了出去,叶致远的心微微怔了下,目送着安夏瑶快速奔跑出去的背影,嘴角不自觉地放缓,眼底闪着一抹他自己也不曾觉察的温柔。

从医院回学校之后,一切似乎又回到了正轨,但是似乎一切都开始慢慢变得暧昧跟懵懂起来。

"牙箍妹，我的作业做完没？"叶致远双脚翘在课桌上，散漫地摆了一个最舒适的姿势，然后一脸理所当然地看着安夏瑶。自从上次打赌他赢了安夏瑶，考试比她高一分之后，他所有的作业都是安夏瑶帮做的，这一做，都快要半个学期了。

安夏瑶欲哭无泪，平时的数理化照抄也就算了，她最多是温故知新，可这家伙的作文也交给她做，幸亏她文笔不错，能写同一个题目不同两种文风来。很多年后的安夏瑶回忆起来，不得不想，她的文笔好，能吃写作这碗饭，做专栏作家，是不是就是那时候被训练出来的？

"牙箍妹，问你话呢。"叶致远放下脚，痞气地戳了戳安夏瑶。"好了。"安夏瑶没好气地甩过叶致远的作业，为了帮他抄作业，她本来娟秀的一手小字，现在练得歪歪扭扭，看着就别扭难过。

叶致远接过作业，随手一扔，然后面不改色地道："既然帮我做好了作业，你也挺得空，来帮我写情书。"

安夏瑶以为自己听错了，转过头望着叶致远，"你刚说什么？"认识这家伙也快半个学期了，每天见他扔掉情书从惊讶到习惯到麻木，可是听他说要写情书，那还真的是大姑娘上花轿，头一回呢。安夏瑶不得不怀疑，她出现了幻听。

叶致远一脸面不改色地说："牙箍妹，年纪轻轻的，就出现耳背、耳聋、耳鸣现象啦？"说完，还补了句，"你完了。"

砰！安夏瑶恼怒地一拳捶在桌子上，连名带姓，咬牙切齿地喊："叶致远！"

"在呢，在呢，别叫那么大声，班长看着呢。"叶致远漫不经心地掏了掏耳朵，一脸欠扁的笑意，"小心我告诉老师你欺负我。"

"我欺负你？叶致远，你没搞错吧？"安夏瑶冷冷地嗤笑了下，"这个笑话一点都不好笑。"

"哎哟，我欺负你，我欺负你，总成了吧？"叶致远嬉皮笑脸地戳了戳被他气得扭过脸不想搭理他的安夏瑶，"滚！"安夏瑶没好气地丢了一个字，"牙箍妹，当初可是你自己说的要帮我代写情书，你现在想不承认？"叶致远眸光灼灼地盯着安夏瑶，"食言而肥，小心，肥死你。"

安夏瑶深吸了一口气，终于压下怒火，从课桌肚里抽了一张信纸，抓着笔，看着叶致远问："名字？"

"名字还没想好，你空着，先写内容吧。"叶致远看着安夏瑶气呼呼的脸蛋，两腮鼓鼓的，忍不住就想去逗她。

"你想写什么版本的情书？"安夏瑶一本正经地问叶致远，就像在问你今天中午吃饭了没。

"哎哟，牙箍妹，你真了不得，会写很多版本的情书啊？"叶致远满脸惊喜地看着安夏瑶，"真人不露相啊，牙箍妹，你厉害嘛，来，给哥哥说说，你都给谁写过情书了？"

"少来。"安夏瑶赏了一个白眼给叶致远，"到底要不要我写？浪费我时间。"

叶致远弹了下手指甲，漫不经心道："你先写个文艺版的给我看看。"

安夏瑶抓着笔，空了一行称谓，唰唰地在信纸上写了起来，没一会儿，就写完了，递给叶致远，"好了。"

"这么快？"叶致远接过一看，一行醒目的字，"问世间，情为何物，只教人生死相许。姑娘，我爱上你了，接受我吧。"

叶致远嘴角抽搐了下,"是不是太简洁了点?"

安夏瑶忙摇摇头,"我觉得很好啊,主题明确,态度端正,一目了然。"

"那姑娘会接受吗?"叶致远拧着俊眉,看着信纸,问得随意,"会。"安夏瑶为了打发叶致远,硬着头皮坚定地说,"确定?肯定?一定?"叶致远不放心地道:"万一人家不接受,拒绝的话怎么办?"

"怎么可能?"安夏瑶自信满满地说,"就凭你叶致远,压根不用任何情书,勾勾手指,是母的都会往上扑。"

叶致远眨巴了下深邃的黑眸,朝着安夏瑶勾了勾手指,安夏瑶傻眼,"干吗?"

"咦,牙箍妹,难道你不是母的?不然为什么不往上扑?"叶致远说得那个一本正经。

安夏瑶被调戏,俏脸瞬间红了起来,气鼓鼓地道:"叶致远,你到底什么意思啊?吃饱撑的。"

叶致远提起笔,唰唰地在安夏瑶留白的地方签上了牙箍妹三个字,又在情书的末尾龙飞凤舞地签上了零蛋的大名,然后戳了戳安夏瑶,端端正正地放到了她面前。

"牙箍妹,给你的情书。"叶致远嬉皮笑脸地对安夏瑶说,"问世间情为何物,只教人生死相许,姑娘,接受我吧。"

安夏瑶白皙的脸蛋瞬间红得跟煮熟的龙虾似的,没好气地将信纸揉成了一团,气呼呼地瞪着叶致远,咬牙切齿道:"叶致远,从现在开始,我不会再给你抄作业,也不会再给你写情书,更不会帮你做任何一件事,最后我也不想再跟你讲话了。"

叶致远傻眼,无辜道:"牙箍妹,你自己说的,这情书主题明确，态度端正，一目了然，是姑娘都会接受的呀，你欺骗我感情。"说完，假装捂着胸口，耍宝道，"可怜我那么相信你，我的小心肝呐，受伤好深……"

安夏瑶气得甩都不想甩叶致远，她伤心啊，她幼小的心灵才真正地受伤呢，人生第一封情书，竟然是叶致远调戏她写的，而且还是她自己写给自己的。

"牙箍妹，你真生气了？"叶致远凑过身子，挨着安夏瑶，用手肘顶了顶她。

安夏瑶侧身闪过，没有接话。

"牙箍妹，我没逗你。"叶致远深吸了一口气，"我们试试谈恋爱好不好？"

安夏瑶大脑彻底死机，空白了一会儿，才看向叶致远，"你玩够了没有？调戏我很好玩吗？"

叶致远被安夏瑶这样没好气地吼了下，表情讪讪的，半响也不知道接什么话。

"叶致远，我喜欢你。"路语蕊竖着耳朵听着叶致远跟安夏瑶对话了半响，终于按捺不住地转过身子，眸光含情地看着他告白道。

安夏瑶愣了，压根没有料到路语蕊会用这样直接的方式告白，叶致远也傻眼了。

"叶致远，我喜欢你。"路语蕊再一次坚定地强调了一遍，眸光直直地看着叶致远。

这么强悍的告白。这句台词，其实安夏瑶也想说，可是她自卑，她说不出口。看着路语蕊，看着风姿迷人犹如完美女神的路语蕊，她自卑得恨不得挖个地洞钻进去。

"路语蕊同学，我妈妈不让我早恋，你别喜欢我。"叶致远含蓄拒绝道，幽深的黑眸若有若无地扫了一眼安夏瑶，意味深长。

安夏瑶不自在地抱着书本，感觉自己好像是一个快要被烧起来的灯泡。

路语蕊漂亮的俏脸带着一抹受伤，哀怨地看着叶致远，"你故意拒绝我的是不是？"说完眸光含着隐恨扫向安夏瑶。

安夏瑶何其无辜，心虚地低着脑袋，心想：路语蕊，你告白失败确实很丢脸，别哀怨地瞅着我呀，我也不想看到啊，是你自己挑选的时机不对嘛。还有叶致远不早恋，是妈妈不允许，这个不能不听妈妈的话。

叶致远一脸痞气，淡淡地道："我干吗故意拒绝你？我跟你又不熟。"

路语蕊红着眼，隐忍着眼眶中会掉落的泪，咬着唇，面色不太好看地转过身去，看得安夏瑶那个心生犹怜，不由得撇嘴对叶致远道："你真是个祸害。"

叶致远则是撇了撇嘴，第一次没有跟安夏瑶斗嘴，或许他是没有心情斗嘴。

"牙箍妹，晚上陪我去图书馆看书。"叶致远临下课时拉住安夏瑶正色地说。

安夏瑶惊讶地犹如吞了鸡蛋似的，嘴巴半天没合拢，"你说去图书馆看书？"抬眼看了看外面的天，"今天太阳是从西方升起的啊？"

叶致远没好气地弹了弹安夏瑶的鼻尖，"废话怎么那么多？一句话，到底陪不陪我去？"

安夏瑶犹豫了，接着深呼了口气，"晚上文学社有事，陪不了你。"

"那好吧，我晚上陪你去文学社。"叶致远一锤定音地说完，然后拎着校服就往外走，丝毫不给安夏瑶任何拒绝的机会。安夏瑶则是呆呆地站在原地，好半天都没回神。

当叶致远死皮赖脸跟着安夏瑶走进文学社的办公室时，本来在热烈讨论的七八个组员瞬间鸦雀无声，瞪大了眼睛看着安夏瑶，还有她身边的叶致远。

社长第一个回神过来，轻咳了下嗓子，跟叶致远打了个招呼："叶少好。"

叶致远的俊脸难得带了点别扭的尴尬，对着社长点点头，友好地打了个招呼："嗯，你好。"

安夏瑶就这样惊在门口，眼睛瞪得大大的，因为文学社的墙上，本来贴着优秀期刊的墙上，竟然拉了一条大大的红色条幅，上面写了六个大字："牙箍妹，我爱你！"

叶致远推了推安夏瑶，"牙箍妹，看到墙上的字没？"叶致远的手紧紧地握着，其实只有他自己清楚，他此时的心跳有些骤然加速，而且手心紧张地在微微冒着冷汗。

红底，白字，三米宽的大横幅，就六个大字，只要不是瞎子，都不可能看不到，还别说安夏瑶的视力一向是5.0。

安夏瑶第一反应今天是愚人节，所以她扭过脸问叶致远："今天几号，星期几？"

叶致远紧张地等安夏瑶的反应，谁知道等了半响，竟然听她这么牛头不对马嘴的一句话，正一头雾水，但还是认真地回答："今天二十一号，星期五。"

"不是愚人节啊。"安夏瑶立马对叶致远大声地吼了起来，"叶致远，你干吗愚弄我？"

叶致远傻眼了下，文学社办公室其他几个人也傻眼了，安夏瑶的反应太出人意料了，正常反应应该是窃喜地抱住叶致远，然后忙不迭地点头说："我愿意，我愿意啊。"

"叶致远，我真的生气了。"安夏瑶狠狠地瞪了一眼叶致远，然后气呼呼地扭身就走。

不能怪安夏瑶不接受叶致远，也不能怪安夏瑶会自卑地认为叶致远是在调戏、愚弄她，因为她亲眼看到叶致远淡淡地拒绝了全校完美女神路语蕊，她实在没办法接受叶致远不要完美女神而钟情她这颗豆芽菜的事实，因为这实在是太狗血了，狗血得压根就不真实。

安夏瑶喜欢叶致远，她的小心肝里密密麻麻地装满了少女情怀，但是因为爱得真实，所以没办法接受不真实的狗血。

十七岁的安夏瑶心里是带着自卑的，尤其跟完美女神同时爱上一个问题少年时，这样的自卑，让她只有小心翼翼地藏好自己的心事。

叶致远傻在原地，他精心准备的告白，竟然让女主暴走了。

社长跟其他几位面面相觑，终于有人按捺不住地问："叶少，你真喜欢安夏瑶啊？"

叶致远没好气地赏了一个白眼，拽气道："这不是废话吗？"

"可是安夏瑶压根不相信你喜欢她呀。"社长也忍不住跳出来八卦，"她以为你在愚弄她。"

叶致远无力地翻了翻白眼，"我知道，那有什么办法能让她相信我是在追求她呢？"

"要不你晚上背着吉他去女生宿舍楼下唱情歌吧。"社长想了想，认真地说，"你得认真起来才能打动安夏瑶，让她相信你真的在追求她,而不是愚弄她。"

"可我不会弹吉他。"叶致远窘了下,当他是全能,什么都会啊。

"你会唱歌吧?"社长问,叶致远点了点头,这个简单点。

社长拍了拍叶致远的肩头,"我会弹吉他,晚上我帮你。"他俨然充当起军师来,光想想校草叶致远追求豆芽菜安夏瑶就是一件八卦得振奋人心的事,如果能亲自参与其中,成就校园生活辉煌的一笔,那简直就是太爽了。

当夜,月朗星稀,清淡的月色照在大地上,发出皎洁淡雅的光泽,校园渐渐进入宁静。

社长背着吉他,叶致远拿着话筒,站在安夏瑶宿舍楼下,大声地唱起歌来:"对面的女孩看过来,看过来,看过来,这里的表演很精彩,请你不要假装不理不睬。对面的女孩看过来,看过来,看过来,不要被我的样子吓坏,其实我很可爱。寂寞男孩的悲哀,说出来,谁明白,求求你抛个媚眼过来,哄哄我逗我乐开怀⋯⋯"社长的吉他声,伴着叶致远的歌声,瞬间在女生宿舍引起轩然大波,女生挤破了头探出身子观看,接着不约而同地失声惊叫起来:"哇!叶致远!"

"竟然是叶致远在唱歌!"

"哇,叶致远好帅啊!"

此起彼伏的惊叫声在女生宿舍楼里响了起来,高一的女生宿舍每间住三个人,一个女人等于五百只鸭子,这会儿叶致远整个耳朵里充满成千上万只鸭子的喧闹声⋯⋯

"我左看右看,上看下看,原来每个女孩都不简单。我想了又想,猜了又猜,女孩们的心事还真奇怪。寂寞男孩的苍蝇拍，左拍拍，右拍拍，为什么还是没人来爱，无人问津真无奈。对面的安夏瑶看过来，看过来，看过来……"

"啊！叶致远在表白，安夏瑶，竟然是安夏瑶！"

"啊！安夏瑶是谁？"

"安夏瑶是考试每次都在年级前三的丑丫头！"

"叶致远竟然喜欢那个丑丫头？简直就是没天理。"

"叶致远，你喜欢我好不好？我好喜欢你。"

女生宿舍彻底沸腾了起来，安夏瑶那屋窗户前只有一个人，就是那个胖乎乎的班长，安夏瑶没有出来，路语蕊也没有出来。

叶致远心里不由得有些失落，但是在社长勉励的眼神下，还是鼓起勇气喊道："安夏瑶，我喜欢你，真的喜欢你。"

这下安夏瑶出来了，随手还带了一盆水，毫不犹豫地倒了下去，喊道："叶致远，你去死。"

叶致远跟社长从头到脚被淋了个彻底，狼狈得像落汤鸡。

叶致远的心跟着拔凉起来，社长拍了拍叶致远的肩膀，安抚道："革命尚未成功，你要继续努力，这点挫折都受不了的话，安夏瑶是不会相信你真喜欢她的。"

叶致远的斗志瞬间又被社长的话点燃，"我一定会追到安夏瑶。"

胖班长一脸花痴样，一副晕厥状，双手捧着心道："安夏瑶，你实在是太冷酷、无情、自私了，你怎么能那样对待叶致远啊？我的王子。"

安夏瑶嘴角抽搐了下，双手扼拳，浑身散发着怒火道："我没给他洗脚水，已经是够给他面子了。"

路语蕊满脸哀怨地望着安夏瑶，语气淡淡地问："你真不喜欢叶致远?"

安夏瑶看了看路语蕊,带着点心虚,硬着头皮道:"嗯。"这一刻安夏瑶在心里鄙视自己,她喜欢叶致远啊,真的好喜欢叶致远,可是她知道,她跟叶致远的距离太大,大得让她没有勇气去跨越。

第二天,安夏瑶刚出宿舍,叶致远就一脸笑意地迎了上来,手里还捧着一束火红色耀眼的玫瑰。

安夏瑶的脸色瞬间冷了几分,目不斜视地绕过叶致远,她的心里非常不淡定,但还没有头脑发热。叶致远快速地追了上去,一把拉住安夏瑶,眸光灼灼地盯着她告白道:"安夏瑶,我喜欢你。"安夏瑶的心越来越不淡定了,抓狂地吼道:"叶致远,你到底喜欢我哪里?我改还不成吗?"

叶致远的俊脸沉了几分,咬牙切齿道:"喜欢你是没道理的,我能说出来我喜欢你哪里,我还喜欢你做什么?"这确实是叶致远的心里话,他也很想知道,为什么好好的女神不去喜欢,非得喜欢安夏瑶这个牙箍妹、豆芽菜。

安夏瑶沉默地望着叶致远。

叶致远也认真地看着安夏瑶。

四目相对,时间,空间,似乎一切都停止了,安夏瑶跟叶致远的世界,似乎只留有彼此的存在。

安夏瑶深吸了一口气,求饶道:"叶致远,你别开玩笑了好不好?"她稚嫩、幼小的心是经不起任何的折腾。

叶致远看着安夏瑶,"我并没有开玩笑,安夏瑶,我真的喜欢你。"

安夏瑶咬着唇,不确定地问:"你真的没开玩笑?"

叶致远深吸了一口气,抓着安夏瑶的手放在自己的胸口,无比认真地说:"牙箍妹,你感受下我的心跳,它跳得那么激动、那么猛烈,都是为你而跳的,我喜欢你,认真的。"

安夏瑶动摇了,真的动摇了,不管叶致远是真的喜欢她,还是假的喜欢她,她都想跟叶致远说,她安夏瑶是真的喜欢叶致远。

叶致远眼瞅着安夏瑶并不是特别抗拒,他见机猛地将安夏瑶拉入怀里,毫不犹豫地在她的额头上印了个吻,"牙箍妹,我喜欢你,做我女朋友好不好?"

安夏瑶的心瞬间被狂喜给淹埋,人最幸福的事,不就是你暗恋的那个人正好也喜欢你,并且跟你表白追求你吗?

安夏瑶的黑眸望着叶致远,正色表白:"叶致远,其实我也喜欢你。"

叶致远不由得一脸拽气地对安夏瑶道:"我喜欢你,你喜欢我,那么,我想,我们或许能试试谈恋爱咯。"

安夏瑶的心变得犹如小鹿乱撞似的,俏脸烧得通红,羞涩地点头,"嗯。"不管结果会如何,至少这一刻她想遵从自己的心,想要一场无憾的表白跟恋爱。

叶致远猛地一把将安夏瑶紧紧地搂到了怀里,肩膀顶靠在她瘦弱的肩头,不停幸福地深呼吸。

这一刻的感觉真的很美好,以至于在以后的岁月想起来,都能够甜到心坎里。

第五章　分手

因为还是高一,早恋禁忌时期,叶致远又那么大张旗鼓地追求安夏瑶,闹得全校风风火火,流言四起,老师也颇有微词,暗地私下分别找叶致远跟安夏瑶谈话疏导了下。

安夏瑶虽然是乖宝宝、好学生,但是一旦认定了一件事,就不会为了别人的眼光跟议论而退缩,为了避免事情闹大惊动家长,真的来个棒打鸳鸯,她表面上乖巧地糊弄老师,说她没跟叶致远在一起,甚至还避嫌,两个人调远,不再做同桌,但是私底下,她跟叶致远好得如胶似漆。

叶致远虽然桀骜不羁,但是一旦情窦初开,纯真无比,为了保护乖乖女、好学生的安夏瑶不被流言攻击,不被老师再三谈话找麻烦,他主动把这段年少的爱情小心翼翼地收藏起来,低调地呵护着,用他的特有方式把众人的焦点吸引到他的身上去。

很快,叶致远猛追隔壁班花的消息再一次在学校传得沸沸扬扬,而他追安夏瑶也瞬间成了过去式,人们也当作闲聊八卦的笑柄,一笑而过。

只有偷偷摸摸的两个当事人——安夏瑶跟叶致远自己清楚,悄悄地享受着幸福的恋爱滋味。

由于两个人不再是同桌,叶致远跟成绩同样好的班长同桌,平时确实跟安夏瑶的接触少了,胖乎乎的班长被叶致远的特有魅力征服,毫不犹豫地充当了他们两个人的纽带,会不时地帮他们递个小纸条,传个小东西什么的。

安夏瑶手里捏着班长朝她递来的小纸条,对着叶致远会心地一笑,压在课本下悄然打开,是一个漫画丘比特,上面画着两个红色的心,紧紧地相连,写着龙飞凤舞的两个名字:零蛋、牙箍妹,安夏瑶浅浅的笑容流动在她的嘴角,心情无比轻松跟欢快。

安夏瑶想了想,随即又给叶致远回了一句话:"问世间,情为何物,只教人生死相许。"

叶致远抓着小纸条,满脸的欢喜,对着安夏瑶比了一个我爱你的手势。

安夏瑶满面的羞涩,但还是给叶致远回了一个我也爱你的手势。

这两个人的甜蜜互动直把班长看得那个捶胸顿足,惊羡不已,"你们要不要这样甜蜜?嫉妒死我了。"

安夏瑶只是抿着唇,甜蜜地微笑。

路语蕊的表情却犹如被冰霜冻过一样,射出的冷眼都能让人忍不住地打哆嗦。

放学后,叶致远跟班里的一群男生在操场上打球,安夏瑶看了会儿体贴地去小卖部给他买水。当她拿着两瓶水要走回操场的时候,来了三个女生拦住安夏瑶的路,这三个女生身材都很高挑,看着就不像是高一的。

安夏瑶心里紧抽了下,但是依旧面色淡定地扫了一遍这三个眼眸带着探究,在她身上不停打转的女生。

其中为首的一个女生将安夏瑶上上下下仔细地打量了一遍后,才淡淡地开口问:"你就是安夏瑶?"

"嗯。"安夏瑶点点头。

"叶致远的女朋友?"看着安夏瑶满口古铜色的牙箍,长得也不咋的,不由得问得有些迟疑,叶致远,口味这么差?

"嗯……是。"安夏瑶犹豫了下,还是鼓起勇气坚定地承认了。

安夏瑶在没有遇到叶致远之前，是一个只会学习的乖宝宝，她对问题少年的认知还是从叶致远到来后，对那些打架闹事的少年，安夏瑶只是在小说或电影中看到过。但是既然人家找上门了，安夏瑶也只能硬着头皮接招。虽然她真是想不通，为什么她们会找上自己？

"你跟叶致远交往多久了？"为首的那个女生听到安夏瑶承认后，眼神瞬间变得阴狠起来，另外两个包围着安夏瑶的女生瞬间也都跟着愤怒了起来。

安夏瑶从来没有经历过这样的事情，她能感觉到自己心底发虚以及手脚发冷，深吸了一口气，硬着头皮淡淡地回道："我没必要跟你们汇报吧。"

就在安夏瑶刚说完这句话的时候，一个重重的巴掌狠狠地甩在了她的脸上。

安夏瑶一下子退后了两步，脚底不稳狼狈地跌倒在地，她只觉得脑袋里轰一声，耳朵里有嗡嗡的耳鸣声，她被打蒙了，难以置信地仰头看着她们，眼里带着克制不住的泪水，安夏瑶从小到大还没有挨过巴掌呢。

"这巴掌让你长长记性，叶致远不是你这样的丑女能配得上的。"为首的那女生眼神轻蔑地看着安夏瑶。

"就是，长得这么丑，竟然癞蛤蟆想吃天鹅肉，也不拿个镜子照照自己？"旁边的那个女生轻笑着接话。

安夏瑶憋着眼泪，咬着唇，倔强地站了起来，眼神愤怒地看着为首的那个女生，深吸了一口气道："我跟叶致远般配不般配，不是你说了算的，我是长得丑，可是只要叶致远喜欢就好。你再漂亮，他看不上你，白瞎！"

那为首的女生听到安夏瑶的话，毫不犹豫地又甩一个巴掌，"不要脸。"

安夏瑶想躲开，却被另外两个女生拦住了，顿时，安夏瑶感到脸上火辣辣地疼，眼泪也终于克制不住唰唰地往下掉。

安夏瑶长这么大，真的从来都没有受过这样的屈辱。

"见过不要脸的，没见过你这样不要脸的。"旁边的一个女生呸了一声，"贱货，肯定是你不要脸地缠着叶致远，他甩不掉你，才只能跟你交往的。"

"像你这样难看的女生给叶致远提鞋都嫌碍眼，你怎么就这么不要脸呢？还叶致远的女朋友，我呸。"另外两个女生，也忍不住地加入到打击安夏瑶的队列里来。

安夏瑶第一次遇到这样的暴力事件，她唯一的念头就是反抗，所以她愤怒地站了起来，朝着就近的一个女生抓了上去。

"哎哟，贱货，很泼辣嘛，姐妹们，收拾她！"为首的那个女生防备不及被安夏瑶抓了一下，闪开身子后，恼羞成怒地吩咐道。

另外两个女生一起冲了上来，把安夏瑶按倒在地，拳打脚踢地开始实施暴力行为。

"住手！"叶致远的声音犹如天籁一样在安夏瑶害怕跟绝望中响起，"给我住手！"叶致远愤怒地推开了正按着安夏瑶的两个女生。

叶致远一把抱着在那蜷缩着身子瑟瑟发抖的安夏瑶，温柔地抚着她的背安抚道："牙箍妹，不哭，不怕啊。"

安夏瑶除了掉眼泪，也不知道该说什么，把头埋在叶致远的怀里低低地呜咽哭泣着。

"温倩，你有毛病！"叶致远咬牙切齿，双眼几乎要喷出火来，怒瞪着为首的那个女生。

为首的女生被叶致远的表情吓到了，不由柔弱地低声辩解起来："叶致远，这个不要脸的女生一直纠缠着你，我们只是帮你教训教训……"

"教训你妹。"叶致远没好气地对那女生吼道，"安夏瑶是我的女朋友，谁不要脸地缠着我了？最不要脸的还不是你，一直缠着我？"

那为首的女生被叶致远这样直白的话给伤得面色惨白。

"我警告你们，安夏瑶是我叶致远的女朋友，以后谁再敢找她麻烦，我一个一个地收拾。"叶致远冷声地警告，接着又看了一眼那个温倩，"以后别再让我看见你，见你一次我恶心一次。"

那彪悍的温倩早被叶致远打击得脆弱不堪，随即蹲下身子抱着手臂呜呜地哭泣起来。

叶致远不再理会，他一把抱着安夏瑶大步地离开了。

安夏瑶靠在叶致远瘦弱的怀里，却无比安心，她扯着叶致远的衣服哭得昏天暗地，直到叶致远将她轻轻地放倒在草坪上，她还是不停地在抽噎。

叶致远看着安夏瑶哭红的眼，心里有个角落不自觉地柔软，低头看着安夏瑶，"好了，牙箍妹，别哭了，哭得我的心都发酸了呢。"

安夏瑶很努力地想克制眼泪，可是克制不住啊，她用手抹了抹泪，抽噎着问："叶致远，我是不是太丑了，配不上你？"

叶致远叹了口气，伸手揉了揉安夏瑶的脸颊，把她眼角的泪水轻轻地拭去，"你很丑吗？为什么我觉得你很漂亮呢。"

"叶致远，你好虚伪。"安夏瑶没好气地瞪了一眼叶致远。

"我哪里虚伪了？"叶致远不满地辩驳，"没听过情人眼里出西施啊?我觉得你好看就好看,你管别人怎么说?"

"可是别人都说我配不上你。"安夏瑶撇了撇嘴,带着失落说道。

"那是别人羡慕嫉妒恨呢。"叶致远安慰安夏瑶,"我说你什么时候也变得这么肤浅了?好看、难看能当饭吃吗?你人好、心好,我喜欢就行。"

"可是,时间长了,你会不会也觉得我难看,配不上你,不要我?"安夏瑶咬着唇,心里还是带着深深的自卑。

"你不知道,好看的人,看得时间越长,会有审美疲劳的,渐渐会不好看,而难看的人嘛,已经难看了,看着看着也就顺眼了呗。"叶致远说得一本正经,"我现在看你挺顺眼的呀。"

安夏瑶气得咬牙切齿,"叶致远,你的意思就是变相地说我难看是吧?"

"没有,是你自己说的。"叶致远无辜地看着安夏瑶。

"可你也承认了。"安夏瑶眸光灼灼地盯着叶致远。

"我错了还不成吗?"叶致远勾着嘴角轻笑,"牙箍妹,你能不能不要这样较真?我喜欢你,我喜欢你,你要我说多少遍你才相信?"

"我……"安夏瑶眨巴着被眼泪洗刷过的黑眸,闪亮闪亮地看着叶致远,"我只是害怕自己不够好,会失去你。"

叶致远一听,整个心柔软得跟豆腐似的,他一把将安夏瑶大力地搂入怀里,正色地说:"牙箍妹,你已经够好了,好得我都觉得自己万一要不好都对不起你呢。"

安夏瑶依靠在叶致远的怀里,嘴角挂着幸福的笑容,原来生活是可以这样的甜蜜跟美好。

阳光照在他们青涩相依的背影上,折射出昏黄色的光芒,美得让人移不开视线。

幸福的时光飞逝如电,在高年级找碴儿事件被叶致远的警告摆平后,倒是再也没有别的女生来找安夏瑶的碴儿了,而一个学期也临近尾声,大家都忙着备考。

安夏瑶从班主任办公室出来,准备折回教室去拿资料,等值日的叶致远打扫完,然后去图书馆跟他一起复习。她虽然早恋了,但依旧是个好学生,还抓着叶致远一起好好学习,天天向上呢。

安夏瑶走到班级门口时,门关着,教室里好像已经没人了,她不由得嘴角轻轻地勾起,心想着,叶致远肯定偷懒没打扫卫生,那她这个女朋友只好帮他打扫了,手刚握上门把,路语蕊的声音就清淡地传了出来,"叶致远,你还在跟我怄气吗?"

安夏瑶推门的手就这样生生地顿住了,心里甚至带着一丝自己也说不出来的紧张。

"谁跟你怄气了,无聊。"叶致远的声音依旧带着点骄傲的脾气。

"叶致远,我知道我错了。"路语蕊的声音很清亮,"我不该拒绝你,不该说我妈妈不让我早恋这样的话气你,原谅我好不好?"

安夏瑶有些说不出来的沉重,就好像即将窥探到不该窥探的秘密一样。原来叶致远跟路语蕊有这么一段过往,难怪叶致远对路语蕊总是带着几分安夏瑶都觉得怪异的表情,原来真正的原因在这里。

叶致远没有说话,隔着门,安夏瑶看不到叶致远的表情。

路语蕊稳了稳心神,终于还是开口道:"叶致远,我们不要怄气了好不好?你不要再赌气跟安夏瑶在一起了,那样我看得好难过……"路语蕊的声音,说到最后,甚至开始带着哽咽,"我们重新开始,好不好?"

安夏瑶紧张得手心都在冒汗,等着叶致远的回答,可是半响之后,教室里却陷入了无声,她在拉门跟离开之间犹豫了一下,最终,还是悄悄地推开了一条缝隙。

路语蕊站在叶致远的面前,等不到他的回答,踮起脚尖,勾着他的脖子,将自己的吻献了上去,而叶致远并没有推开。

安夏瑶再也看不下去,她仓皇地转身离开,心痛得瞬间感觉好像无法呼吸了。她神色恍惚地奔下楼,迎面撞到了一个抱着球的高年级学长,其实撞得并不疼,或者说,那时安夏瑶心里的难过已经超越了肉体的疼痛,她抱着自己的身子不停地掉眼泪。

安夏瑶可以在高年级女生羞辱的时候理直气壮地反抗,可是在面对叶致远跟路语蕊时,她自卑得只想挖个地洞钻进去。

因为事实的真相是那样伤人,叶致远跟安夏瑶交往,只是为了跟路语蕊赌气,而安夏瑶付出了所有的爱,只不过是他们赌气的一个炮灰而已。

安夏瑶的眼泪把叶歌给吓坏了,顾不得去捡掉落滚远的球,手足无措地安慰安夏瑶:"喂,你别哭啊,哪里撞伤了,我陪你去医务室好不好?"

安夏瑶不说话,推开叶歌,抱着自己,哭得伤心欲绝,她只不过借着这渠道发泄而已。

叶歌忙跟着安夏瑶蹲下身子,一脸无奈地看着她,"好了,好了,学妹,你别哭了,有什么委屈跟我说就是,身体哪里撞疼了，我陪你去医务室就是。"

安夏瑶开口了，"借个肩膀给我。"然后靠着叶歌，继续不停地掉眼泪。

叶致远走下楼的时候，就看到安夏瑶靠在叶歌身上不停地哭泣，只觉得自己绿帽压顶，大步走了过去，一把拽起安夏瑶，"你在做什么？"

安夏瑶被叶致远粗暴地拽着，手臂都隐隐发疼，看着他怒火冲天的样子，心里有点发虚，随即看到急匆匆跟在他身后下来的路语蕊，安夏瑶深吸了一口气，淡淡地回了句："没什么。"然后丢下叶致远，转身就走。

叶致远有些傻眼，忙上前拉住安夏瑶，"牙箍妹，你什么意思？"

安夏瑶看着叶致远那张青涩、俊朗的脸，此时，隐忍着怒火，漂亮的眸子灼灼地盯着安夏瑶，她咬了咬牙问："你跟路语蕊什么关系？"

叶致远的俊脸有几分尴尬，幽深的眸子转了个圈，扫了一眼路语蕊，刚想开口，安夏瑶已经快一步地说："你跟路语蕊什么关系，跟我没什么关系了。叶致远，我想告诉你，我不要你了，我喜欢上他了。"她伸手朝着那高年级的学长一指。安夏瑶也不知道自己是受刺激太深，还是刚被撞坏了脑子，甚至都没考虑那高年级学长是不是会配合，就这样睁着眼睛撒谎。

或许年轻的安夏瑶只是想在做完炮灰之后，能获得一些骄傲和自我安慰，是她甩了叶致远，是她劈腿甩了叶致远，而不是因为叶致远跟路语蕊的复合，让她这枚炮灰被叶致远给扔掉。

而高年级学长之前的柔声安慰，借给她肩膀的举动，都让安夏瑶直觉地认为，他会配合自己演戏。

叶致远的冷眼嗖嗖地射着安夏瑶，"你再给我说一遍。"

安夏瑶深吸了一口气，稳了稳心神，眼神越过叶致远，看向高年级学长，再一次重复了一遍："叶致远，我们分手吧。"

叶致远的手高高地扬起，青涩的俊颜青筋暴怒。

安夏瑶并不畏惧地迎了上去，甚至在等待那巴掌的落下。

叶致远的手紧紧地握成拳，俊脸带着狰狞，最终朝着高年级学长揍了上去，一把拽着他的衣领，浑身散发着怒意，咬牙切齿地道："你说！"

那高年级学长傻眼了，看着哭得满是泪花的安夏瑶，不由得硬着头皮承认道："她说什么，就是什么。"

叶致远一把松开了高年级学长，看着安夏瑶，冷冷地看着她，什么话都没说，转身就走。

路语蕊见状，忙追了上去，"叶致远，你等等我。"

安夏瑶目送叶致远没走出几步，路语蕊就拉住了他，他大力地一把将路语蕊拉入怀里，拥吻了上去。

安夏瑶的眼泪犹如止不住闸门的洪水，奔涌地流了出来。

叶致远跟路语蕊拥吻的那一幕，异常碍眼，让安夏瑶觉得她的眼睛恨不得瞎了才好。

高年级学长就这样借了个肩膀给安夏瑶，一边看着她掉眼泪，一边听着她在那边哭诉，这一段年少的初恋，开始得莫名其妙，结束得毫无道理。

叶歌永远记得那时安夏瑶的表情，是那么哀伤而又绝望，可能年少自卑的她对这段感情用尽了心思，付出了所有的真情，可是结果却发现，真相是那么伤人，她不过是两个情侣之间怄气的炮灰，不过只是别人故事里的一个插曲。

安夏瑶也不知道为什么会那么信任叶歌，为什么会毫无保留地都告诉他，可缘分就是这么奇怪。很多年之后，安夏瑶回忆起她跟叶歌的相识，也会觉得有些荒唐，但是偏偏这样的荒唐，让叶歌在她最狼狈的时候出现在她的身边，像及时雨似的解救了她。

安夏瑶第二天神色颓然，心情抑郁地走进班级，远远就看到叶致远跟路语蕊亲密地靠坐在一起，嘻嘻哈哈地打闹着，男的俊朗，女的娇俏，真的是很般配的一对。

安夏瑶深吸了一口气，却发现心口还是带着隐隐难过的疼痛，她别过脸不想去看这刺眼的一幕，可是叶致远却热衷这样的表演，一整天都不嫌腻，跟路语蕊在一起大秀恩爱，好像要把之前错过的全部补齐。

安夏瑶的落寞跟形单影只衬托得叶致远跟路语蕊更加幸福，登对得冒泡。

一天的时间，对安夏瑶来说，好像度日如年，好不容易艰难地挨到放学，她收拾了东西沉闷地准备回宿舍，看到门口拿着书本等她的叶歌，愣了下，随即眼尖地看到叶歌拿的书本是昨天她落下的，不由得加快步子走出去打招呼。

叶致远跟路语蕊手牵手甜蜜地走过来，甜蜜地黏着，堵在了门口。

"让一让。"安夏瑶低垂着脑袋，语气淡淡。

叶致远漂亮的黑眸灼灼地扫视着安夏瑶，紧抿了性感的薄唇，欲言又止。

路语蕊倒是忍不住地轻哼了一声，"哟，安夏瑶啊。"意味深长地拖长了调子,看着叶致远,娇笑道,"这可是昨天跟你说分手,甩了你的安夏瑶哦?"

叶致远一听路语蕊提到这事,俊脸瞬间黑了下来,"安夏瑶,你别以为是你甩了我的,实话告诉你吧,我跟路语蕊早在一起了,前段时间不过是闹了点别扭,我用你气了气她,你还真当我喜欢你?还跟我分手?好笑。"

安夏瑶的小脸听到这些话瞬间苍白了起来,强硬地咬牙,克制住鼻尖的酸涩和眼眶内打转的泪,"叶致远,你真的没喜欢过安夏瑶?"路语蕊一把勾着叶致远,俏脸带着欣喜道,"我就知道你用这个丑八怪来气我,你好坏哦。"

安夏瑶的眼泪再也克制不住地掉落了下来,泪眼婆娑地看着叶致远。

叶歌看到这样的场景,虽然不想掺和,但是看到安夏瑶绝望的泪水,心里不由得一阵柔软,大步上前,将安夏瑶一把拉入自己的怀里,柔声地安慰道:"瑶瑶,你怎么了?"

叶致远的脸顿时就绿了,看着路语蕊,打击着安夏瑶道:"我当然不会喜欢安夏瑶了,长得难看就算了,还一口的牙箍,跟她接吻,我都怕磕了嘴……"

安夏瑶深吸一口气,用手擦了一把泪,一把勾住叶歌的脖子,踮着脚尖,轻轻地吻上了他的唇。

叶歌浑身僵硬了下,随即配合搂着安夏瑶,温柔地回吻了下她。

叶致远一把上前拉开了安夏瑶,接着毫不犹豫地赏了叶歌一拳,转身又甩了安夏瑶一巴掌,"贱人。"

安夏瑶捂着被打得滚烫的脸颊,看着叶致远。安夏瑶从小到大第一次挨巴掌,是为了叶致远,第二次挨巴掌,是叶致远动手打的,他还送安夏瑶两个字,贱人。

看吧,男人多可笑,喜欢你的时候,把你当成手心宝,不喜欢你的时候,就贱得跟草一样。

安夏瑶怒极生笑,她看着叶致远,眼泪也不流了,深吸了一口气,淡淡地说:"叶致远,你凭什么打我?"

"你下贱。"叶致远性感的薄唇轻启,刻薄地说。

"我下贱,关你什么事?"安夏瑶稳了稳心神,眸光灼灼地瞪着叶致远,"你是我爹,还是我妈?我跟你是什么关系,我的事需要你管?"

"你!"叶致远被安夏瑶气得一时不知道该接什么话。

"叶致远,我跟你以前没关系,现在更没关系,以后就老死不相往来。"安夏瑶冷着小脸,一字一句地说完,然后拉着叶歌一步一步倔强地走出了叶致远的视线。

叶致远恼恨得一拳猛地砸在了教室门上。

"哎呀,叶致远,你的手流血了……"路语蕊关切地惊叫起来,"我带你去医务室包扎一下吧。"

"不用!"叶致远咬牙切齿地目送安夏瑶跟叶歌离去的背影,年少轻狂,高高在上的他,昨天第一次被安夏瑶把骄傲踩在脚底下,今天本来想故意找回点自尊才卖力地表演,谁知道,安夏瑶连他仅有的自尊都踩下去了。

这个该死的安夏瑶,竟然真的劈腿,还当着他的面跟别的男人接吻,给他这么一顶发光的绿帽,叶致远真是咽不下这口恶气啊。他从来没有这样吃瘪过,也从来没有这样狼狈、难堪过,他现在恼火,恨不得将安夏瑶给撕碎了。

安夏瑶带着叶歌恍惚地走了好长一段路,才松开他,笑中带泪,对他说:"学长,对不起。"

叶歌看着安夏瑶绝望却故作坚强的样子，不由得有些动容，伸手轻柔地摸了摸安夏瑶的额头，温和地安慰道："你要是难过，就哭出来吧。"

安夏瑶只是苦涩地笑了笑，"哭不出来了。"昨天她伤心得已经把眼泪透支完了，今天看到叶致远跟路语蕊的互动，安夏瑶只是越发地觉得自己可笑。

安夏瑶曾经觉得，她跟叶致远的爱情就好像是一场华丽的表演，是她这个丑小鸭变成天鹅的表演，尽管她自卑，但是她还是用心地去表演，为了这段年少的感情，付出一切的眼泪跟希望，可是最后这场表演要落幕了，安夏瑶才发现，她就像一个小丑，只是一个人在表演。

叶致远从头到尾只不过是拿她气路语蕊，而她也只不过是炮灰，可是这个炮灰卖力地表演到最后，什么赏赐都没有，唯有叶致远送的一巴掌跟"贱人"两个字。

安夏瑶幼小的心彻底地被叶致远给伤到了，连带着她所有的骄傲、自尊一起被叶致远踩在了脚底下。

安夏瑶的心里很难过，但是再难过，她也要坚强，要自尊，要骄傲。一想到叶致远说不喜欢她，甚至跟她接吻都磕牙这样的话，安夏瑶的心就拔凉拔凉的，尖锐地疼痛着。她是喜欢叶致远，真真实实地喜欢他，可是既然叶致远不喜欢她，那么她再喜欢也要割舍。

安夏瑶放弃叶致远，放弃这一段青涩的初恋时，把她一颗火热、稚嫩的心深深地禁锢了起来，从此不再轻言爱恨，而这段伤痕，也将渐渐陪着自己，走过很长一段岁月……

叶歌无奈地叹息了一声，轻轻地拍了拍安夏瑶的肩，看着她明明伤心难过得想哭，却拼命地挤着笑容强颜欢笑的样子，他平静的心湖也微微地泛起了涟漪。

　　因为叶歌知道，越是强装作不在意的样子，越是爱得真切、爱得深刻，恐怕安夏瑶这一场年轻的爱，用尽了她所有的力气去爱，在她以后成长的岁月里，会留下很深很深的伤害吧。但愿安夏瑶能及早地成熟起来，将这段伤害给淡忘，不然恐怕，最终禁锢自己的，是她自己。

　　叶歌想过用自己的柔情帮安夏瑶抚慰受到的伤害，但是想到那个俊朗跋扈的叶致远，他就觉得，他是无能为力。或许是从那时候开始，叶歌对安夏瑶的感情就已经不知不觉地埋下了，但是只能远远地观望，不敢轻易去承诺。

　　所以以后的几年，两个人用红颜、蓝颜的身份出现在彼此的生活里……

　　安夏瑶劈腿，亲吻叶歌，甩了叶致远的消息，就好像是长了翅膀似的，第二天就风靡全校，传得沸沸扬扬。

　　安夏瑶甚至做好了叶致远找碴儿或者冷嘲热讽的准备，回教室正常上课复习的时候，叶致远没有来，路语蕊也没来。

　　直到期末考，这两个人都没有来，好像一起消失了似的。

　　班主任说，两个人转学了。

　　安夏瑶知道，叶致远跟路语蕊是回到了他们两个曾经的世界，这次转学只是一次插曲，而她也只不过做了一次插曲里的炮灰。

　　虽然安夏瑶努力地、张牙舞爪地、积极地面对这件事，但是只有她心里清楚，在夜深人静的时候，会一个人静静地想之前发生的事。

　　时光飞逝，假期匆匆而过。

高二之后，学校分了文理班，安夏瑶选择了文科班，叶歌也毕业了，学校的八卦对象重新换了男女主角，叶致远跟路语蕊来去匆匆，除了给安夏瑶心底留下了深深的伤害，再也没人提及。

高三那学期安夏瑶拿掉了牙箍，接着以优异的成绩考上了江南某文科学院，接着毕业，就职一家报社，最后受不了上司的骚扰愤怒辞职宅在家后，将本来兼职给杂志写稿转为主业，渐渐用忧伤的情感，华丽的文字，写下了一篇篇优美的故事，最后成为情感专栏作家。

虽然安夏瑶自从初恋惨败，狼狈退场以后不再轻易触碰爱情，对后来追求她的人，也都以好好学习为由拒绝掉，再无任何恋爱经验，但是她主修过心理学，这使她在工作中游刃有余。

其实不小心沦为剩女的安夏瑶不是不想去爱，而是不敢再去轻易地爱恨了。

二十七岁的安夏瑶其实一点也不想结婚，总觉得自己还很小，可是她身边的朋友姐妹，除了七七单着，其他都基本结婚生娃了，还有夸张点的生了二胎。当然，离婚的也不是没有，只是少数。

安妈妈急了，隔三岔五就给安夏瑶安排相亲。

经过上次八分钟约会失败之后，不忍拂了安妈妈的心意，安夏瑶再一次坐在某咖啡厅相亲。

第六章 相亲遇到奇葩

安夏瑶百无聊赖地搅拌了一下手中的咖啡，不动声色地朝着身后的椅子找了个舒适的角度，将眼前的男子再一次打量了一遍，长得眉清目秀，斯文得体，只是从他坐下来自我介绍叫庄严之后，就开始掏出他的手机玩起游戏来，整整十分钟了，没跟安夏瑶再说半个字。

安夏瑶深吸了一口气，同样拿出手机开始玩游戏，心想着，敌不动，我不动。你一脸心不甘情不愿的样子，好像我逼你相亲似的，我也是被逼的好不好？

在优雅的音乐中，安夏瑶跟庄严面对面，各自玩手机，玩得不亦乐乎。

相亲对象庄严的手机玩得没电了，这才抬起头，正色地看着安夏瑶，清了清嗓子道："安小姐。"

安夏瑶礼貌地收回手机，看向他，"庄先生。"

庄严抬手看了看表，"都三个小时了，我跟你确实没什么话说，所以我觉得，我们还是结束这场相亲吧。"

安夏瑶扯出一抹最灿烂的笑来，"是啊，我也有同感。"礼貌地伸手握了握，"再见。"

"庄严，你在干吗？"一个怒气冲冲的声音由远及近地传来。

"我在见一个朋友。"庄严的声音明显低了几分，心虚地看着眼前怒冲冲的男人。

"你怎么不说在相亲？"那男人咬牙切齿道，接着看向安夏瑶，狠狠地质问："你是庄严的相亲对象？"

"不是，我没相亲。亲爱的，你别胡思乱想。"庄严急巴巴地拉着那男人，讨好地解释。

敏感的安夏瑶瞬间就明白庄严对她不来电的原因，因为他不喜欢女人，可是大哥，你早点说啊。

"你闭嘴。"那男子没好气地对庄严喝道，庄严就不敢再说半个字了，深深地凝望着那男子，憋屈道："亲爱的，我是被迫出来的。"

那男子看着安夏瑶，恼恨地道："这位大婶，我的男人，你也想碰？要脸不？"

"先生，你说话客气一点。"安夏瑶被气得脸都白了，谁稀罕碰他的男人啊，想起来抖一地的鸡皮疙瘩。

"你都不要脸地在勾引我男人了，你要我怎么客气？"那男子彪悍地开口道。

安夏瑶瞠目结舌，看着那男子伸手就朝自己推过来，冷声警告道："我警告你，庄严是我的人，你再敢接近，别怪我不客气！"

"你怎么不客气？"沉稳悠闲的语气在安夏瑶的耳边响起，接着一双大手抓住了那男子的手。

安夏瑶侧脸看着俊朗的叶致远，神色带着几分冷意。

"你……你又是谁？放开我亲爱的。"庄严看到叶致远捏着那男子，而那男子的神色明显痛苦，忙上前拽着，掰开叶致远钳住那男子的手。

叶致远一把将安夏瑶拉入自己的怀里，看着对面两个男人，淡淡地说："她是我女朋友，对你们俩都没兴趣。"

那男子神态狼狈地转身便走，庄严急巴巴地跟上，临走前不忘记鄙视安夏瑶："你有男朋友还出来相亲，真不要脸。"

安夏瑶被气得直翻白眼，对庄严不顾形象地大吼："你不是也有男朋友，那你出来相亲干吗？"

叶致远撇了撇薄唇，忍不住微微勾着嘴角轻笑出声。这个可爱的小女人，这么多年，个性依旧那么率性可爱。

安夏瑶没好气地瞪着叶致远，"笑什么笑？没见过人相亲吗？"

"相亲是见过，但是相亲遇到这样的人，还被当作第三者的，倒是第一次见，新鲜。"叶致远不怕死地调侃着安夏瑶。

安夏瑶气呼呼地转过脸，暗自磨了磨牙，不准备理会叶致远，抓着包包就径直想闪人。

叶致远一把拉住了她，安夏瑶防备不及，脚底不稳地朝后倒去，叶致远眼疾手快地一把拉住将她搂抱在怀里，打趣道："哎哟，美人，你在投怀送抱呢？"

安夏瑶站稳身子，怒瞪了叶致远两眼，咬了咬牙，抬脚就朝着他脚背上狠狠踩去。

"啊！"叶致远吃疼得失声惊叫，放开了安夏瑶。

安夏瑶摇曳着身姿，风姿绰约地从叶致远和眸光中潇洒远去。其头，是落荒而逃。

叶致远嘴角勾着笑，自言自语道："牙箍妹，让你跑，我倒是想看看你能不能跑得出我的手掌心呢。"

安夏瑶回到家，拍着惊魂未定的胸口，还未喘息过来，安妈妈的电话就追了过来，"瑶瑶，你有男朋友了？"

安夏瑶愣了下，随即否认："没有啊。"

"庄严都说了。"安妈妈忙搬出人证。

提到这家伙，安夏瑶气就不打一处来，没好气地回："他才有男朋友呢。"

"瑶瑶，你怎么说话呢？"安妈妈还是相当传统的，对同性之爱相当排斥，不由得沉声呵斥安夏瑶。

安夏瑶也不好说实话,免得安妈妈自责给自己女儿安排一个同志去相亲,随即转移话题问:"妈,庄严都跟你说什么了?"

"庄严说你没看上他,还带了男朋友去羞辱他。"安妈妈有些不快地说,"瑶瑶,你要有男朋友,就带回家瞅瞅,别藏着、掖着,让妈白白为你的事操心,干着急,还被庄妈妈说你故作清高什么。"

安夏瑶大概明白了,庄严是怕安夏瑶跟家长说他是同志,所以先下手为强,把安夏瑶说成带着男朋友羞辱他,那安夏瑶这边再说不好听的话,家长都会觉得安夏瑶看不上他,才诋毁他的。

安夏瑶不由得苦笑,其实吧相亲不成就算了,何必还要算计相亲对象呢?

"瑶瑶,说话呀,你到底有没有男朋友?"安妈妈不死心地追问,又补充了句,"家世、职业、年纪,这些通通不重要,只要是单身,没结婚,你都可以带回家,我们先瞅瞅。"

"妈,我真没有,等有了,我会第一时间带回家的。"安夏瑶无奈地翻了翻白眼,接着又安抚了好一会儿,安妈妈才挂了电话。

安夏瑶深深地叹了口气,不知道从什么时候起,她发现接安妈妈、安爸爸的电话特别累,尤其说到对象的事,更是让她无形之中带着压力,累得喘不过气来。

手机再次响起来,把安夏瑶吓了一跳,随即伸手接过来,一个陌生号码,不由得俏眉拧着,犹豫了下,接起,"喂,您好。"

"牙箍妹,开门。"叶致远低沉的声音清脆地从话筒里传了出来。

安夏瑶的心跳蓦然快了好几拍，轻咳了下嗓子，"对不起，你打错电话了。"然后，毫不犹豫地切断了电话，惊魂未定地拍拍自己的胸口。

手机又不死心地响了起来，安夏瑶毫不犹豫地挂断。

接着，安夏瑶家门铃响了起来。

安夏瑶拍了拍额头，神色有点无奈，闭眼朝着沙发上一躺，装死，假装没人在家。

叶致远耐着性子按了会儿门铃，瞅着安夏瑶不准备开门，于是毫不客气地连敲带踹咚咚咚敲起门来，"安夏瑶，我知道你在里面，不想我扰了你的邻居，就给我乖乖开门。"

安夏瑶恼恨得磨了磨牙，终于坐不住了，气冲冲地一把拉开门，"叶致远，你到底想干吗？"

叶致远大大咧咧地走了进来，"我没想干吗，只是过来收账。"

"收账？"安夏瑶茫然地看着叶致远，

"你欠我钱了，难道想不还？"叶致远说得无比认真。

"我什么时候欠你钱了？"安夏瑶一头雾水，千万别跟她说十年前她欠过叶致远钱什么狗血的事来。

"今天你在咖啡厅买单了没？"叶致远问得一本正经，"你该不会是相亲的经费也要我出吧？"

庄严确实没买单，安夏瑶落荒而逃，哪想到买单这回事，现在被叶致远这么一说，安夏瑶忙气呼呼地转身抓过包包，从里面掏出钱包，看着叶致远，"说吧，多少钱？"

"嗯，咖啡是有价的，可我帮你付钱，帮你解决难题，这情意是无价的。"叶致远眨巴了下漂亮的黑眸，看着安夏瑶，

"再说了，我们俩的关系，说钱，实在是太伤感情了。"

"我俩没感情，谈钱就够了。"安夏瑶心里本来就憋着火，语气不满地撇清道，"我跟你没关系，一点关系都没。"

"是啊，不过是一夜情关系嘛。"叶致远装出一副纯洁的模样，故意扭捏地开口道，"你可以很随便，可是我却没办法随便。"

叶致远这一提，彻底激起了安夏瑶的火气，她迅速地从钱包里拿出两张红票票，朝叶致远的俊脸上扔去，"叶致远，你少得了便宜还卖乖，拿上钱，滚蛋。"

叶致远嬉皮笑脸地捡起两百块钱，接着皱眉头看向安夏瑶，无辜地道："安夏瑶，你不是吧？这么吝啬，拿两百块就想打发我？这钱，招个鸭都不够啊，还别说我活好，技术棒。"

安夏瑶的俏脸瞬间烧得通红，知道叶致远在含沙射影地说那一晚的事，该死的，她丢了第一次，还得倒贴钱，她才憋屈呢，"叶致远，你少得了便宜还卖乖。"

"我哪里得便宜了？明明出力了。"叶致远的话还没说完，安夏瑶已经抓狂，气呼呼地朝着他的俊脸扔了一个抱枕过去，"滚出去。"

"我长这么大，还没学过滚呢，要不然，你给我示范一个先？"叶致远嬉皮笑脸地接过抱枕，随意地抱在怀里，压根就不拿安夏瑶的怒火当回事。

"滚你妹。"安夏瑶忍不住爆粗，快步走到门口，气恼地一把拉开门，"叶致远，你走不走？"

叶致远看着安夏瑶恼羞成怒的俏脸通红，玩心四起，轻轻摇了摇头，"我不走。"

"好，你不走，那我走。"安夏瑶彻底抓狂了，然后气呼呼地就往外走。

叶致远看她较真，不由得忙跟了出去，门啪的一声自动合上。他在门口拉住安夏瑶，"安夏瑶，你别这么较真嘛，我走还不成？"

安夏瑶欲哭无泪地看着关上的门，咬牙切齿，抓狂道："叶致远！"

叶致远忙站住了身子，嘴角扯出最灿烂的笑容，讨好地看着安夏瑶，"在呢，是不是不想让我走了？"

安夏瑶看了看门，磨了磨牙，幽深漂亮的眸子里带着灼灼的怒火。

叶致远尴尬地笑了笑，试探性地问："牙箍妹，你该不是忘记带钥匙了吧？"

安夏瑶走到叶致远面前，狠狠地伸脚，在他的脚背上踩了几下。

拖鞋踩着的威力跟高跟鞋是完全不一样的，叶致远压根就不痛不痒，嬉皮笑脸道："牙箍妹，你现在的表情好像很抓狂？"随即又漫不经心地说，"你瞧你，都这么大的人了，出门也不记得带钥匙。"

"叶致远。"安夏瑶磨了磨牙，深吸了一口气，"你到底想怎么样？"

"我能怎么样啊？帮你找人开锁呗。"叶致远收起笑脸，正色地扫了一眼安夏瑶全身，"你该不会是想穿成这样去大街上找人开锁吧？"

安夏瑶顺着叶致远的视线看向自己，刚才回家，她将自己的外套脱了，现在穿着一件清凉的小吊带裙，脚底下踩着一双可爱的拖鞋，没什么不妥当，于是回话道："我这样去找人开锁怎么了？"

"你带手机了嘛？带身份证了吗？带户主资料了嘛？"叶致远嘴角含着笑，轻挑了下飞扬的眉，看着安夏瑶，"你什么都没有带，大街上能找到给你开锁的公司吗？你就不怕别人把你当贼。"

"我！"安夏瑶气结，但是她知道叶致远说的也是实话，不由得咬着唇，别扭地说，"那你帮我找人来开锁。"

"你要我找人帮你开锁，那是不是得说点好听的？"叶致远把"帮你"两个字拉得特别长，"好听你妹。"安夏瑶恼得不行，"不用你帮忙了，我去找物业。"说完，转身就要走，她才不求叶致远呢。

叶致远无语地撇撇嘴，一把拉住安夏瑶，"安夏瑶，你现在怎么回事？说话句句带着脏字，你的修养去哪了？"

"再好修养的人，遇到你，都会变成疯子。"安夏瑶低着头嘟囔了句。

"嘀嘀咕咕说什么呢？我找人来开锁，你等着就是。"叶致远把安夏瑶再一次拉回了自家门口，安夏瑶没好气地挣开，然后低头看着自己的脚尖。

叶致远也低下头看着安夏瑶，从他的角度正好看到安夏瑶的侧脸，瓜子脸，翘挺的鼻子，性感的嘴，还有一双黑溜溜的大眼，睫毛弯弯，此时看着地面，忽闪忽闪的。安夏瑶的皮肤本来就很白，不上班宅在家之后，长时间不晒太阳，没有紫外线的辐射，养得越发白嫩，跟十七岁的时候相差无几，如果不是年轮流逝，让她气质上有所改变，扎上两个小辫，叶致远丝毫不怀疑，安夏瑶能回到十七岁那一年。

安夏瑶说不清楚莫名疼痛，隐隐抑郁着，难过着，悲伤着……

"安夏瑶,我们好像有十年没有见面了吧!"沉默了许久,叶致远终于忍不住打破沉默。

安夏瑶深吸了一口气,吞咽下五味陈杂,扬起俏脸故作镇定地看了一眼叶致远,他神色俊朗,气度不凡,正眸光灼灼地看着她,安夏瑶不由没骨气地转移视线,不敢跟他对视,低低地回了句:"是啊,十年了。"

十年时间,三千多个日日夜夜,飞逝如电,能改变的太多,不能改变的,也都尘埃落定了。

安夏瑶以为她跟叶致远那次分开之后,毫无联系,此后,他们之间也必定老死不相往来,却不料那一场醉酒,那一次的脱轨,一夜情,竟然再次跟他扯上了关系。

安夏瑶虽然没有做好应对的准备,但是既然遇到了,那么该面对的,她不会逃避,只是面对的有些困难而已。

叶致远用深邃的眸光灼灼地看向安夏瑶,陈述道:"你好像一点都没有改变。"

"怎么可能没变呢?"安夏瑶自嘲地笑笑,"只是你跟我不熟而已。"

"我们会熟的。"叶致远邪魅地勾着嘴角笑了笑,一把拉过毫无防备的安夏瑶,托起她的后脑勺,粗暴却不失温柔地在她的额间落下轻轻的一吻。

安夏瑶条件反射般伸手推开叶致远,俏脸瞬间红到脖子,甚至连耳朵都隐隐发烫,她能清楚地感觉到,心跳有那么一瞬间停滞,接着便是不知名地剧烈跳动,怦怦……嘴里恼恨地嘲讽,"叶致远,亲我,你也不怕磕了你的牙!"

"牙箍妹,你果然还是这么小气。"叶致远扬起嘴角微笑，轻轻地感慨，"这句话，你竟然能记恨十年。"

十年前，分手的那一幕，时常在他的脑海内翻滚，高傲的叶致远始终没办法接受他被安夏瑶这个牙箍妹给劈腿甩了，所以两个人的每一句对话，每一个眼神的细节，叶致远都清清楚楚地记着。随着时间的消逝，叶致远虽然依旧不能接受，但是渐渐释然了，当初年少轻狂，爱得简单而又猛烈，以至于忘记了只有最深爱的人，才能把自己伤得最深，也只有最青涩的爱恋，才让自己不顾一切投入得最彻底。

叶致远将这段情感深深地埋入心底，毕竟这个世界上有很多事你没办法控制，但是你能控制你自己。既然跟安夏瑶错过了，那么就继续错下去吧。毕竟撕心裂肺的爱情，刻骨铭心了一次，人生就不再遗憾了。

如果没有那次的一夜情，叶致远渐渐地把安夏瑶，把这段青涩的初恋，看淡了，释然了，可是命运偏偏再一次让他跟安夏瑶相逢。

安夏瑶，既然注定你是我的女人，那么他说什么都不能再错过。

每次听到叶致远喊出"牙箍妹"三个字，都能撼动安夏瑶心里最柔软的角落，那是一种带着甜蜜的疼痛。

安夏瑶虽然有些束手无策，但毕竟不再是十七岁单纯的小女生了，经历了时光打磨的蜕变，张牙舞爪的她习惯性地保护自己，轻扯了下嘴角，对着叶致远礼貌地笑了笑，"叶致远，我不叫牙箍妹，我叫安夏瑶，请你放尊重点。"

叶致远挑了下飞扬的剑眉，温和地笑笑，"好吧，安夏瑶。"

安夏瑶扫了一眼叶致远，撇了撇嘴，保持沉默。

锁匠没一会儿就过来开锁，又给安夏瑶换了一个新的锁芯，跟叶致远打了个招呼，笑嘻嘻地离去。

安夏瑶抓着钱包，有点茫然，"那个，不用付钱吗？"

"不用。"叶致远勾了勾嘴角，笑得和善可亲，"你如果过意不去，可以请我吃饭。"

"你想吃什么？"安夏瑶摆明不想欠叶致远，忙问。

"我要求不高，只要是你下厨做的都行。"叶致远眉峰轻微耸动，嘴角扯着灿烂的笑意。

"我不会。"安夏瑶拧着俏眉，毫不犹豫地拒绝。

"不会可以学，要不然，我教你也行。"叶致远兴致高昂地毛遂自荐。

"不用了。"安夏瑶摇头拒绝，接着正色地看着叶致远，挑眉问，"只要是我下厨做的，什么都可以？"

叶致远点了点头。

安夏瑶忙转身奔去厨房，拆了一盒泡面，倒上热开水，端了出来，"喏，好了。"

"不是吧？安夏瑶，你准备拿这泡面就打发我？"叶致远不可置信地叫了起来。

"要不然，你还想吃什么？"安夏瑶无辜地看向叶致远，"刚你不是说了嘛，只要我下厨做的，什么都行。"

叶致远嘴角抽搐着，无奈地接过安夏瑶递来的泡面，俊脸上毫不遮掩地挂着嫌弃两字。

安夏瑶不动声色地看着，笑嘻嘻地从厨房拿了一双筷子，满脸笑容地道："快吃吧，面泡久了，可就不好吃了。"

叶致远放下泡面，正色地看着安夏瑶，不满道："安夏瑶,你明知道我最讨厌吃泡面了,你什么意思?"

"你要吃就吃,不吃就滚,废话那么多。"安夏瑶没好气地对叶致远吼了下。好吧,安夏瑶承认,她小家子气,她就是没有办法心平气和地跟叶致远在同个空间里若无其事地说话。

叶致远被安夏瑶这么一吼,不由得阴郁着脸,叹了口气,拧着俊眉无奈地开口:"安夏瑶,我们就不能好好说话?"

"我跟你没什么好说的。"安夏瑶伸手抓过叶致远放下的泡面,抓着筷子气呼呼地吃起来。

"安夏瑶,我觉得,我们能说的很多。"叶致远揉了揉眉宇,神色相当无奈,"你能不能先不吃面?"

"你想说,那你说你的,我吃我的,碍不着你。"安夏瑶头也不抬,含糊不清地开口。

"安夏瑶。"叶致远的耐性被耗尽,不由得语气生冷了起来。

"叶致远,这是我家,轮不到你对我大呼小叫的。"安夏瑶放下筷子,正面叶致远,"我家不欢迎你,请你走。"

"你!"叶致远被安夏瑶气得噎住,目光复杂地看着她,"安夏瑶,你赶我走?"

安夏瑶深吸了一口气,一字一句地说:"是的,我请你出去,也请你以后都不要来打扰我的生活。"她真的一分一秒都不能忍。

叶致远拧着俊眉,气呼呼地起身,"出去就出去,你以为我稀罕啊?"然后大步地走向门口,猛地拉开门,补了句,"安夏瑶,你别后悔。"

安夏瑶忙跟着起身,大步走向门口。

叶致远站在门口,等着安夏瑶张口说点什么,谁知道,安夏瑶猛一下把自家大门给关上，震得叶致远的心直跳。

"安夏瑶，你就非得这样？"叶致远隔着门大声吼道。

安夏瑶没有回话，手指紧握成拳，渐渐地靠着门板，有些无力地倒了下来，自我嘲讽地回："不这样，又怎么样呢？"不这样倔强、偏执、骄傲地站起来，她怎么能够淡忘被叶致远跟路语蕊当作炮灰的悲剧？

那么年轻、稚嫩、火热的一颗心啊，那么认真、偏执地用心去爱的一颗心啊，生生地被撕裂，生生地被扯开，生生地被自己丢弃。被别人放弃感情不可惜，被自己放弃感情才是真正痛心。安夏瑶就这样抱着自己的身子，任由眼泪如断线的珠子一样横流满面，这样说不出来的悲伤，才叫真正的悲伤。

安夏瑶以为她忘记叶致远了，忘记这段伤痛，忘记自己是个炮灰，可是当叶致远真真切切地站在她面前，当他跟校园中青涩的少年重叠起来，不断交错在安夏瑶脑海中，闪过的俊颜使安夏瑶不得不承认，她越是刻意想要遗忘的东西，根本就没有丝毫的淡忘，甚至相隔了十年，她还能清楚地感觉到叶致远当初性感的唇间刻薄地吐出"跟她接吻，也不怕磕了自己的嘴"这样尖酸的话来，让她的心是多么难过。

杂志社打来电话的时候，安夏瑶的情绪已经恢复得差不多了，抓着电话，安静地听着社里安排她跟读者的微博互动访谈。

安夏瑶应了下来，"嗯，明天下午两点，我会准时上微博的。"然后跟电话那头的人寒暄了几句，切断了电话。

刚挂电话，七七又打电话来，要安夏瑶陪她去唱歌。

安夏瑶愣了下，"我们两个人有什么好唱的？"

"不是啦，我跟个朋友在一起，想去唱歌，人少没气氛，我找好姐妹,他约好兄弟了。瑶瑶,你来嘛!"七七简单含蓄地解释了下,顺带着撒娇。

安夏瑶知道推辞不掉,所以识相地问了地址,然后收拾了下自己就去了。

当安夏瑶推开包厢门的时候,七七一个箭步冲了过来,热情地抱着安夏瑶,凑到她的耳朵低声地说:"这家伙是我高中同学,追我蛮久了,你看看,觉得怎么样?"说完,松开安夏瑶,对着她眨了下眼睛。

安夏瑶对七七眨巴了下眼,回了一个了然的表情,看向那个在点歌的男子,身材高大,器宇轩昂。他回首对着安夏瑶扯着嘴角和煦地笑笑,自我介绍道:"你好,我叫顾川。"

安夏瑶礼貌地笑笑,"你好,我叫安夏瑶。"随即对七七点了点头,表示可以考虑。

七七的俏脸瞬间羞涩绯红起来,娇柔地问:"顾川,你那朋友什么时候到?"

"喏,这不到了。"顾川朝着门边努了下嘴。

安夏瑶顺着他的视线看去,不禁傻眼,叶致远。

缘分真的是一件很奇怪的事,当初安夏瑶跟叶致远分开,并没有刻意,但是十年一次偶遇都没有,可是自从那夜脱轨之后,世界小得安夏瑶转个身就能碰到叶致远。

叶致远傻眼了下,随即笑嘻嘻地走了进来,拍了拍顾川的肩膀,笑问:"哪个是你暗恋的女神?"说着眼神不自觉地瞟向安夏瑶。

"七七,我来介绍下,这厮是我大学上铺好兄弟,叶致远。"顾川忙出声,相互介绍,"致远,这是七七,那是她的好姐妹，安夏瑶。"

"我认识。"叶致远对七七扯了一抹灿烂的笑意打过招呼，就大大咧咧地挨着安夏瑶身边坐了下来，"安夏瑶，真巧啊。"

七七神色有些尴尬，眼神不由自主地在叶致远跟安夏瑶之间来回扫视。

顾川见状，忙一把拉着七七，"陪我唱歌吧。"

七七接过顾川递过来的话筒，跟他对视了一眼，然后随着旋律，合着音乐的节拍。顾川率先开始唱起来："还记得那个夏天，微风吹过的一瞬间，似乎吹翻一切，只剩寂寞肯沉淀……"

是林俊杰跟金莎的《被风吹过的夏天》，七七瞬间接了上去："如今风依旧在吹，秋天的雨跟随，心中的热却不退，仿佛继续闭着双眼，熟悉的脸又会浮现在眼前……"

顾川的声音低沉而又温和，七七的声音甜腻而娇柔，两个人和声线相当搭配。

安夏瑶浑身不自在地往一边挪了挪位置，叶致远却紧跟而至。

等七七跟顾川唱完一首歌的时候，安夏瑶跟叶致远两个人从包厢内这头，换到了那头。

"你们……"顾川傻眼，七七的嘴角抽搐了下，走过去，挨着安夏瑶另一边坐下，"你们要不要也唱个歌？"

"不要。"安夏瑶毫不犹豫地拒绝。

"好啊。"叶致远兴致勃勃地点头。

七七跟顾川面面相觑，四目相对看了一眼，顾川提议："要不，我们一起喝一杯？"

七七忙应和，点了点头，随手就给四个杯子里倒满了酒。

安夏瑶别扭地抓了杯子，跟七七、顾川，还有叶致远碰了碰，然后仰头一饮而尽。

"哎哟，看不出来啊，安夏瑶，你酒量不错嘛？来，为了我们的重逢，再干一杯。"叶致远讨好地帮安夏瑶杯子里倒满酒，接着给自己的杯子也加满，端着酒杯，嘴角勾着玩味的笑。

安夏瑶看了看七七跟顾川，挺般配的两个人，可不能因为自己跟叶致远的别扭，而让七七跟顾川为难，不由得挂上了一抹假笑，端着酒杯跟叶致远碰了碰，接着仰头，又快速地一饮而尽。

叶致远的俊眉微微拧了几分，不动声色将杯子里的酒喝完。

"好了，你们也别光顾喝酒，该唱歌的就唱歌，该玩的玩。"七七不动声色地夺了安夏瑶的酒杯，笑吟吟地说。顾川忙把话筒递给叶致远，接着他挨着七七身边坐了下来。

叶致远点了几首歌，清了清嗓子就开唱了，是光良的《第一次》，"当你看着我，我没有开口，已被你猜透，还是没把握，还是没有符合你的要求，是我自己想得太多，还是你也在闪躲，如果真的选择是我，我鼓起勇气去接受，不知不觉让视线开始闪烁。喔，第一次我说爱你的时候，呼吸难过心不停地颤抖……"

安夏瑶心不在焉地跟七七玩色子，后来，顾川跟叶致远又合唱了一首，温和、磁性、低沉的和声，倒是别有一番韵味。

散场的时候，叶致远道："顾川，你送七七，我送安夏瑶。"

"不要。"安夏瑶毫不犹豫地出声拒绝，顾川跟七七面面相觑。

"安夏瑶，你再说一次试试。"叶致远的语气沉了几分，接着一把拉过安夏瑶，快速地朝停车场走去。

安夏瑶倒也不好当着顾川跟七七的面跟叶致远撕破脸，只能心不甘情不愿地被他带上车。

安夏瑶沉着俏脸，对叶致远的举动相当不满，气得牙痒痒的，"叶致远，你到底想干吗？"

叶致远启动了车，拧着俊眉，淡淡道："安夏瑶，我们能不能心平气和地谈谈？"

"我跟你有什么好谈的？"安夏瑶眼都不抬，扭着脸看向车窗外，"我跟你，从过去、现在到未来，什么都能谈。"叶致远轻挑了下飞扬的剑眉。

"可我没什么跟你谈的。"安夏瑶的语气淡淡的。

叶致远猛一脚踩下刹车，把手搭在方向盘上，拧着眉，不悦地看着安夏瑶，"你给我戴绿帽，甩了我，当然心虚，没话跟我谈了。"

"是啊。"安夏瑶深吸了一口气，硬撑着应了下来。

"安夏瑶，我当初哪里对不起你了，你要这样对我？"叶致远的语气沉了几分，带着疑惑和埋怨。

安夏瑶咬着唇，保持沉默。

"安夏瑶，我要你解释。"叶致远一把拉过安夏瑶，按着她的肩膀，问得无比正色。

"解释？"安夏瑶笑了，声音带了点哽咽，"叶致远，你当初做了什么，比我清楚，还需要我解释吗？"

"我当初做了什么，我不清楚，你倒是给我说说看！"叶致远的手紧紧地握成拳，眸光灼灼地盯着安夏瑶。

"都过去十年了，还提它做什么？"安夏瑶深深地吸了一口气，"现在你过得很好，我也过得很好，大家都很好，不是最好的嘛？"

叶致远沉默了会儿，"你怎么知道我就过得好？"

安夏瑶轻笑了下，"至少，我没看出来你过得落魄。"

"你也过得很好？"叶致远淡淡地问。

"是啊，在没遇到你的时候，我的生活过得很平淡，但是很幸福、快乐，所以叶致远，请你忘记那一晚的事，让我继续平淡幸福下去。"

叶致远心里五味陈杂，沉默地看了一会儿安夏瑶，"那不可能。"已经发生了的事，怎么可能说忘记就忘记。

安夏瑶轻轻地叹了一口气，"叶致远，那你到底想怎么样？"

"听说我们分手之后，你再也没有交过别的男朋友。"叶致远勾着嘴角，淡淡地说，"这十年，你的感情生活是一片空白。"

"那又怎么样？"安夏瑶稳了稳心神，正色地看向叶致远，"你该不会以为我是喜欢你，在等你的吧？"自嘲地笑了笑，"叶致远，你想太多了。"

"想得多不多，不是你说了算。"叶致远伸手抓着安夏瑶的手，眸光灼灼地说，"安夏瑶，你现在没有男朋友是事实。"

安夏瑶挣脱，不动声色地抽回手，"叶致远，我有没有男朋友，跟你没关系。"

"既然你没男朋友，我没女朋友，"叶致远幽深明亮的黑眸溢满了温漾，却无比正色地说，"那我们恋爱吧。"

安夏瑶的心蓦地微微一抽，带着丝丝酸涩的疼痛，自嘲地笑笑，开口道："叶致远，你以为爱情是买卖吗？你想买，我就得卖?"

叶致远愣了下,随即解释道:"我不是那个意思。"

安夏瑶已经快一步拉开车门,灵敏地跳了下去,"叶致远,我不管你是什么意思,但是我对你压根就没意思。所以,再见。"说完,对着叶致远摇了摇手,然后大力地甩上车门。

叶致远开门跟着下车,安夏瑶已经拦了出租车,绝尘远去,让叶致远俊朗的俊眉微微拧了起来,随即上车,疾驰远去。

安夏瑶坐上出租车,对司机说完地址,扭头看向窗外,心还是在不同寻常地跳着,繁华的街景,一幕一幕从眼前掠过,脑海里不知不觉地回想起往日青涩的时光。

回忆,犹如潮水一般向安夏瑶涌来,成熟、俊朗的叶致远跟校园中青涩的问题少年重叠了起来,明明相隔了十年,可是却近得好像发生在眼前一样。历历在目的往事,甜蜜而又酸涩的心情,是那么真真切切的感觉。

安夏瑶伸手捂着心脏的位置,紧紧地咬着唇,尽全力克制自己不去为了叶致远这个人,这个名字,这段过去,在平淡的心间引起阵阵失控的涟漪。

第七章　曖昧不清

到小区门口,安夏瑶稳了稳心神,下了出租车,抬头就看到叶致远双手抱着双臂,一脸灿烂笑意地看着她,打着招呼:"安夏瑶,回家了?"

深吸了一口气,安夏瑶嘴角扯了一抹职业性的微笑,正想优雅地绕过叶致远,谁料高跟鞋一个踩空,身体不受控制地向前倒去,安夏瑶失声惊叫,被一双手稳稳地托住了。

安夏瑶面对叶致远近在咫尺的俊脸,尴尬得恨不得挖个地洞把自己给活埋了。

"安夏瑶,你看到我,也不用这样急着投怀送抱吧?"叶致远痞痞地勾着嘴角,轻笑了下。

"投怀送抱?你做梦没醒吧?"安夏瑶没好气地回道,不知道为什么,十年后再遇叶致远,她比往日里更多了几分张牙舞爪。

或许安夏瑶知道,她对叶致远这张英朗俊逸的脸没有抵抗力,或许在内心深处的角落,还是无法淡忘叶致远这初恋对象,但是安夏瑶不敢再去亲近了。

失败的初恋,是痛苦而又遗憾的,这样的伤,即使时间过去了很久很久,当时的伤口愈合了,也还留着疤。即使岁月让这样的伤、这样的痛淡了许些,但是一旦被揭开,还是会疼,因为那是人生最初的悸动,爱得最真、最纯,也会付出的最多。

"我是在做梦吗?你不正在我怀里吗?"叶致远勾着嘴角笑了笑,动作自然地伸手在安夏瑶的脸颊上捏了捏,"这感觉挺真实的呀。"

安夏瑶没好气地挥开叶致远的手,将他推远了些,"叶致远,你到底想干吗?"

"想追你啊。"叶致远大大咧咧地说。

安夏瑶的脸上,牵强地扯了一抹笑,"你别开玩笑了好不好?"当初她就是因为这样一句玩笑话,错付了十年的真心,她再也不能相信这样可怕的玩笑。

"我像开玩笑吗?"叶致远回地正色,挑眉,"安夏瑶,我是认真的。"

安夏瑶拢了拢手臂,"这笑话可真冷,一点也不好笑。"

叶致远幽怨地看了一眼安夏瑶,"你就一点机会都不给我?"

安夏瑶深吸了一口气,正色地看向叶致远,稳了稳心神道:"叶致远,我不知道你是吃错药了,还是脑袋抽风了,或者被驴踢过了,还是怎么的,总之我想告诉你,我现在真的不想跟你有任何关系。"

叶致远没有接话,幽深的眸子闪了闪,"可是我们之间已经有关系了。"

"闭嘴。"说到这件事,安夏瑶便恼羞成怒,粗暴打断叶致远后,她硬着头皮继续道,"十年前,我就不喜欢你、甩了你,你说十年后,我怎么可能还会喜欢你、接受你?"

气氛一下子冷了下来,叶致远皱眉,冷冷地看着安夏瑶。

安夏瑶低垂着眼睑,侧过身越过叶致远,一瘸一拐地消失在叶致远的视线里。

叶致远恼恨地磨了磨牙,看来这十年的分别,安夏瑶脾气见长不说,个性更是倔强到偏执啊。

不过,叶致远不怕踢安夏瑶这块硬铁板,他还就偏偏跟她耗上了,看谁先征服谁!

安夏瑶回到家,泡了个澡,躺在床上,翻来覆去睡不着,明明不想去想，可是脑子里却不停地开始回忆，越是刻意地抗拒，回忆就越刻骨铭心地朝她涌来。

安夏瑶抬眼看着白白的天花板，眼角不知不觉地湿润，十七岁，多么美好跟青涩的年纪，可是却留了那么惨败的一笔，自此心里就有了深深的阴影，再也不敢轻易去爱了，因为害怕伤害。

有些痛，经历过一次，至死都难忘。

有些人，经历过一次，毕生都难忘。

留在岁月里的疼痛跟遗憾，也不会随着时间的消逝而真的淡忘，除非遇到下一场恋情。

可是那样撕心裂肺地爱过、痛过之后，又怎么可能再轻易地遇到下一场恋情呢？

心里一旦有了阴郁，就无法再不顾一切地投入了，而不再投入一切的爱情，又怎么能够称作爱情呢？

在叶致远说出追求她的那些话，安夏瑶的心不是没感觉，可是因为过去伤得太深，所以现在安夏瑶是抗拒叶致远的。

因为爱过，因为伤过，所以抗拒，所以远离。

安夏瑶轻轻地用手拭去眼角的泪，自言自语："安夏瑶，你个笨蛋，十七岁那年栽进去了，现在好不容易过得安稳些，难道还要再栽一次吗？不要再去想了。"

叶致远跟十七岁都留在了岁月里，只能回忆，不能触碰，否则万劫不复。

第二天，安夏瑶还没起床，就被门铃声给吵醒了，她打着哈欠，睡眼蒙眬地起来开门，是鲜花店的送货员，手里拿了一束蓝色妖姬，礼貌地问："您好，是安夏瑶小姐吗？"

安夏瑶微微惊讶，还是点了点头，然后接过送货员手里的卡片，瞄了两眼，极其熟悉的字迹，龙飞凤舞地写着"叶致远"三个大字，安夏瑶连签收都不愿签收，直接把卡片还了过去，"你拿回去吧，我不收。"

"啊？"送货员傻眼，接着道，"安小姐，请您不要为难我们好不好？"

安夏瑶撇了撇嘴，不想为难送货员，抓着笔签收，接过那束蓝色妖姬，随手就搁在了门边的垃圾袋边，送货员怔了下，随即看了看签收条，转身走了。

安夏瑶刚想关门，七七笑嘻嘻地跑了过来，"哎哟，好漂亮的花啊，瑶瑶，你这是干吗呢？"

安夏瑶有些意外，"你怎么来了？"连电话都不打就直接过来，不像是七七的作风。

"怎么，你这儿我不能来吗？莫非你屋子里藏什么人？"七七笑嘻嘻地打趣安夏瑶，抱起花，跟着进屋，"这花多好看，扔了可惜，就放在家养吧。"

"不稀罕。"安夏瑶没好气地回，看到七七已经抱进来了，也不好再扔出去。

"你不是不稀罕这花，估计是不稀罕送花的人吧？"七七笑了下，打趣着，"来，跟姐姐说说，这花谁送的呀？"

"你得了吧。"安夏瑶瞥了一眼七七，岔开话题，"你怎么电话都没打就来了？也不怕我不在家。"

"拜托，你看看，我给你打了多少电话。"说到这，七七就不爽地哇哇大叫起来，随即道，"再说了，你这样的资深宅女不在家，能去哪呢？"

安夏瑶抓着手机看了下，确实有数十个未接来电，原来昨晚不小心调成震动,难怪她听不到铃声。

"下午那个微博访谈,你做好准备了没?"七七扫了一眼安夏瑶,随即道,"看你的样子也没准备好。"

"嗯,我先去刷牙洗脸,你帮我做点吃的。"安夏瑶打着哈欠,走进洗手间。

等吃完七七下的面,安夏瑶看了看时间,快一点五十分了,打开电脑,端坐在电脑前。

七七也从包里拿出了笔记本,坐在安夏瑶的对面,"一会儿我帮你一起看看。"

两点的时候,安夏瑶准时上线,微博经过宣传跟预热,不少读者已经开始向安夏提问。

"安夏,我很喜欢你,不知道你能看到我的提问吗?"

"安夏,我是你的忠实读者,你每一期专栏我都看。"

"安夏,你最近过得好吗?"

过滤了一些读者的问好和无关紧要的。

安夏瑶的手指在键盘上飞快地敲击了起来,回答读者木木,"你问我,我的爱情观?每个人的爱情观都是不同的,而我,是个只讲究,不愿将就的人。"

"小紫,爱情跟事业到底哪个重要?这个得要看各人的取舍,最重要的是明白,你自己想要的是什么。"

"夏夏,你爱上了一个已婚男人,很痛苦?既然痛苦,那么就放弃,任何一段感情,如果让自己委屈了、痛苦了,那么就舍弃,因为,你在舍弃痛苦的同时,将会重新收获一份美丽。"

访谈进行得很顺利,安夏瑶跟读者的互动很热情,她的手指不停地在键盘上落下一个一个字,嘴角也自信地微微上扬,只有在解答这些情感问题的时候,安夏瑶才是最自信的。

叶致远问安夏:"听说你是个宅女,还是个大龄剩女,你自己的恋爱问题都没解决,怎么能给别人出建议呢?不怕误人子弟吗?"

安夏瑶越过这一条,不准备回答。

叶致远问安夏:"安夏,听说你从来都没谈过恋爱,那你怎么能给别人解决情感问题呢?"

安夏瑶咬了咬牙,继续回答别的读者的问题。

叶致远问安夏:"请你回答我的问题。"

"瑶瑶,这叶致远好像咬着你了,你不回答吗?"连续刷了好几条,七七想不看到都不行,忍不住出声。

安夏瑶咬着唇。

叶致远问安夏瑶:"安夏,你故意不回答我的问题是吧?要我大爆料吗?我要上图了。"

随即上了一张照片,十七岁的安夏瑶跟叶致远,傻乎乎地笑着。

安夏瑶终于忍不住回叶致远:"您好,其实,情感专栏作家并不一定是心理专家。我们给出的情感方面的建议,不一定很权威,然而这些建议却很贴心,能引起读者的共鸣,所以我想,我的个人生活跟我的职业无关。"

叶致远问安夏:"请问,你的初恋是谁?"

安夏问叶致远:"这个跟你没关系。"

叶致远问安夏:"今天是你的访谈,跟读者互动交流,我很好奇,八卦下问问。"

安夏瑶磨了磨牙,回叶致远:"我不想回答。"

叶致远回复安夏:"安夏,我喜欢你,我想追求你,可以吗?"

木木回复叶致远、安夏:"你喜欢安夏?"

当当问叶致远、安夏:"你们两个是不是认识?"

叶致远回复木木、当当、安夏:"我是安夏的初恋情人——叶致远,她最爱的男人。"

瞬间,访谈被八卦的信息淹没。

安夏瑶只觉得眼前不断飘过读者的八卦信息,问她跟叶致远是不是初恋情人,问叶致远是不是在追求安夏瑶……总之,一个"乱"字,完全不够用。

访谈终于在一个小时之后的八卦议论中结束,可是读者依然热情高涨,不停地问安夏瑶以及人肉叶致远。

七七合上电脑,嘴角挂着轻笑,"瑶瑶,看来,叶致远是想追求你。有没有心动呀?"

"算了吧,我惹不起,我还躲得起。"安夏瑶嘴角抽搐了下,无奈地合上了电脑,心里无比抑郁。

桌上的手机响起,安夏瑶走过去,扫了一眼陌生号码,随手礼貌地接起来,"喂,您好。"

"安夏瑶,是我。"熟悉又陌生的嗓音从话筒内传过来,分别了十年,如此悠远而又漫长的时光,是叶致远来电。

"对不起,您打错电话了。"安夏瑶毫不犹豫地切断,还没来得及放下,手机又不死心地响了起来……

安夏瑶看着手机上那碍眼的来电,毫不犹豫地挂断。

叶致远却偏偏跟她耗上了,不停地打。

如此几次下来,七七倒是忍不住问了:"瑶瑶,谁的电话啊?"

"推销保险的。"安夏瑶没好气地挂断了电话,本来想直接关机,但是刚做完访谈,而且还被那么意外的八卦搅乱,她想着杂志社一定会打来电话，也不好贸然关机。

在手机无数次响起后，安夏瑶终于忍无可忍地接起电话，"叶致远，你到底想干吗？"

"我想约你吃饭。"叶致远主题明确。

"没空。"安夏瑶回得更加直接。

"什么时候有空？"叶致远勾着嘴角，想象安夏瑶那气呼呼的模样，继续耐着性子问。

"一直都没有空。"

"既然你这么没空的话，我想我会帮你制造一点点的空。"叶致远邪肆地勾着嘴角，轻笑了下，"安夏瑶，到时候你可别太感谢我。"

安夏瑶一听，心里一紧，想到叶致远今天微博访谈的捣乱，不由得无奈道："叶致远，你想做什么？"

"我想做什么，到时候你就知道了。"叶致远笑了，"我只不过想约你一起吃个饭，可是你那么忙，我就只能自己想办法，让你稍微有点空。"

"叶致远。"安夏瑶磨了磨牙，她丝毫不怀疑叶致远会做一些疯狂的举动让她空一点，因为从过去交白卷的问题少年，到现在微博敢公然捣乱的叶致远，只要他想做的，定然会不择手段去做。

"在呢，在呢。"叶致远在电话那头笑出声，"安夏瑶，是不是有那么一点点空，能陪我吃个饭了？"

"好吧，后天晚上。"安夏瑶在叶致远的胡搅蛮缠下，只能气呼呼地开口道，不是安夏瑶抵抗力太差，而是敌人太顽强，人才跟天才，总是有距离的。

"好，那我到时候去接你。"叶致远笑着挂断了电话，世上无难事,只要厚脸皮。"

七七手托着腮,眸光灼灼地看着安夏瑶,打趣道:"瑶瑶,看你面色红润,气色甚好,应该是桃花要开了的征兆。"

"我怎么觉得我印堂发黑,是招惹了小人的征兆。"安夏瑶没好气地翻了翻眼道。

七七扑哧一声便笑场了,"我说瑶瑶,你是不是对叶致远有点敏感得过分?"

"不过分,一点也不过分,一朝被蛇咬,我十年怕井绳呢。"安夏瑶拍了拍自己的胸口,"我现在这个叫作防患于未然。"

"我就怕你防不胜防啊。"七七意味深长地感慨了句。

"你少乌鸦嘴,好了,出去逛会儿街,晚上我请你吃饭。"安夏瑶笑着拉上七七,两个人一起嘻嘻哈哈地出门。

第二天早上,安夏瑶又被门铃声给吵醒,她打着哈欠,睡眼蒙眬地从猫眼里瞄了一眼,又是一束蓝色妖姬挡在前面,她还以为是鲜花店的送货员,拉开门后淡淡地说:"我不想为难你们,你们也别为难我,事不过三,今天签了之后,以后我都不收了。"

"为什么不收?"送花的人将花往地上一搁,眸光灼灼地看向安夏瑶。安夏瑶的大脑短路了下,怔怔地看着眼前的叶致远,白蓝条格T恤,下身一条干净的水蓝色牛仔裤,同色系的休闲鞋,五官俊逸,眼神深邃地盯着安夏瑶。

"原来作家平时都是这个样子的。"叶致远挑着性感的唇,勾着魅惑的笑说。

"啊!"安夏瑶失声尖叫,然后奔回房间,嘭地甩上门,看着镜子里的自己，恨不得挖个地洞钻进去，一头凌乱的头发胡乱地披散着，身上胡乱地套了一件T恤，形象惨不忍睹，有点狼狈。

安夏瑶快速地换好衣服，梳理了下乱发，才咬着牙拉开卧室的门，看到叶致远已经堂而皇之地坐在沙发上，心里不由气恼了起来，"叶致远，我并没有邀请你进门。"

"安夏瑶，我们都这么熟了，需要这样见外吗？"

"需要，需要。"安夏瑶点了点头，心里不断催眠自己，我跟你不熟，我跟你不熟。

叶致远无奈地摇了摇头，苦笑了下，意味深长地说："你啊，真的是一点都没变。"

安夏瑶咬着唇，没有接话，稳了稳心神才道："你来做什么？"

"接你吃饭。"叶致远回答得理所当然。

"不是说了后天吗？"安夏瑶看着叶致远。

"本来是说后天，可是我看你今天也挺有空的，就改在今天了。"叶致远淡淡地说着。

"今天没空，您请回吧。"安夏瑶可不想被叶致远牵着鼻子走，不由得拒绝道。

"那我在这看看你今天忙什么吧，也好让我长长见识作家平时都是干吗的。"叶致远也不恼，靠着沙发找了一个最舒适的角度。

"你。"安夏瑶只能磨了磨牙，"我这不欢迎你。"

"没事，你赶我也不是第一次了，赶着赶着，也就习惯了。"叶致远纹丝不动，嘴角甚至还扯了一抹笑来。

"叶致远，我怕了你了，走吧，出去吃饭。"安夏瑶忍无可忍,咬牙切齿地说。安夏瑶认命,她不是叶致远的对手。

叶致远的俊脸上,毫不遮掩地扯出一抹得意洋洋的笑容来。

安夏瑶点了一堆菜,然后沉默地等待,接着一个人埋头苦吃,叶致远嘴角始终挂着笑,饶有兴味地看着安夏瑶,十年的时间虽然已经过去,但是安夏瑶的心性依旧跟个小孩子似的,爱恨分明,不遮喜怒。

安夏瑶吃饱,拿着面纸擦了擦嘴,看着叶致远,淡淡地道:"陪你吃饱喝足了,叶致远,满意了不?"

叶致远面不改色,慢条斯理地夹菜,往自己的嘴里送去,慢慢吞咽了下去,才淡淡地开口道:"是你吃饱喝足了,我还没吃完呢。"

"那好,您慢慢吃。"安夏瑶磨了磨牙,端着水杯猛地喝了几口,暗自提醒自己,不跟他一般见识。

不自觉地看着叶致远,看着他那张俊朗的脸,看着他优雅吃东西的样子,看着他举手投足之间带着说不出来的蛊惑风情,让安夏瑶的心不知不觉地躁动起来,忙慌乱地转移视线,低低地看着自己眼前狼藉的碗筷。

祸害,叶致远绝对是祸害,都相隔了十年,可是他越来越长得好看了,不但少了一些青涩,更多了几分成熟,看上去更是俊朗非凡。

叶致远专注地吃着,并没有说什么话,做什么事,但是偏偏就让气氛变得凝重起来。

沉默在两个人的包厢里无边无际地蔓延了起来,安夏瑶突然有些不自在,不算狭小的包厢,偏生让人有些喘不过气来。

安夏瑶如坐针毡,只能抓着水杯不停地摇晃把玩,转移自己的注意力。

"安夏瑶，听说你相了不少亲？"叶致远终于放下筷子，优雅地拿着湿巾，擦了擦嘴，"有没有遇到中意的人？"

安夏瑶瞅了一眼叶致远，挪开视线，"没有。"心里补充道：要有的话，早奔着结婚去了，还会坐在这里，跟你大眼瞪小眼地闲话家常吗？

"看来，你眼光挺高的嘛。"叶致远嘴角勾着轻笑，八卦地问，"安夏瑶，你喜欢什么类型的男士呢？"

安夏瑶转过脸正色地看向叶致远，没好气地道："喜欢什么类型的男士，跟你没关系，反正不是你就对了。"

"可你偏偏就跟我一夜情了。"叶致远无辜地开口道。

安夏瑶磨磨牙，这叶致远真是哪壶不开提哪壶，明知道相亲不成功，乌龙的一夜情是安夏瑶心中的痛，如果不是那场八分钟聚会大受刺激，安夏瑶至于激情邂逅吗？现在遇到叶致远这家伙，安夏瑶可是后悔得肠子都青了。

叶致远若有所思地看了一眼安夏瑶，"谁说你的事跟我无关了？你可是我以前的初恋女友。"

"初恋女友？"安夏瑶嗤笑了下，嘲讽道，"叶致远，你当我傻子？你跟路语蕊才是初恋关系好不好？"

叶致远抿着唇，沉默了下，并没有解释什么。

"好了，你也吃饱了，那我们散了吧！"安夏瑶淡然地提议。

叶致远邪魅的唇角若有似无地勾起，淡淡地道："安夏瑶，我请你吃饭，其实是有事想请你帮忙的。"

"什么事？"安夏瑶戒备地望着叶致远，生怕吃人嘴软，她要被叶致远为难。

"其实吧,也不是什么大事。"叶致远若无其事地说,"只是想请你帮个小忙。"

"说重点,什么小忙。"安夏瑶正色地看着叶致远,可不想一顿饭就把自己给卖了。

"我被家里逼着相亲,你帮我搅黄了就成。"叶致远的俊脸上堆着无害的笑。

"我怎么帮你搅黄?"安夏瑶瞥了一眼叶致远,淡淡地问。

"很简单,你假扮我女朋友,陪我相亲就行。"

"说得轻巧。"安夏瑶冷冷地哧了下,"既然那么简单,想必乐意帮你忙的人很多,你何必扯上我?"要拒绝第一次相亲对象,方式多得很,安夏瑶才不信叶致远会搞不定这样的小事,难为到要开口请她帮忙。

"哎哟,你别这样聪明嘛。"叶致远嘿嘿地笑了下,"你知道的,男人多半不喜欢太聪明的女人。你这么聪明,会给我压力的。"

安夏瑶嘴角抽搐了下,看着痞气的叶致远,毫不吝啬地赏赐了一对大白眼,"不想说实话,我也不会帮你的,我走了。"说着,安夏瑶准备起身,准备走人。

"实话跟你说吧,这妞挺难缠的。"叶致远一把拉住了安夏瑶,深吸了口气,"相亲那天,我其实已经拒绝过了,可她不死心,还缠着我,没办法,我只能说,我有个交往了十年的青梅竹马的女朋友。"

安夏瑶没有接话,淡淡地看着叶致远,听他继续道:"为了增加可信度,我爆了你的照片,可是她非要眼见为实。"

"叶致远,看来你都算计好了?"安夏瑶淡淡瞅着叶致远,不温不火地开口。

"也不叫算计好。"叶致远忙解释道,"只不过是碰巧,要你帮个忙而已。"

"我如果拒绝呢?"

"她现在已经在来的路上了。"叶致远的俊脸可怜兮兮,"安夏瑶,求求你,就帮我一次好不好?我真的是没办法了,我真的是怕了那妞。"

虽然安夏瑶知道叶致远的可怜兮兮多半是假装出来博取她同情的,但还是硬着头皮点了点头,"好了,好了,你别装了,帮你就是。"安夏瑶说完,正色地对叶致远道,"不过,也仅此一次,下不为例。"她可不想跟叶致远一再地牵扯不清。

叶致远瞬间灿烂地笑了出来,"牙箍妹,我就知道你对我还是那么好。"

安夏瑶抬脸,正色地盯着叶致远,"你少自作多情了,我只不过是不想看着好端端的女孩被你祸害了而已,还有我不想再说第三遍,我叫安夏瑶,不是牙箍妹。"

"安夏瑶,就安夏瑶吧。"叶致远嘟囔了句,"其实,牙箍妹多亲切啊。"在安夏瑶的冷眼扫视下,他识相地吞咽了进去。

叶致远带着安夏瑶转移地方,坐在酒店内的咖啡厅内,等着那位美女的到来。

没一会儿一个身材高挑,穿着时尚,打扮艳丽的姑娘,踩着八厘米高的高跟鞋,婀娜多姿,摇曳着身姿,漫步到了叶致远面前,神色轻蔑地扫了一眼安夏瑶,对叶致远开口道:"这是你的女朋友?"

"是啊,我女朋友,安夏瑶。"叶致远忙站起来介绍道。

他又对安夏瑶道:"这是杨露露。"

安夏瑶尴尬地扯着僵硬的嘴角,对杨露露微笑了下,看着她艳若桃李的俏脸,柳眉杏眼的妩媚风情,心里不由得暗自鄙视叶致远没有欣赏眼光,多美的一个姑娘啊,难得的是她看叶致远的眸光含情脉脉,可见倾心已久了。

杨露露优雅地坐在安夏瑶的对面,先看了一眼叶致远,接着看向安夏瑶,"你们准备什么时候结婚?"

安夏瑶只负责充当女朋友的角色,剧情的台词跟发挥,都是叶致远的事,跟她没关系,所以安夏瑶低着头,沉默地把玩着她面前的杯子,忽略杨露露射在她身上的灼灼眸光。

叶致远一把揽过安夏瑶,侧着俊脸,深情凝望地看着她,手里不动声色地使力,迫使安夏瑶不得不抬起眸子看向他。

叶致远清澈的眸子里带着款款深情,嘴角带着笑意道:"只要瑶瑶愿意,我随时都做好结婚的准备。"

杨露露的神色有些质疑,"十年前,你的女朋友不是路语蕊吗?这安夏瑶,你又是从哪里弄出来的?"

安夏瑶的神色瞬间不自然地苍白起来,"路语蕊"这三个字就好像是她心里的一根导火线,一点就会炸开,清晰地展现她跟叶致远的过去,然后看着那时狼狈的自己。惨败的初恋,触目惊心,让人伤痕累累。

"你还真落伍了,你的消息是十年前的假消息。"叶致远轻扯着嘴角,不动声色地看了一眼安夏瑶,淡淡地开口道,"我跟安夏瑶在高一就恋爱了,一直保持到现在。"

安夏瑶嘴角抽搐了下,这叶致远还真是撒谎都不用打草稿,至少他们中间空白了十年。

"叶致远,你没开玩笑吧?"杨露露难以压抑心底的悲愤,语气沉了几分,"你真的跟安夏瑶谈了十年的感情?"

叶致远面不改色地点了点头,心里对调查过他的杨露露颇为不满。

"那你为什么还出来相亲?"杨露露的俏脸带着难堪的愤怒,"你故意要我难堪吗?"

"被我爹妈逼的。"叶致远摊了摊手,表情无辜,委屈地道,"瑶瑶一直不肯嫁给我,也不肯见我爸妈,我爸妈就以为我撒谎,不信我有女朋友,于是非得逼我相亲。"叶致远偷瞄了几眼杨露露,继续补充,"我可是一开始就跟你坦白了,叫你别看上我,我名草有主了,是你自己非得死皮赖脸地缠着我,我也是没办法。"

"你意思是我不要脸地缠着你?"杨露露深吸了几口气,聪明地听出了叶致远语气里的嘲讽。

"事实如此。"叶致远丝毫不给杨露露面子,直白地承认。

"你……"杨露露唰一下站起来,神色气愤、难堪,高高地扬起了手。

"怎么?恼羞成怒想动手呀?"叶致远的语气依然悠闲,甚至慵懒地往身后调了个舒适的角度靠了靠,"这巴掌,你倒是打上来试试看。"

气氛瞬间骤冷了下来,叶致远是谁,杨露露可不敢忘,他有政治背景强硬的老爹,还有财大气粗的老妈。这巴掌打了上去,她后果可负担不起。

杨露露高高扬在空中的手,无奈地慢慢垂下,语气带着几分哀求:"叶致远,我那么喜欢你,你就真的一点也不考虑我?"

安夏瑶闷头喝完了整杯水,心里无聊得直翻白眼,拜托,又不是演八点档连续剧,至于说这样狗血的台词吗?

叶致远毫不犹豫地点头,"是啊,不考虑,因为我只喜欢瑶瑶一个。"

安夏瑶还来不及吞咽下的水,就这样直接呛到了,"咳咳咳……"

"瑶瑶,你没事吧?"叶致远忙体贴地伸手,帮忙拍着安夏瑶的背,给她顺气,语气宠溺道,"跟你说过多少次了,喝水慢点,别太急,你就不听,看吧,呛着了吧。"

安夏瑶有点无语,她分明就是被吓得呛到的好不好?叶致远也实在是太能演戏了,安夏瑶浑身不自在地想拨开叶致远光明正大在她身上揩油的手,忽然脸面上一阵冰凉。

安夏瑶后知后觉地看向对面——拿着空水杯恼羞成怒的杨露露,只听她气急败坏道:"安夏瑶,你少在这假惺惺地演戏,矫情。"

冰水顺着安夏瑶的发丝、眉间、睫毛、鼻梁一点一点地滴落下来。

虽然九月的天,这冰水浇在脸面上冰冰的、凉凉的,挺舒服的,可是这形象也实在是有点伤人,尤其这举动实在是太侮辱人了。

叶致远的俊脸陡然沉下,璀璨如星辰的黑眸中透出一抹冷厉的阴霾,冷冷地盯着杨露露,"你实在是太过分了。"

杨露露还没来得及张口说话,另一杯冰水瞬间毫不犹豫地浇到她那张得意的脸上,也浇灭了她的盛气凌人,杨露露不可置信地瞪大眼,看着面色淡然的安夏瑶,还有她手里的空杯子。

安夏瑶抹了一把脸上的冰水,神情淡淡的,动作优雅地放回了杯子,看向同样狼狈的杨露露。

"你!"杨露露的脸色乍青乍白,她精致的妆容遇到冰水,瞬间轻微地晕开。

"你什么你?"安夏瑶接过叶致远递来的面纸,看着杨露露,"你送我一杯水,我还你一杯,互不相欠。再见。"优雅地拎起自己的包,越过杨露露,朝着门外走去。

叶致远忙跟了上去,身后的杨露露气得跺脚,尖锐地叫喊着:"安夏瑶,我不会让你好过的。"完全没了淑女风度。

安夏瑶自嘲地勾了勾嘴角,低头看了看自己胸前被水浸湿了的雪纺衣料,已经紧紧地贴着自己的身子,黑色内衣异常醒目。

安夏瑶伸手紧紧地捂着自己,心里后悔不迭,真不应该帮叶致远的忙,搞得自己这么狼狈。

"安夏瑶,别走那么快,等等我嘛。"叶致远追上来,一把拽住了她的手臂。

安夏瑶毫不犹豫地挣扎开来,紧紧地抱着自己,"对不起,对不起,我不知道会这样。"叶致远急忙道歉,抓着手里的面纸仔细地拂着安夏瑶脸上的水迹,眼尖地看到安夏瑶胸前的大片春光,不由得将她拉入了自己的怀里,"走,我带你去换衣服。"

"不用了。"安夏瑶紧紧地抿着唇,淡淡地拒绝,不动声色地跟叶致远保持了一点的距离,接着心里蓦然一紧,感觉双腿间好像有股温热流了出来。

安夏瑶立刻窘得面红耳赤,气血上涌,简直尴尬得恨不得挖个地洞钻进去。不是吧,亲戚,祖宗,你挑这个时间来?明明还有几天的嘛,怎么会这样毫无预兆地提前呢?还好今天穿的是印花雪纺裙,暂时不至于丢人,可这样子是不能打车回家了。安夏瑶烧红着俏脸,凑到叶致远耳旁低低地说:"我去洗手间,你帮我去买点东西。"

"买什么?"

安夏瑶已经一把推开叶致远,快速地奔回咖啡厅,用最快的速度找到厕所,叶致远的电话就追了过来,"安夏瑶,你到底要我去买什么?"

"卫生巾。"安夏瑶说完,感觉脸红得能烧起来,滚烫滚烫的。

"啊?"叶致远傻眼了下,随即道,"什么牌子?你等一下,我马上去。"

"随便。"安夏瑶已经窘得无地自容了。

没一会儿,有人在厕所门外敲门,"安夏瑶小姐,你在哪个?"

安夏瑶深吸了口气,"我在这。"

随后,门下递进来一包卫生巾,安夏瑶接过来,松了口气,快速处理了下自己,然后谨慎地转过脸去看屁股那一块已经华丽绽放的大红花,本身就是花色衣裙,没那么显眼而已。

安夏瑶稍稍定了定神,深吸一口气走了出去,叶致远等在门口,安夏瑶的脸瞬间蹭一下红了起来,烧得慌。

"好了,我带你去换下衣服。"叶致远拧着俊眉,语气淡淡道,"这离我住的地方近,你换好衣服,我再送你回去。"一贯的霸道,不容安夏瑶拒绝,半拖半拽地将她带上车。

安夏瑶都不敢坐,只能蹭着座椅边半蹲着,免得脏了叶致远的车椅。

叶致远的俊眉拧了起来,看着安夏瑶,扑哧一声,笑了出来,"你坐着,没事,脏了一会儿我洗。"

安夏瑶窘得更加无地自容了,看着叶致远那灿烂的笑意,心里蓦地发慌,"要不,你直接送我回家吧。"

"你确定你要这样蹲半个小时回家?"叶致远勾了勾漂亮的唇,"万一遇上高峰堵车的话,可就不止半个小时了。"

安夏瑶知道叶致远说的是实话,刚才开过来吃饭,就开了三十五分,安夏瑶还嫌怎么开这么远的地方来吃?

"还是去我家吧,三分钟就能到。"叶致远轻笑着说。

安夏瑶咬着唇,无奈地接受了叶致远的提议。

第八章 懵懂动情

叶致远住在某庭院，是套三面采光的双拼别墅，屋内的装修风格偏精致，但是摆设又显得很简洁，深色的实木地板擦得闪闪发亮，高档的沙发组套偏向欧式风格。

安夏瑶没有过多的心思细细地打量这屋子，问清楚了洗手间，忙奔了进去，利索地上锁，然后开始脱身上的衣服，快速洗了一个战斗澡，等她包裹着浴巾出来时，叶致远坐在沙发上对她扬起了一抹灿烂的笑，"衣服已经帮你买了，正在送过来，你就等等吧。"眸光不自觉地掠过安夏瑶白皙的颈脖，包裹在浴巾下凹凸有致的身材，喉咙不自觉地吞咽了下口水。

安夏瑶忙机警地抱紧了自己，带着防备瞅着叶致远。

"安夏瑶，你那什么表情？搞得好像我要对你做什么似的。"叶致远不满地撇了撇嘴，身子大大咧咧朝着安夏瑶欺近了几分，"我要做的事，不都做过了嘛。"

安夏瑶没有接话，挑了一个相对离叶致远较远的位置坐了下来。

"安夏瑶，你的举动严重地打击到我了。"叶致远拧着俊眉，漫不经心地开口道，"如果我不做点什么，好像有点对不起你这样防备我，是吧？"

安夏瑶一听，心蓦地抽紧了下，接着惊悚地看着叶致远在自己眼前放大的俊脸，心猛地怦怦跳起来，"你，你想干吗？"前路被叶致远健硕的身子堵着，安夏瑶撑着手，无奈地将身子往后仰去，只为了跟他保持那么一点点的安全距离。

"安夏瑶，你是不是对我还有感觉？"叶致远低头扫了一眼面红耳赤的安夏瑶，不由轻快地出声。

"鬼才对你有感觉。"安夏瑶倔强地偏过脸，心虚地说，眼神更是不敢跟叶致远坦荡地对视上。

"安夏瑶，乖孩子是不能撒谎的，你现在越来越不乖了。"叶致远慵懒地说着，伸手一把捏着安夏瑶的下颌，将她的俏脸轻轻地抬起跟自己对视上，温和地笑笑，自我感觉良好地说，"其实吧，你只是不好意思承认对我有感觉是吧？"

安夏瑶心虚地转移视线，没好气地挥手，挥开叶致远，"见过皮厚不要脸的，没见过你这样皮厚不要脸的。"

"安夏瑶，你是不是非得逼我帮你找点感觉才满意啊？"叶致远说着，俊脸蹭一下贴到安夏瑶的面前。

两个人之间的距离相隔一厘米的样子，彼此温热的气息相互喷洒在脸上。

安夏瑶的心跳骤然加速，怦怦犹如小鹿乱撞似的，她伸手便去推叶致远。

叶致远顺势一把抓住了安夏瑶的手，将她摁倒在沙发上，整个人压着她，嬉皮笑脸地看着安夏瑶慌乱的表情，不由得调笑道："安夏瑶，这样会不会比较有感觉？"

"叶致远，你快点起来，不然，别怪我不客气。"安夏瑶深吸了一口气，压制着狂乱的心跳，气急败坏地对叶致远吼着。

"你想怎么个不客气法？"叶致远痞气地笑了笑，"莫非你想对我做什么？"

什么叫作强词夺理？

什么叫作歪曲事实？

什么叫作无赖跟痞子？

看叶致远，他就是最不要脸的代表和典范。

叶致远无视安夏瑶怒瞪他的样子，风轻云淡地说："如果你真的想对我做点什么，我其实很欢迎的。"说着，故作娇羞的样子，调侃道，"只是，你要温柔点。"

安夏瑶受不了地翻了翻白眼,"叶致远,你的脸呢?"

"我这张脸挺好看的,我怎么能不要呢。"叶致远嘴角扯开灿烂的笑容,森森白牙是那么炫目,那样的美丽迷人……安夏瑶愣了下,瞬间忘记了挣扎。

"叶致远,你个浑小子,不接我电话,总算被我逮着了,来给我解释下,杨露露怎么回事?"随着推门的声音,接着传来清脆的女声,刚说完,啊地响起一声惊叫,然后又啪一声甩上了门。

安夏瑶跟叶致远不约而同地看向大门,接着调回视线,对视了下,"啊!"这下轮到安夏瑶惊叫了,气急败坏地伸手将叶致远从身上推了下去。

防备不及的叶致远被狠狠地推倒在地上,揉着被撞疼的后脑勺,一脸哀怨地看着紧紧护着自己的安夏瑶,那神情,好像叶致远随时化身为狼要把她吃了似的。

这次礼貌地响起了敲门声,"扣扣扣……"

"进来吧。"叶致远揉着脑袋,有气无力地应声。推门进来的是一位四十多岁,看着雍容华贵的中年妇女,她有一头乌黑的头发,虽然岁月在她的眼角留下了浅浅的痕迹,但是她画着精致的妆容,打扮得很时尚,让人看着不由自主想到干练的女强人。

叶致远忙堆着笑脸迎向她,讨好地说:"妈,你怎么来了?"

"你先闪开。"叶妈妈不客气地推开叶致远,径直看向坐在沙发上不自在的安夏瑶,"怎么称呼你呢?"

安夏瑶知道,她刚才跟叶致远的举动,叶妈妈心里已经浮想联翩了。她也没办法辩解,因为她跟叶致远本来就暧昧不清,这会儿被点名,安夏瑶只能茫然地看向叶致远,又看向嘴角挂着职业微笑的叶妈妈,礼貌地回了句:"阿姨你好,我叫安夏瑶。"如果不是没衣服穿,安夏瑶真的很想就这样三十六计,走为上策。

因为叶妈妈看她的眼神实在灼热,就好像是未来婆婆看儿媳妇的那种审视,让只围着浴巾的安夏瑶浑身都不自在。

"安夏瑶?你是阿远的女朋友?"叶妈妈问得直接。

安夏瑶刚想摇头说不是,叶致远一个箭步挨着她的身侧坐了下来,熟稔地搂着她,手里暗自在她肩膀上使力,捏了下,接着用灿烂的招牌笑容看着叶妈妈回:"是啊,瑶瑶是我的女朋友。"

叶妈妈淡扫了一眼叶致远,又不紧不慢地盯着安夏瑶问:"你是做什么的呢?"刚问完,又似乎觉得自己太过严谨,不由得扑哧一声轻笑了出来,拍了拍自己身边的位置,"阿远叫你瑶瑶,那我也叫你瑶瑶好了,你别紧张,过来坐。"

叶妈妈这一笑,立马就变得亲和起来,安夏瑶迟疑了一会儿,叶致远忙挨着她的耳边道:"安夏瑶,你这副样子,不承认是我女朋友的话,别怪我没提醒你,后果可会比你想象的严重得多……"

"你威胁我?"安夏瑶同样压低了声音,咬着叶致远的耳边。

"不是威胁,是恳求!为了你好,也为了我好。"

叶妈妈难得耐心十足地看着叶致远跟安夏瑶交头接耳低语,在她眼里,这是小两口的亲密互动,而趁这个时候,她也不动声色地将安夏瑶打量了一遍:虽然穿着有些不得体,但是年轻人嘛,情不自禁,能理解。

看着安夏瑶眉清目秀,不施半点脂粉的俏脸,干干净净、白白嫩嫩的,不由得心里带着几分欢喜,打趣道:"你们两个互动完没?能不能让我插几句话?回答下我的问题。"

安夏瑶的俏脸瞬间烧红了起来,心中忐忑地看向叶妈妈,毕竟要对长辈撒谎,并不是她所擅长的,可是叶致远偏偏就安了一顶女朋友的大帽子给她,着实为难了安夏瑶。

"妈,你想说什么?"叶致远挑着飞扬的剑眉,看向叶妈妈,解释了句,"瑶瑶是给杂志写专栏的作家。"

"哦,职业挺好的,你们谈多久了?"知道安夏瑶的职业,叶妈妈更加和蔼地看着安夏瑶,拉着她的手,继续问道,"准备什么时候结婚?"

"还没计划呢。"叶致远面不改色,避重就轻地回答。

"你这孩子,怎么能没计划呢?"叶妈妈不满地瞪了一眼叶致远,接着堆着和善的笑容,看向安夏瑶,"瑶瑶,那你就没点计划?"

"我?"安夏瑶怔了怔,尴尬地看着叶妈妈,"没计划呢。"

"你们两个都没计划?"叶妈妈的语调高扬了上去,拧了下秀眉,一本正经地说,"不行,我得约你家长见见,帮你们罗列下结婚计划。"

"啊?"安夏瑶傻眼,幽怨地看向叶致远,

叶致远则是无奈地笑着,安抚叶妈妈:"妈,结婚的事不急。"

"能不急吗?"叶妈妈语气幽怨起来,"自从小蕊走后,这么多年,你身边半个母的都没有,我都快急得老年痴呆了。"

叶致远忙打断道:"妈。"

叶妈妈意识到自己口误，不由得讪讪地笑笑，"瑶瑶，你今年多大了？"

小蕊，应该是路语蕊吧。安夏瑶敏感了起来，心里带着说不清楚的抑郁，脸上堆着虚应的笑，"二十七。"

"嗯，你跟阿远都适婚了。"叶妈妈眉开眼笑地点了点头，随即忙翻着自己的包包，掏出一张金灿灿的卡，递到安夏瑶手上，笑眯眯道，"喏，第一次见面我也没啥好送的，拿着卡去买自己喜欢的东西，就当阿姨给你的见面礼。"

"啊？"安夏瑶忙拒绝，"阿姨谢谢，不用了。"

"你是不喜欢这卡？那行，换这个。"叶妈妈又从包里掏了一叠人民币出来，"喜欢什么自己买。"

安夏瑶嘴角抽搐了，"不了。"心里顿时无语，叶妈妈这雷厉风行的态度，要是知道自己跟叶致远是假的，真不敢想象她会做出什么事来。

"好了，你就收着吧，推来推去多难看。"叶致远一把按住安夏瑶的手，"咱妈最不差的就是钱。"随即看着叶妈妈嬉皮笑脸道："妈，就是你这红包薄了点，下回结婚补厚点哈。"

安夏瑶只能硬着头皮拿着，神色不自然地看着叶妈妈僵硬的微笑，这客串儿媳妇的事，真不是安夏瑶所擅长的，演得特费劲。

门铃声响了起来，叶致远忙起身去开门，是给安夏瑶送衣服的来了。

安夏瑶忙接了衣服，尴尬地对叶妈妈说了一声"抱歉，阿姨，我先进去换下衣服"，落荒而逃。

叶致远忙起身跟着安夏瑶进了房间。

"出去。"安夏瑶冷着俏脸，压低声音，不留情面地赶着叶致远,然后转过身子准备换衣服,"安夏瑶,我只是告诉下你,我妈好像挺喜欢你的。"叶致远嘴角勾着邪气的笑意,灿烂无比地看了她一眼,然后眉开眼笑地出去了。

安夏瑶无语地对着天花板翻了翻白眼,然后用最快的速度换好了衣服,在房间里磨磨蹭蹭,侧耳听着叶致远送走了叶妈妈,安夏瑶才松了口气,漫步走了出来,"你妈走了?"

叶致远看着一身粉色连衣裙的安夏瑶漫步向他走来,有一瞬的微微愣神,他还清楚地记得,第一次跟安夏瑶约会的时候,她也是穿一身粉色的连衣裙,白皙的俏脸微染红晕,羞涩地看着叶致远,低低地问:"我这样穿,好不好看?"

那时的安夏瑶是那么纯洁而又青涩,而且愿意以叶致远为中心,他打球,安夏瑶跟着在操场边摇旗呐喊,打累了,安夏瑶帮他揉肩递水,关怀备至;他逃课,安夏瑶虽然有意见,但是咬着牙,露着银白色的牙箍,硬着头皮也会跟着叶致远翻墙出去玩……

回忆跟现实交叠了起来。

现在的安夏瑶举手投足之间带着一种经过岁月沉淀的优雅气质,不再青涩,不再以他为中心,甚至还带着一种戒备和抗拒。

叶致远不习惯这样的安夏瑶,也不喜欢这样的她。

叶致远对她扯开嘴,扬出了一抹迷死人不偿命的笑容,"安夏瑶,你等着我妈向你提亲,安心做我媳妇吧。"

"咳咳咳……"安夏瑶被吓得不清,被自己的口水呛着了,"叶致远,你别开玩笑吓我了,我心脏不好。"不知道为什么,直觉强烈告诉她,叶妈妈真的会做出一些惊天动地的事来,她不想,也不愿意参与。

叶致远神色有些晦暗不明，语气带着点忧伤道，"安夏瑶，我们真的没有复合的机会了吗？"

"我们就没好过。"安夏瑶毫不犹豫地回道，"何来复合？"说着眸光正色地看着叶致远道，"叶致远，我真的真的不想跟你有任何一丁点的关系了，求你放过我成吗？"说着深深地叹息了一声，"我们以后真的没有必要往来，各自安好可以吗？"

"安夏瑶。"叶致远的俊脸上表情有些复杂，"你就非得跟我划清界限？"

安夏瑶毫不犹豫地点点头。

"可我就赖着你。"叶致远恼火地宣誓，"你跑，你跑到天涯海角，我也追定你。"

"既然咱俩说不明白，那就算了。"安夏瑶不准备继续跟叶致远谈这个话题，反正管他追不追，安夏瑶不搭理他就是了。等时间一长，新鲜感一过，求着叶致远围着她转，估计这大少爷都懒得看她。

"我可不算了。"叶致远信心满满道，"安夏瑶，既然注定了你是我的女人，那么就是我的媳妇，你跑不掉。"

安夏瑶心虚地侧过脸，不敢看叶致远那深邃的眸光，心跳有些骤然加剧，"叶致远，能适可而止吗？"这男人说起誓言、说起情话一套一套的，安夏瑶还真有点招架不住。

叶致远无辜地看着她，"我喜欢你，跟你告白，你既然不肯接受，那么我就只能一遍一遍重复不断地说喜欢你，直到你感动接受我。"

安夏瑶觉得，她再不发飙，真的要被这甜言蜜语攻势戳破自己伪装的冷漠跟不动心了，于是瞪着眼睛，看着叶致远认真地说:"叶致远,如果以前没说清楚,那么今天,我再说一遍,我跟你没戏,你不要这样厚颜无耻地缠着我了,好吗?"

叶致远幽深的眸子看着安夏瑶,受伤地问:"为什么一点机会都不给我?"

"因为,我现在不喜欢你。"安夏瑶深吸了一口气,语气尽可能淡淡的,"你这样缠着我,会让我觉得很烦。"

"安夏瑶,你在撒谎,你要不喜欢我,怎么可能跟我一夜情?"叶致远带着一贯的霸道咄咄逼人,再加自信满满。

安夏瑶自嘲地笑,"男人找一夜情是为了刺激,女人一夜情是因为受了太多刺激,我那天完全是喝多了,不是跟你,也会跟别人,所以你别想多了。"

叶致远的俊脸瞬间挂不住了,伸手按着安夏瑶的肩膀,迫使安夏瑶视线跟他对上,"安夏瑶,我未婚,你未嫁,又是彼此的初恋情人,旧情复燃不是挺好的吗?"

"不好,一点也不好。"稳了稳心神,安夏瑶开口,直视着叶致远的眼睛说,"叶致远,别跟我提初恋情人这四个字,你不配。"说完这句话,安夏瑶感觉到自己情绪上的激动,她深吸了一口气,把目光从叶致远的黑眸移到窗外,努力维持风轻云淡的样子。

"安夏瑶。"叶致远幽深的眸子闪了下,"我一直不明白,当初你为什么要劈腿甩了我?"

"我劈腿,甩了你?"安夏瑶深深地吸了一口气,自嘲地扯着嘴角,"是啊,理论上,确实是这样的,事实上叶致远你心里不是比我清楚?"

"我不清楚。"叶致远盯着安夏瑶一字一句地说,"我只知道,我那么喜欢你,不顾一切地喜欢你,却被你莫名其妙地戴了一顶绿帽子。安夏瑶,你欠我一个解释。"

安夏瑶瞪着眼睛,看着理直气壮的叶致远,"没有什么好解释的。"然后安夏瑶转身,带着她的骄傲迈步离开。

叶致远快步追了上去,一语不发地将安夏瑶半拽半拖拉上车,"我送你回去。"然后沉着俊脸,不发一语地充当着司机的角色。

安夏瑶一直侧着头,看着车窗外,一幕一幕的景致在眼前模糊地飘过,而她的心却飘得很远很远——十七岁那年,安夏瑶跟叶致远第一次约会的时候。

夏日,艳阳高照,树荫下的草坪上,叶致远手枕着脑袋,慵懒地躺着,"牙箍妹,我喜欢你,不顾一切地喜欢你,你相信吗?"

安夏瑶安静地望着叶致远的笑容,点了点头,见他扯开嘴角笑了,是那么的灿烂,灿烂得能让人窒息。或许安夏瑶就是被叶致远这样的笑意给蛊惑了,才会不顾一切地去爱叶致远。

越来越多的回忆涌上安夏瑶的心头,初恋的青涩、甜蜜跟苦恼,百般滋味都涌上她的心头,安夏瑶不经意地转脸,看着叶致远俊朗的侧脸,忽然有些说不出来的忧伤跟抑郁,深吸了一口气,终究忍不住地开口问:"叶致远,问你个问题。"

"说吧。"叶致远扫了她一眼。

安夏瑶话到嘴边,欲言又止,咬着唇。

叶致远耐着性子,又催了一遍:"说吧,想问什么?"

"没什么。"安夏瑶话到嘴边又吞咽了下去,扭头继续看着车窗外,一副不想说话的样子。

叶致远也不自讨没趣,专注开车,沉默地将安夏瑶送回家,临走前,霸道地说:"安夏瑶,不管你接受不接受,我是追定你了。"

安夏瑶目送叶致远的车远去,心里忍不住疑惑徘徊,她刚才想问的就是,叶致远,你现在这样追求我,是因为当初我劈腿给你戴绿帽了,你想报复我吗?追求了,让安夏瑶心动了,接着狠狠地甩了安夏瑶,报复她当年的劈腿之恨?

安夏瑶终究皮薄,没好意思问出口,目送着叶致远远去的车影,她的心里有一股淡淡的失落……

安夏瑶刚跨进楼道,安妈妈挂着灿烂的笑脸迎了上来,"瑶瑶啊,刚在小区门口,看见你从一辆车上下来,谁送你回来的呀?"

这视力,果然不是吹的,这么远,都能看那么真切。

安夏瑶看着楼道口两张灿烂的笑脸,整个脑袋轰一声,脸色唰一下子爆红,好像做了什么亏心事,被逮着一样,讪讪地对安妈妈、安爸爸挤了一个笑,"爸妈,你们怎么来了?"

"不来能看到有小伙子送你回家嘛。"安妈妈笑吟吟地打趣,"要不是想着你会不好意思,刚我跟你爸就想出去,请人小伙子一起去你家坐坐呢。"

安夏瑶嘴角抽搐了下,还好爸妈念着她会害羞,不然奔出去拉着叶致远搭话,她肯定窘得想挖地洞钻进去,"妈,只是一个普通朋友,顺路送我回来而已。"

"普通朋友啊?叫什么名字?做什么的?"安妈妈一脸八卦地看着安夏瑶。

"妈,就一普通朋友,你别问了。"安夏瑶无可奈何地摊摊手道,"你不要看到个公的,就用丈母娘看女婿的眼光看,好不好?"

"你以为我想啊？还不是担心你嫁不出去？"安妈妈说到这可委屈了，"瑶瑶，你年纪也不小了，你再单下去，可就要成高龄产妇了！"

安夏瑶嘴角抽搐了下，二十七岁跟高龄产妇似乎还有一段距离吧？看着安妈妈那恨铁不成钢的表情，安夏瑶还是耐着性子好脾气地哄着："妈，你也知道的，谈男朋友嘛，缘分很重要，我可能现在缘分没到吧……"

"是真的缘分没到，还是你太挑？"安妈妈正色地看着安夏瑶，"就刚才那小伙子，我看着就挺不错的。"

"妈，我都说了，只是普通朋友，而且人家有女朋友的，你别乱说了好不好？"安夏瑶无奈地睁着眼睛说瞎话，给安妈妈解释了下，"有女朋友啊？"安妈妈半信半疑。

"是啊，是啊，所以你别乱想了。"安夏瑶坚定地点了点头，随即无辜道，"你该不会是想叫我做挖墙脚这种高难度的技术活吧？"

"那就不要了。"安妈妈忙摇了摇头，接着深深地叹息了一声后，沉重地说，"瑶瑶啊，你到底什么时候才能带个男朋友回家给我们见见那？我都愁得满头白发了。"

"这事急不来，我尽量吧。"安夏瑶敷衍着点了点头，看着老妈刚染的头发乌黑柔顺得能去拍广告，一阵恶寒，这话说得真是太假了。

刚送走爸妈，叶致远的电话就打了过来。

安夏瑶犹豫了两秒，随即还是接了起来，"喂。"

"安夏瑶，我妈让我这周末带你回家吃个饭，你看呢？"叶致远温润的声音从电话里传了过来，带着不容抗拒的霸道。

"不好意思，没时间。"安夏瑶拧着秀眉，淡淡地拒绝。

"安夏瑶,你拒绝我没关系,可千万别拒绝我妈。"叶致远戏谑地笑了起来,"我妈的爆发力可是很强悍的。"

"你妈爆发力强悍跟我没关系。"安夏瑶坚定地拒绝,"我没时间,就是没时间。"

"好吧,安夏瑶,后果自负哦。"叶致远说完,笑着切断了电话。

安夏瑶茫然地听着嘟嘟声,咬着唇,将手机随意一搁,威武不能屈,她才不怕叶致远的威胁呢。

宁愿周末宅在家发霉,也坚决不妥协,不跟叶致远扯上任何暧昧不清的关系。

第九章 婚事

一转眼,周末到了,叶致远没有再打电话骚扰安夏瑶,安妈妈却十万火急地把安夏瑶给招回家,说有人找。

安夏瑶忐忑地用最快时间赶到家中,推开门,看到稳坐在沙发上满脸温和的叶妈妈,她的脑袋瞬间唰一下空白了,"叶阿姨,你好。"

"瑶瑶回来了。"叶妈妈亲切地打招呼。

安夏瑶总算明白叶致远说的他妈妈的爆发力有多强悍了,可是谁能告诉她,叶妈妈怎么知道安夏瑶家的地址?还有,她这样劳师动众地过来干吗?

安妈妈跟安爸爸和善地陪着叶妈妈在聊天,看到安夏瑶的瞬间,相互对视了两眼,欲言又止。

叶妈妈和善地对安夏瑶招了招手,"瑶瑶,来,坐我身边来。"

安夏瑶满心疑惑地走了过去,"叶阿姨,你怎么来了?"

"你这孩子,我不是让阿远约你到找家吃饭的吗?你没空,我就想带点东西过来看看你。"叶妈妈一脸慈爱,温和地看着安夏瑶,"你看看,这些血燕、阿胶,我特意挑给你补身子的。"

安妈妈跟安爸爸的眼睛里挂满了问号,碍于叶妈妈在场,也不好多问什么,只能神色尴尬地赔着笑,转过脸,犀利地瞪着安夏瑶。

安夏瑶明白,安爸爸、安妈妈的眼神就一个问题:安夏瑶,到底怎么回事?

安夏瑶不知道叶妈妈是怎么跟自己父母说的,也不知道在等她的时候,聊了些什么,聊到什么地步了,但是看着安爸爸、安妈妈的眼神,安夏瑶心虚地赔着笑,乖巧地解释了句:"叶阿姨不好意思,我这几天在赶一个稿子,所以比较忙……"

安妈妈赔了一个笑,插话道:"瑶瑶,你跟叶致远什么时候开始谈恋爱的?"看到叶妈妈跟安夏瑶互动,安妈妈彻底相信,叶妈妈上门来谈谈两个孩子的婚事是有根据的。

安夏瑶尴尬地看了一眼叶妈妈,当着她的面,当然不能跟安妈妈说上次叶致远为了甩一个相亲对象而抓她帮忙,做了下临时女友,忽悠了叶妈妈的事,所以她只能硬着头皮说:"开始没多久。"

安妈妈顿了顿,眼神锐利地直视安夏瑶接着问:"那你怎么不早点告诉我们?"害人叶妈妈亲自上门说,叶致远跟安夏瑶谈了很久恋爱,但是都不肯结婚,要双方家长配合,施加一点压力,毕竟孩子们的年纪不小了。安妈妈跟安爸爸彻底被叶妈妈的雷厉风行给惊住,安夏瑶前几天还去相亲,他们两口子还担心得要死,怎么这会儿就冒出男朋友的妈妈催婚了?

要不是看叶妈妈穿得光彩照人,他们丝毫不怀疑遇到了疯子,于是抱着将信将疑的态度,把安夏瑶给招了回来。

安夏瑶犹豫了一下,低下头,喏喏地说:"叶致远不让说。"撒了一个谎,就得要用无数个谎去弥补,安夏瑶把责任推到叶致远身上去,丝毫都不觉得有歉意,谁叫他妈这样强悍。

"原来是这样。"安妈妈松了口气,随即眉头又拧了起来,当着叶妈妈的面,也不能说叶致远什么意思,谈个恋爱,要藏着、掖着?莫非是不想负责,只是谈着玩?

叶妈妈倒是气愤地接话:"这死小子竟然不让说,太欠揍了。"说完对安妈妈、安爸爸歉意地说:"真不好意思,是我教子无方,委屈瑶瑶了。"

安夏瑶抖了一地的鸡皮疙瘩，忙摇头，"不委屈，不委屈。"

叶妈妈郑重其事地对安爸爸、安妈妈说："你们放心，这事我会给瑶瑶一个交代的。"

安夏瑶的眼睛一下子瞪得老大，急忙摇头说："不用的，不用的！"

安爸爸、安妈妈拧着眉头，严肃地看着安夏瑶，显然对她的不用交代相当不满。也是，爸爸妈妈总是担心女孩子吃亏，谈婚论嫁都是谨慎再谨慎的，这会儿冒了个男朋友，竟然不肯公开，也不愿意结婚负责，这让安爸爸、安妈妈对叶致远的印象就有点打折扣了，再看看安夏瑶这副撇干净的样子，他们能想到的就是女儿被恋爱冲昏了头脑，失去理智了，不由得为二十七岁的安夏瑶担忧起来。同时又庆幸，叶家的家长还是很上道的，能够亲自登门，揭露事实，并且想跟家长谈孩子们的婚事。瞬间，三位长辈站到了统一战线上。

叶妈妈也一脸狐疑地看着她，不明白现在的年轻人为什么谈了恋爱不肯结婚？

安夏瑶在三道灼灼眸光的审视下，不得不硬着头皮道："我觉得，我跟叶致远现在挺好的，没想太多。"

"怎么能不想呢？"叶妈妈忍不住打断，"瑶瑶，你跟阿远的年纪都不小了。"叶妈妈是有私心的，自从路语蕊去国外之后，这么多年，叶致远身边真没半个母的，她担心啊，担心叶致远是同性恋，叶妈妈可不想叶致远以后带个男的跟她说，这是她儿媳妇，叶妈妈会疯掉的。她时常也因为担心这个而做噩梦。现在叶妈妈好不容易见着安夏瑶，而且在她眼里还算满意，她当然得急着把他们凑成对了，等结婚了，生了孙子孙女,叶妈妈就会放过安夏瑶跟叶致远,逗玩孙子孙女了。

安妈妈认同地点头,"是啊,瑶瑶,你叶阿姨说得挺对的,你们都不小了,是可以考虑考虑。"

"这样吧,我把阿远叫过来,我们好好聊聊。"叶妈妈说着忙掏出手机,猛地按了几下号码,等电话接通,忙简洁地说,"我在安夏瑶家,你快点过来。"

安夏瑶只觉得头顶上不断地冒着黑线,无语地撇了撇嘴,在叶妈妈切断电话之后,抱歉地笑笑,"我去上个洗手间。"

安妈妈、安爸爸看叶妈妈那么有诚意,不由得更加热络了几分,在客厅里聊了起来。

"叶致远,你妈在我家,现在怎么办?"安夏瑶躲在厕所里,压低了声音,给叶致远打电话求助。

"我知道我妈在你家。"叶致远在电话那头嘟囔了句,又补充了句风凉话,"我早跟你说了,我妈很强悍的。"心里补充了句,只是没有想到这次动作这么快,都不跟他打个招呼,直接就上门去了。叶致远连安夏瑶都没搞定呢。随即叶致远乐观了起来,也好,把安夏瑶家后院搞定,那么安夏瑶插翅也飞不掉了。

"现在怎么办?"安夏瑶不知道叶致远的如意算盘,她快要抓狂了。安夏瑶之所以会一次一次地游走在各种相亲场合的刺激中,让心灵巨受伤害,只是因为她本质上是一个孝女。孝女能让爹妈操心,但是绝对不能让爹妈伤心。如果她说她跟叶致远只是客串演戏,那一定会死得很惨的。

本来安妈妈、安爸爸就不好打发,现在加个叶妈妈,简直就是稳定的三足鼎立,屹立不倒组合,安夏瑶怎么办?

"现在凉拌吧。"叶致远轻笑着打趣。

"凉拌你个头啊,我跟你说,如果我死了,我也一定会拉你做垫背的。"安夏瑶恼怒地对叶致远说完,恨恨地挂了电话。

叶致远忙打了过来。

安夏瑶犹豫了下,接了,"干吗?"

"如果你死了,拉我做垫背,也就是我们一起死了。"叶致远心情极好地说着,"亲爱的,那个叫殉情,我很乐意的。"

"你!"安夏瑶被气得翻了翻白眼,"你竟然还有心情开玩笑,你气死我了。"

"好了,好了,说正经事。"叶致远料到安夏瑶恼怒得要挂电话,忙一本正经了起来。

"嗯,你说吧。"

"一会儿,交给我搞定。"叶致远信心满满地说,"你只要配合就好。"

"你怎么搞定?"安夏瑶不放心地问,"他们现在认定我们在谈恋爱了。"

"那我们就假装谈恋爱呗。"叶致远接得理所当然。

安夏瑶的脑袋嗡地热了下,随即道:"叶致远,你妈就是来谈婚事的,我们要假装谈恋爱,不就得结婚了?"

"安夏瑶,谁规定谈恋爱一定要结婚了?"叶致远反问了下,不等安夏瑶回答,继续道,"我们先忽悠着呗,他们难不成还绑我们去领证结婚?"

"说得好像也对。"安夏瑶一下子就被叶致远给绕了进去,"那你快点过来吧。"外面的烂摊子,安夏瑶可没能力去应付,尤其叶妈妈那么彪悍的角色,估计也只有叶致远能搞定。

"安夏瑶,我已经时速一百四十了,你还让我快?"

"啊,不好意思,忘记你在开车了,你慢点,注意安全。"安夏瑶下意识地关照道。

"你这是在关心我吗？"叶致远心里一热。

"我是怕你成马路杀手。"安夏瑶忙强硬地说，"自己挂了没关系，祸害别人可不好。"说完，不再跟叶致远磨叽，果断挂了电话。

看着镜子里的自己，俏脸粉扑扑的，心跳也有些莫名加速，不由得在心里暗暗鄙视自己，安夏瑶，你争气点行不行？不就是一个叶致远嘛，栽过一次，千万不能再栽第二次。

打开龙头，掬了一把冷水扑在脸上，降了降温，擦干净后，安夏瑶才深吸了一口气打开门，走回了客厅里。

叶妈妈跟安妈妈聊得开心，两个人都眉飞色舞的，安爸爸在一旁安静地充当摆设。

安夏瑶帮叶妈妈的茶杯加满水后，乖巧地扯着笑脸坐在一边，听叶妈妈跟安妈妈扯她跟叶致远过去的种种糗事以及丰功伟绩，显然两方家长已经开始互动了，等相互认可，安夏瑶跟叶致远的事，也就板上钉钉了。

安夏瑶偶尔搭上几句话，随即又低着脑袋，保持淑女状……还好这样的状态没持续多久，叶致远就赶到了。

当安妈妈、安爸爸看着一表人才的叶致远，顾不得含蓄跟不妥，四眼眸光灼灼地对着他上上下下审视了一番。

"这是我那不成器的儿子，叶致远。"叶妈妈笑着介绍。

叶致远则扯出一抹灿烂至极的笑容，"伯父、伯母好。"打完招呼，又拉了拉在一旁无语翻白眼的安夏瑶，压低了声音，"安夏瑶，拜托，你演戏专业点好不好？看到男朋友来了，至少给笑一个嘛。"

"笑你妹。"安夏瑶看着叶致远那张邪魅俊逸的脸，心里就不淡定，只能粗暴地掩饰。

这一番小举动，看在安爸爸、安妈妈眼里，自然又是别样理解。安妈妈瞬间用丈母娘看女婿的眼光，打量了一圈叶致远，随即温和说："叶致远，你应该早点跟我们瑶瑶回来的。"

安妈妈的潜意思是，不该谈恋爱藏着、掩着，让家长们瞎操心，尤其她跟安爸爸还给安夏瑶塞了不少的相亲对象……

叶致远神色淡定，没有丝毫尴尬，嘴角扯着笑意，自来熟地检讨："哎呀，伯父、伯母，这事真是我不对。"说着含情脉脉地看了一眼安夏瑶，"我是觉得瑶瑶太好了，我又不成器，我怕你们二老嫌弃我，我不敢来呀……"

什么叫作睁着眼睛说瞎话？就叶致远这类型的，这谎撒得面不改色，气都不喘的，让安夏瑶心里不停地鄙视着。

安妈妈跟安爸爸听叶致远这么夸安夏瑶，那个乐呵劲儿，简直比中彩票还开心。

安妈妈满脸喜气，忙说："我们怎么会嫌弃你呢，欢喜还来不及。"

安夏瑶无语地抬头看着天花板，崩溃道：妈，我知道你欢喜，可是作为女方家长，你得含蓄，含蓄一点啊。你这态度，明摆着就想把我直接给叶致远送过去。

"伯母，您这样说，实在是太客气了。"叶致远一口森森的白牙，露出灿烂的媲美阳光的笑容，让安妈妈的心头如沐暖阳一样，"今天来得太匆忙了，连礼物都没带，实在是不好意思。"

"没事，没事。"安爸爸也不淡定了，乐呵呵地插嘴。

"不行，这个是礼数，"叶妈妈挂着灿烂的笑说，"我们第一次上门都没带东西，说出去还真不像话呢，是我考虑不周全了。"

叶致远点了点头,"一会儿吃完,我陪伯父、伯母逛街看看去。"

"不用,不用。"安妈妈看到叶致远已经比收什么礼物都开心了,这丈母娘看女婿,还真的是越看越喜欢呢。

"亲家,你别客气,这是礼数。来,我定个酒店,我们一起吃饭去,吃完了,我陪你们好好逛逛。"叶妈妈热情地拉着安妈妈的手,笑得合不拢嘴,安夏瑶的心里蓦一寒,"亲家。"这叶妈妈转得也忒快了,更让她眩晕的是她老妈,安妈妈一脸慈爱地接受了,并且热情地说:"亲家,这你要是不嫌弃的话,咱别去酒店了,就在家尝尝我的手艺得了。改天正式见的时候,再去酒店吧。"

"哪能啊,亲家,你实在太客气了,如果不麻烦的话,那就在家吃吧。"叶妈妈跟安妈妈一拍即合,谁叫两个母亲一样的心思,都担心自己家的孩子推销不出去。

改天正式见?安夏瑶恶寒,气恼地瞪了一眼叶致远,看吧,事情越来越脱线了。

叶致远温和礼貌地跟安爸爸在聊天,当然不错过叶妈妈跟安妈妈的一拍即合,随即眼眸的余光扫向安夏瑶,看到她眼里的惊讶、恼怒、犹豫最后化为无奈的神色,嘴角不由得微微勾了下,安夏瑶,你还真的是越来越有趣了呢。

安妈妈利索地奔去厨房,忙碌起来,安爸爸忙跟着进去搭下手。

叶妈妈一脸慈爱地看着安夏瑶,看得她心里发毛,才温和地开口道:"瑶瑶,今天呢,我也算是上门来提亲了,不过你放心,该有的礼数,我们不会少的,也不会委屈了你的。"

安夏瑶求救地看向叶致远。

叶致远则是抿着嘴淡淡地微笑,很显然赞同叶妈妈的说法,也不打算辩解什么,处理什么。

安夏瑶恼怒了,深吸了一口气,对叶妈妈咧嘴笑笑,"叶阿姨,我跟叶致远有一点点的小事要说,要不然,您先看会儿电视。"说完,安夏瑶忙抓着遥控器胡乱开了一个台,然后一把拽着叶致远进了房间,猛地甩上了门,恼恨地将叶致远一推。

叶致远就势倒在安夏瑶的床上,嘴角勾着痞气的笑容,"亲爱的瑶瑶,你不用这样迫不及待把我推倒在床上吧?"

"你,起来!"安夏瑶意识到不妥,忙红着脸,气恼地吼。

"你都推倒我了,难道不想直接扑上来呀?"叶致远心情极好地挑逗着安夏瑶,看着她那抓狂又气急败坏的俏脸,不由得心里一阵暗爽,继续不怕死地道:"亲爱的,来吧,我都准备好了。"

"叶致远。"安夏瑶咬牙切齿地从牙缝里一字一句地吐出他的名字,"你真不要脸。"

叶致远掏了掏耳朵,一脸的风轻云淡,"别叫那么大声,外面家长们还以为我们在干吗呢。"随即又轻飘飘地说,"我没有不要脸,我这张脸,自认为保护得还不错的,白嫩有光泽。"

安夏瑶不停地翻眼,深吸了几口气,才忍住把叶致远扑倒在床上伸手掐死冲动,她用手掌扇风,降了降火气,压低分贝道:"你到底想玩什么?"

"我没玩什么呀。"叶致远无奈地耸了下肩膀,"事实上,我今天不过是你喊来救场的。"

"那你不是说你搞定吗?"

"对啊,我不是把你家长都搞定了。"叶致远这话说得更无辜了,"哦,顺带着,把我妈也搞定了呢。"

安夏瑶抓狂地摇头,"可是你给我找了一堆麻烦。"

"有什么麻烦?"叶致远故意装无辜,"不就是把你误认为我女朋友嘛。"叶致远风轻云淡地说,"这个,你都做过我女朋友,还怕别人误认。"

"不是误认,是你妈,你妈说提亲啊。"

"都误认你是我女朋友了,来提亲有什么奇怪的?"叶致远继续装傻,"不是很正常的事吗?"

"提亲了,不就是要逼我们结婚吗?"安夏瑶终于从脑热的抓狂状态中抓到一个重点。

叶致远点了点头,"是啊,按照今天的情形来看,不但是我妈会逼婚,你家长也会逼婚了。"

"那怎么办?"

"听话结婚啰。"叶致远眨巴了下幽深的黑眸,流光四溢,他越来越觉得逗安夏瑶好玩了。

原来真的有这样的女孩,看着很精明,却带着小迷糊,年纪长了,但是心智依旧带着点萌。

"可是,我不是你女朋友。"安夏瑶终于爆发了,"我干吗要跟你结婚?"

"你可以做我女朋友,然后跟我结婚嘛。"叶致远说得满不在乎,但是只有他自己清楚,此时,他的心跳骤然加速,小心翼翼地看着安夏瑶,等着她的回答。

"我才不要。"安夏瑶脑子都没过,毫不犹豫地拒绝。

"为什么?"叶致远流光四溢的神采瞬间黯淡了下,随即遮掩了过去,恢复一贯的风轻云淡。

"我不喜欢你，干吗要跟你在一起？"安夏瑶口是心非地硬撑着。

叶致远一把将安夏瑶拉了过来，幽深的眸子沉了几分，"那你喜欢谁？"

安夏瑶忙戒备地跳远了几步，"我喜欢谁，关你什么事？"

叶致远长腿一跨，手臂一撑，将安夏瑶毫不客气地圈在怀跟墙壁之间，"安夏瑶，老实回答我。"

叶致远的身高有一米八，而安夏瑶一米六五，明显比他矮了一个头，角度问题，她看不到叶致远抑郁的俊脸，只是胡乱地推开他，"叶致远，你想干吗？"

"你说，我想干吗？"叶致远俯下头，温热的气息吐在安夏瑶敏感的耳边，魅惑地说着，"安夏瑶，要不然我们来谈个交易好不好？"

耳朵是安夏瑶的敏感点，她瞬间颤了下，接着低低地问："什么交易？"

"婚姻跟自由的交易。"叶致远性感的唇动了下，扯出一抹妖媚。

"你脑子没糊涂吧？"安夏瑶自然地伸手朝着叶致远的额头上探去，"什么乱七八糟的婚姻跟自由交易？"

叶致远则是低声地笑，一把抓住了安夏瑶柔嫩的手，无比正色地说："不是乱七八糟的交易，是我们结婚。"

"叶致远，这个问题，我不是回答你很多次了吗？我不会跟你结婚的。"安夏瑶被叶致远的媚眼电得有些发晕，虽然回答得很不客气，但是口吻里带着一点自己也说不清楚的娇媚。

"是啊，因为你不喜欢我。"叶致远自嘲地勾着嘴角笑笑。

"那你还说。"安夏瑶赏了叶致远一对白眼，努力地克制着自己心口的波涛汹涌。

"好吧，看你这个榆木疙瘩脑袋这么笨，我就好心帮你分析下吧。"叶致远伸手，亲昵地捏了一把安夏瑶的俏鼻，认真地问，"你年纪不小了吧？"

安夏瑶摇摇头，随即无奈地点了点头，其实二十七岁真的不算大，只是没有遇到合适的人，不像之前那样觉得自己等得起了，越是害怕，就越觉得时间过得飞快，转眼过年就二十八，二十八之后就二十九，再眨眼，就三十了。随着年纪渐长，并不是真的遇不到合适的，只是选择的余地越小，希望越渺茫，再加上失落太多次，会更多地偏向无奈跟妥协，而一旦为了结婚而结婚，那么跟安夏瑶之前所坚持的不将就完全背道而驰了。

可是，安夏瑶真遇不到自己想嫁的那个人，又不能独身一辈子，因为她还有爸妈，还有要承担的责任。

二十七岁，真的是一个不尴不尬的年纪。

叶致远不知道，这一瞬间安夏瑶的心思千思万转了几遍，他轻咳了下嗓子，笑眯眯地看着安夏瑶道："从你爸妈的态度来看，想用最快的速度把你嫁出去是吧？"

安夏瑶扫了一眼叶致远，"这不是废话嘛。"安爸爸、安妈妈都恨不得在安夏瑶的身上贴个清仓大甩卖的标签了。

要不然今天叶妈妈的上门，叶致远的上门，他们能热情得像把火烧热整个沙漠，还夫妻搭档下厨做饭去。

"我还想更废话点呢。"叶致远嘴角轻笑，"你爹妈为了把你嫁出去，所以给你安排了很多次的相亲，是吧？"

安夏瑶无语地抽了抽嘴角，恼怒地开口："叶致远，你要损我就赶紧的，一次性给我说完，别叽叽歪歪没完。"要知道,叶致远所说的每句话都跟针扎似的,扎在安夏瑶柔嫩的心尖上,疼着呢。

"亲爱的,别不耐烦,我只不过是确认下嘛!"

"谁跟你亲爱的,少胡说八道!"安夏瑶没好气地瞪眼。

"好了,说正事了。"叶致远看出了安夏瑶的不耐烦,长话短说,"综上所述,你目前需要一枚像我这样的优秀男朋友谈婚论嫁,你爸妈才会开心、放心地把你嫁了,是吧?"

安夏瑶歪着脑袋想了想,似乎是的,至少安爸爸、安妈妈今天真的很高兴,那种开心,平时花钱都买不到的。

"既然这样,安夏瑶,你有什么理由拒绝跟我谈恋爱,跟我结婚呢?"

第十章 假戏真爱

安夏瑶沉默了，咬着唇，没有说话。

"安夏瑶，既然你没有反对意见，那么，我们谈谈婚事。"

安夏瑶无语地看向叶致远，想说，婚事你妹，或者她想说，叶致远你这个神经病，但是这些话的杀伤力对叶致远这样厚脸皮的人来说，一点用也没有，于是她深吸了口气，稳了稳心神道："叶致远，你今天出门是不是忘记吃药，还是出门的时候吃错药了？"

叶致远微愣了下，幽深的眸子随即凌厉起来，语气沉了几分，"安夏瑶，如果你真的一点都不想谈的话，那你现在就出去跟你爸妈说我们在忽悠他们，我们只不过是一夜情关系，其他什么都没有。"

安夏瑶一听，情急踮着脚尖捂住叶致远的嘴，"小声点。"要被安爸爸、安妈妈知道安夏瑶跟叶致远已经生米做成熟饭，那还不绑着他们去结婚？

叶致远幽深的眸子闪了闪，随即抿着唇没有说话。

安夏瑶松开叶致远，有气无力地说："那你说说那个婚事交易吧。"

叶致远深吸了一口气，语气淡淡地说："我知道你不想跟我结婚。"心里有点说不出来的酸涩。一向高傲自负的叶致远竟然会被安夏瑶一再嫌弃，让天生有优越感的他不得不感到很挫败。

安夏瑶没有说话，算是默认了。

"我也不是真的想跟你结婚。"叶致远认真地看着安夏瑶说，心却是虚得很。

很好，都被家里的长辈逼婚了。

安夏瑶在听到叶致远说不想跟她结婚的时候，既感觉失落，又好像松了口气，总之很矛盾的一种心情。

"虽然我们都不想跟彼此结婚，但是我们能够假结婚呀。"叶致远眸光灼灼地看着安夏瑶，兴致勃勃地提议，"顺从家长们的心意，让他们开心，而我们以后互不相干，各自有各自的自由。"

安夏瑶怔怔地看着叶致远，"为什么这个人是我？"

"因为你跟我比较熟嘛。"叶致远轻快地笑了笑，看出了安夏瑶的动摇，"目前除了我，你应该没有更好的选择了。"

"婚姻不是儿戏。"安夏瑶也不知道是在说服叶致远，还是在说服她自己，"怎么可以这样随便跟作假呢？"

"你把它当真了，它就是真的。"叶致远认真地看着安夏瑶，"我们可以领证，可以办酒席，可以拍婚纱照，可以按照一切的结婚流程办理，只是婚后，我们有属于自己的自由跟空间。"

"叶致远，那你为什么不找个爱的女人结婚？"安夏瑶歪着脑袋问得认真，撇开叶致远的家境，就叶致远本身这个条件，应该会有很多女人前仆后继地围绕着他转吧？

"我是同性恋，不行吗？"

咳咳咳……安夏瑶立马就被口水给呛着了，不停地咳嗽，这理由还真的是震撼。

叶致远无语地伸手帮安夏瑶拍了拍。

安夏瑶立马挥开他，戒备地瞪着他。

叶致远深吸了一口气，冷声道："安夏瑶，说你笨蛋，你还不承认，我是不是同性恋，你上次不是亲身体验过了吗？"

一听到叶致远说那晚的事，安夏瑶的俏脸瞬间烧起来红到耳脖子那里，强势地嘴硬地回道："我哪知道你是不是男女通吃的？"

这下子轮到叶致远嘴角抽搐了，"安夏瑶，你是不是想太多了？"他只是说个冷笑话调节下气氛，免得真把结婚的事说得跟谈判一样。

好吧，虽然他们两个真把婚姻谈成了交易。

"好吧，就当我想多了吧。"安夏瑶咬了下唇，"如果家长不逼婚的话，我想我们就不用假结婚了吧？"

"你觉得会不逼婚吗？"叶致远嘴角挑着笑，"你别忘了，我妈今天是上门提亲来的。"

安夏瑶无语地深深叹息了一声，"万一呢。"凡事得往好的方面想啊。

"安夏瑶，如果不逼婚的话，我们就维持男女朋友关系。"

"为什么不逼婚还要维持？"安夏瑶忍不住打断叶致远。

叶致远伸手在安夏瑶的脑袋上弹了弹，"真败给你了，就你这智商，怎么做人家情感专栏作家啊？明摆着误人子弟。"

安夏瑶怒了，一爪子拍到叶致远的身上，磨了磨牙，她最恨的就是别人对她专业水准的猜忌。"你没有稳定的男朋友，难道还想去参加那些个有趣的相亲大会？"安夏瑶听叶致远说完，忙收回了手，稳了稳心神，"好吧，算你说得有点道理。"与其去相亲，看那么多极品大杂烩，还不如就跟叶致远凑合呢。至少一对一单挑，安夏瑶没有必胜的把握，也不会输得太过惨烈。

"安夏瑶，你得承认，我说的是非常有道理的。"叶致远沾沾自喜。"瑶瑶，吃饭了。"安妈妈礼貌地敲敲门，隔着门板大声喊。

安夏瑶跟叶致远对视了两眼，稳了稳心神，优雅地开门走了出去，对上三双意味深长的眼。

叶妈妈率先回过神来，热情地拉着安夏瑶在自己身边坐下，打趣道："这小两口热乎着呢，一刻不离黏在一起。"

安夏瑶的嘴角抽搐得更厉害了，看着安妈妈、安爸爸一副女大不中留的惋惜模样，真的很想跳出来说，她何其冤枉、无辜啊，她跟叶致远哪有黏在一起啊。

叶致远倒是面色淡然地在安妈妈的招呼下，坐到了安夏瑶的对面。

安夏瑶不淡定地看着安妈妈热情地给叶致远夹菜，不停地招呼他吃，那殷勤劲儿完全把她这个亲生女儿比下去了，不由得酸酸地吃味起来，妈啊，你这样热情，叫你女儿我情何以堪。

叶致远是个八面玲珑的人，他脸上始终挂着灿烂的堪比花开的笑容，同样热情地给安妈妈、安爸爸夹菜，聊天的同时，不忘记讨好叶妈妈。今天的事虽然有点狗血，但是叶致远不得不感谢叶妈妈的彪悍跟勇猛，要不然他跟安夏瑶死磕，还不一定要磕到猴年马月才能见家长呢。

现在叶致远轻松地把安家家长给收服了，再跟安夏瑶死磕的时候，也有更多的底气和后台了。

一顿饭的工夫，叶致远跟安爸爸、安妈妈那个亲热劲儿，完全成了一家人。而安夏瑶这个心不甘情不愿的人，除了陪着干笑，倒是更像局外人。

等叶致远跟她妈妈离开的时候，安妈妈、安爸爸愣是送出了小区门口，叮嘱了无数次："开车慢点，注意安全。"直到再也看不见车尾，还依依不舍。

安夏瑶彻底败给这两人了，无语地看着苍天，是不是现在的家长，大龄姑娘的家长，都会这样殷勤地推销自家女儿？

"瑶瑶，不是我说你，叶家多上心呐，你可得把叶致远给抓牢了。"安妈妈拉着安夏瑶，一边往回走，一边不忘记给安夏瑶洗脑。作为父母尤其要嫁女儿的父母，除了担心女婿人品外，对这个婆婆也很敏感，毕竟不少家庭会出现婆媳关系紧张或者其他问题，可是看到叶妈妈，安妈妈算是彻底放心了。

女婿风度翩翩一表人才，未来亲家和颜悦色，极好相处，简直就是和谐得不得了。

"妈，你不觉得我跟叶致远不般配吗？"安夏瑶试探性地问安妈妈。

"哪里不般配了？男的长得俊，女的长得俏，将来生的娃娃一定漂亮极了。"

"长得俊的男人花心。妈，你不怕叶致远是一个花心萝卜吗？"安夏瑶没好气地打断安妈妈，再被安妈妈这样幻想下去，她跟叶致远婚都没结，孩子都被想象出来了。

"一个萝卜一个坑，再花心的萝卜，结婚了，也就收心安定了。"安妈妈说得理直气壮，"再说了，我看叶致远那孩子就老实得很。"

扑哧……

安夏瑶真的想喷了，"妈，你说叶致远老实？他高中就是问题少年。"

"是啊，问题少年还考全校第三，把你给压下去？"安妈妈显然在叶致远那里挖了不少八卦，"妈，叶致远高中就早恋的。"安夏瑶不服气了，在安妈妈的眼里，叶致远已经是一个天使，还是那种带着光环的，这让知道他坏事的乖乖女安夏瑶可不服气了。

"说到这件事,我就不得不教育你了,安夏瑶,你高中就会早恋,怎么现在二十七岁了,倒是不会谈恋爱了?"安妈妈一爪子朝着安夏瑶的脑袋上拍了下来,恼恨道,"叶致远这种极品好男人,你还不绑着去结婚,你不着急,我都替你急。"

"妈,叶致远高中早恋的对象不是我。"安夏瑶无辜地撇嘴,心里还是隐隐地带着一股失落的难过,炮灰,十七岁,最美好的青春里,她做了一场炮灰。

"你高中那会儿的对象也不是叶致远,这有什么好计较的?"安妈妈辩驳上瘾了,激动地看着安夏瑶,没好气道,"安夏瑶,我可跟你说了,我就认叶致远这女婿了,而且只认他,你什么时候跟他结婚了,再回家吧。"说着,快速挽着在一旁嘴角抽搐的安爸爸转身离开。

安夏瑶想挖个地洞把自己给活埋进去。

听安妈妈的意思,安夏瑶如果跟叶致远不结婚的话,那以后都不许回家了?

安夏瑶心里呐喊:妈,我到底是不是你亲生的?叶致远才一顿饭的工夫,就把你整得跟他亲了。

一周时间一晃而过,叶致远除了每天叫鲜花店送花之外,一天三餐准时叫外卖给安夏瑶,他自己倒是没有出现在安夏瑶眼前,当然连个电话信息都没有。

安夏瑶赌气地把叶致远的号码呼叫转移了,哼,有种这辈子都不要打进电话来。

可是安夏瑶每次收了东西,都会不自觉地看看手机,看着没动静,就勾着嘴角暗自嘲笑,鄙视下自己:安夏瑶,你到底是期待叶致远的电话呢,还是不期待?

新的一周开始,安夏瑶懒得收鲜花,也懒得天天被人定点投喂,碍于安妈妈暂时没跟叶致远结婚不能回的命令,安夏瑶只能选择去七七家小住。

蹭吃蹭喝了两天,七七的稿子写完,就带着安夏瑶晃悠去酒吧玩了。

刚进酒吧,叶致远就发了个信息:"安夏瑶,明天准备双方家长见面。"

这双方家长见面,或许就是叶妈妈口中的正式提亲,也意味着安夏瑶跟叶致远将会被逼婚。

安夏瑶恼火地删掉了信息,他大爷的叶致远,消失了一周,不痛不痒地冒这话出来,让安夏瑶心里憋得发慌。

安夏瑶无比哀怨,郁闷地跟七七一人要了一杯酒,边喝边诉苦:"你说,叶致远那家伙,除了长得好看点,会卖乖、卖萌之外,有啥好的?值得我老妈威胁我跟他结婚?"

七七轻扯了下嘴角,"瑶瑶,其实吧说句良心话,我觉得叶致远挺好的。"不顾安夏瑶的冷眼扫视,七七淡定地说完,"长得帅,有钱,家境好,这不是小说里活脱脱的高富帅版本吗?最最主要的一点,他现在对你很有兴趣。"

"那又怎么样?"安夏瑶不爽地撇了撇嘴,"我还白富美呢,不稀罕那高富帅。"

"你不稀罕,可是人家稀罕你啊。"七七一本正经地看着安夏瑶,还眨巴了下黑眸,"瑶瑶,难道你不知道,男女之间的爱情,就是从有兴趣开始的。"

安夏瑶委屈地看向七七,"那能不能让叶致远对我没兴趣？我不想跟他有爱情。"

七七无语得嘴角抽搐，"瑶瑶，你这话对我说没用，你还是对叶致远去说比较管用。"

安夏瑶撇了撇嘴，"算了，我现在看到他，只想有多远躲多远。"

"是吗？"清淡、温和的男声从安夏瑶的身后响起，带着一股怒气。

安夏瑶茫然地回头，看见叶致远风度翩翩地站在她身后，似笑非笑地扯着嘴角，阴郁地开口："难怪我打你电话不通，到你家没人，爸妈家也没影，安夏瑶，原来你是在躲我呀。"

安夏瑶吞咽了下口水，揉了揉眼睛，看着叶致远质问着走来，不由心虚地退后了一步，却忘记她坐在高脚吊椅上，这一退，很不幸地从椅子上滑了下来。

七七刚想伸手去拽，却见叶致远快一步地走过来，一把拉住了安夏瑶，径直把她带入怀里。

安夏瑶惊魂未定地站好，依靠在叶致远的怀里，靠着他的胸膛，听着他有力的心跳，敏感的鼻尖闻到他身上清凉的香水味，自己不争气地面红耳赤，心跳加速，别扭地推开叶致远，逞强道："我就是不想看到你，我一个人静静不行哦？"

"一个人静静？那你来酒吧喝酒？"叶致远的冷眼嗖嗖地往安夏瑶身上射去，"想喝醉，拉个陌生男人一夜情？"他出差一周，想安夏瑶想得满脑子都是，最后提前完工赶回来，谁知道这女人的电话竟然关机，去她家里没人，去安家找，安爸爸、安妈妈还以为小两口吵架了，叶致远好不容易才安抚好这两位泰山，再刷安夏瑶微博，才把她的准确位置给刷到。他火急火燎地赶过来，竟然听到安夏瑶说不想见他，甚至故意在躲他，心里那个怒火唰唰地往上蹿着，如果眼神能杀人的话，安夏瑶早被叶致远给射得骨头渣子都找不到了。

"是啊，那又怎么样？"安夏瑶的心里乱得跟小鹿打鼓似的，说不清楚，到底是看到叶致远激动的，还是被他的话给气的。总之她嘴巴上强硬地回应，反正在叶致远的眼里，安夏瑶就是一个喜欢在酒吧买醉，然后拖陌生男人一夜情的女人。天地良心，安夏瑶唯一一次偏偏撞上了叶致远，她现在悔得肠子都快青了。

"安夏瑶，你有种再说一次。"叶致远的语气不善，口气瞬间冷了好几度。安夏瑶吞咽了下口水，稳了稳心神，无视七七拽她的衣角，瞪着叶致远一字一句地开口道："我说，我就是要喝醉，然后找个陌生男人一夜情。"说完还奉送了一个你能奈我何的嚣张表情。

"好，你喝，我请你喝个够。"叶致远气极反笑，招手叫来酒保，"再拿两打啤酒来，全部打开。"

"你叫我喝，我就喝啊？我偏不。"安夏瑶看到酒保抱了一打啤酒来，一个一个地开瓶，不由得气势弱了几分。

"你不喝醉，怎么找陌生男人一夜情？"叶致远嘲讽。

"姐我今天不想喝，不想一夜情，不行吗？"

"嗯，我还以为你怕了，不敢喝了呢。"叶致远嘴角挂着轻笑，鄙夷地扫了一眼安夏瑶，故意激将道。

"喝就喝！"安夏瑶被叶致远一激，忙抓着手边的啤酒瓶，猛地灌了进去。

七七目瞪口呆地看着安夏瑶连喝了两瓶，不由得看了一眼叶致远，他俊脸上虽然装得风轻云淡，可是幽暗深邃的眸子里带着关切的目光看着安夏瑶，张了张嘴，对安夏瑶道："瑶瑶，我先走了，你喝慢点，别醉了。"再待下去她就变得有些煞风景了。

"没事，你先走吧。"安夏瑶打着酒嗝，明显带了几分醉意，对着七七挥挥手，转过脸，看向叶致远，"我酒量可好着呢。"可千万不能被叶致远这厮给看扁。

叶致远嘴角勾着笑，双手抱着胸，淡然地问："安夏瑶，你上次喝醉，喝了多少？"虽然故意灌醉一个女人是非常不光明磊落的事，可是谁叫叶致远遇到的是安夏瑶呢。这女人不喝醉，总是一副张牙舞爪刺猬的样子，谁靠近就刺谁，尤其叶致远那纯洁的小心肝被安夏瑶刺了不知道多少下呢。

"五六瓶吧。"安夏瑶的神智微微有些不清楚，毕竟连喝了四瓶，再加上之前那杯酒，你别看它甜甜的像果汁，后劲可强着呢。

叶致远英雄救美似的搀扶着摇摇欲坠，走路不稳的安夏瑶出了酒吧。

安夏瑶半个身子吊在叶致远的身上，完全靠着他的半搀半抱才勉强站稳身子，她用迷茫的醉眼看着叶致远，打着酒嗝问："叶致远，你现在是不是在追我？"

"嗯。"叶致远诚实地应声。

"那你喜欢我喽？"

"嗯。"叶致远在夜色迷离中看着怀里犹如小猫咪似的安夏瑶，嘴角微微向上扬着，扯着一抹自己都不察觉的微笑。

"叶致远，你到底喜欢我哪里？我改还不成吗？"安夏瑶的声音里，竟然带着委屈，"我不喜欢你，我不喜欢你，我不要喜欢你……"

瞬间，叶致远刚变好的心情被安夏瑶这句话浇灭，就好像是熊熊大火猛地被灭火器浇了，心里拔凉拔凉的，当然也就忽略了她最后那句，我不要喜欢你。

叶致远的语气瞬间变得恼怒起来，猛地松开安夏瑶，"喜欢你是没道理的，我能说出来我喜欢你哪里，我还喜欢你做什么？"

叶致远真的是被气死了，气得五脏六腑都快坏了！

安夏瑶本来胃里就难过，被猛地松开，摔倒在地上，哇一声就开始吐起来……

叶致远的俊眉拧得死死的，恼恨地看着在那里吐得昏天暗地的安夏瑶，终究不忍心，上前轻轻地拍着她的后背，然后拿着面纸帮连胆汁都快吐出来的安夏瑶擦嘴，接着又横抱起已经软绵无力的安夏瑶，直接将安夏瑶送回了家。

好吧，叶致远错了，他不该故意激将让安夏瑶喝醉的。

因为到家之后，安夏瑶又抱着垃圾桶吐了大半夜，叶致远帮她刚清理干净，她又吐……于是这一晚，叶致远预计安夏瑶酒后乱性的如意算盘没打响，反而可怜兮兮地伺候了她大小姐一夜。

清晨的阳光透过纱缦射进屋子，安夏瑶头痛欲裂地醒过来，这不是她的房间，因为她房间里有遮阳窗帘，从不拉开，屋子里日夜不分。

安夏瑶心里蓦地抽紧了下，接着看向躺在她身边脱得光溜溜的男人，熟悉而又陌生的俊颜，她懊恼地拍了拍自己的额头，昨晚除了在酒吧喝酒之外，安夏瑶想不起任何事，脑袋好像断片了似的，低头看了看自己同样光溜溜的样子，不由得叹息了一口气，不是吧？昨晚又酒后乱性了？又跟叶致远滚床单了？

安夏瑶看看熟睡的叶致远，忙蹑手蹑脚地开始在地上找衣服穿，翻了一遍，没找着内衣，不由得在屋里认真地扫了一圈。

地上，没有，柜子上，没有。

安夏瑶盯着床上看了两眼，犹豫了下，轻轻地、一点一点地拉开被子，小心翼翼地翻找了起来。

"醒了？"叶致远睁开眼，深邃的眸光灼灼地盯着安夏瑶问。

安夏瑶忙条件反射地捂着自己的胸口，"看什么看？"

"是没什么好看的。"叶致远气定悠闲道。

"那你还看？"安夏瑶气呼呼地抓着衣服，捂着胸前。

"你浑身上下，我哪里没看过，哪里没亲过？"叶致远嘴角够着笑容，"安夏瑶，你现在遮，是不是有点嫌晚了？"

安夏瑶羞愤地抓着被子，捂着脸面，抓狂地叫道："啊……啊……"丢死个人了。

"好了，你别叫了，让人听到了，还以为我把你怎么了。"叶致远伸手拽过被子，看着安夏瑶捂在被子里满脸通红的窘样，从容地从床上起来，优雅地裸着身子走向洗手间。

安夏瑶目瞪口呆地看着叶致远那颀长的身材，在晨韵的阳光播撒下，白皙的肌肤散发着柔和的光泽，他的身材精瘦有型，浑身透着一股子力与美的结合，安夏瑶不由得有些傻眼，她一直都知道叶致远俊美的脸犹如雕刻一般，自己时常会迷惑在他的俊颜中，心跳加速得无法自拔，但是安夏瑶第一次看到叶致远的身材，原来同样美得惊心动魄。

感觉鼻尖有一股温热的液体缓慢地流出来，安夏瑶用手蹭了下，殷红色的血迹，心里蓦地一阵哀叹：不是吧？不就看了下叶致远的半裸体，至于没骨气地流鼻血吗？

叶致远从洗手间探出头，正经地说道："安夏瑶，你也收拾下自己，一会儿要去酒店见双方家长呢。"说完，抬脸看到安夏瑶脸上的血迹，腰间紧围了一条浴巾，大步地走了过来，不由分说把安夏瑶摁倒在床上，随手抓了几张面纸，递给她擦血。

叶致远伸手抓着安夏瑶的手，在她大拇指跟食指交错的虎口处用力地摁着，"你怎么流鼻血了？"

"还不怪你，昨晚让我喝那么多酒？空调又调那么低，干燥啦……"安夏瑶一手抓着面纸捂着鼻子，嘴里含糊不清地对叶致远埋怨。

"对不起。"叶致远语气诚恳地道歉。

"虽然你没啥诚意，但我还是马马虎虎地接受吧。"安夏瑶捂着鼻子，继续含糊不清地回话。

叶致远无语地撇了撇嘴，专注地捏着安夏瑶的虎口帮她止血。

安夏瑶看着叶致远俊朗的侧面，轮廓分明，皮肤细腻，不由得心虚着问："叶致远，你的皮肤是怎么保养的？"

叶致远痞气地咧着嘴笑了下，"真想知道？"

安夏瑶看叶致远的表情，猜测他不会说出什么好话，忙摇了摇头，"不想知道了。"

"可是，我想告诉你。"叶致远咧开嘴，一口森森白牙异常明媚、耀眼，"秘诀就是……"故意卖了一个关子，拖长了调调，才笑嘻嘻地说，"早睡早起。"

安夏瑶无语地翻了翻白眼，不动声色地松了口气，她还以为叶致远要说采阴补阳之类的荤话呢。

"安夏瑶，其实你脑子刚想的才是正确答案。"叶致远笑着站起身子，优雅从容地再一次从安夏瑶面前走过，去洗手间洗漱。

安夏瑶忙条件反射地捂着自己的鼻子，心里赠送了叶致远两个字：祸害！再补充一句，高级智商的祸害。

叶致远出来的时候，神清气爽，穿了一身剪裁合体的白色衬衫，一条水蓝色的牛仔裤，自恋地照着房间里的落地大镜子，认真地问："安夏瑶，你说见双方家长，我是西装领带一丝不苟呢，还是这样打扮得稍微休闲一点好？"

"你不穿，效果估计会更好。"安夏瑶没好气地损道。

"我无所谓的，不穿也行。"叶致远随意地耸了下肩膀，丝毫不把安夏瑶的损话当回事，回击道，"我只是怕裸奔，家长们见了，跟你一样不淡定地狂飙鼻血怎么办？"说完，还特别纠结地拧着俊眉，无视安夏瑶被他打击得捂脸暴走，说道，"你也知道，家长们跟你不一样，毕竟都是上了年纪的人，上火鼻血流多了对身体不好。"

好吧，安夏瑶承认叶致远这次戳到她的死穴了，她找不到任何自卫反击的理由，只能眼神哀怨地看着叶致远，"你不损我，你是不是会死？"

"不损你，死倒是不会，但是会少很多人生乐趣。"叶致远笑得无比灿烂，"安夏瑶，你放心，结婚之后，我一定会在你身上寻找更多的人生乐趣。"

"我不会跟你结婚，死都不会。"安夏瑶恼怒了，抓狂了，她可不想婚后被叶致远吃得死死的。

"安夏瑶，这话你当着双方家长面说，可知道有什么后果?"叶致远的表情太过意味深长,让安夏瑶不由得弱弱地吞咽了下口水,"什么后果?"

"你爸妈的血压有点高,我爸心脏不太好,我妈虽然没啥问题,难保不会被吓出问题。"叶致远说得一本正经,"血压高,很容易并发症,引起脑梗塞什么的。心脏病嘛,你觉得受得了刺激?没病,吓出病的,那个叫精神病。"

这一刻,安夏瑶彻底无语,"叶致远,你的意思是,我跟你还非得结婚不可了?"

"理论上是。"叶致远点了点头,"实际上,很快就会结婚了。"

"我反悔不行吗?"

"行啊,你去跟家长说,除了一夜情是真的,做我女朋友是假的,要跟我结婚也是假的。"叶致远轻笑着说,"我想,你爸妈一定不会让你反悔的,到时候如果我反悔的话,安夏瑶,后果你懂的。"

安夏瑶有气无力地点点头,"好吧,"既然上了贼船,她除了硬着头皮接受,还能有什么办法?随即眨巴了下黑眸,她正色地对叶致远说道:"我不反悔跟你结婚,但是我要补充一条。"

"什么?"

"婚后我们不过夫妻生活。"安夏瑶咬着唇,带着羞涩认真地说,她真的不想跟叶致远有任何暧昧滚床单行为了。

叶致远幽深的眸光正色地打量着安夏瑶,沉默了半响,"这个我同意。"

安夏瑶刚要松一口气,叶致远不怀好意地道:"安夏瑶,如果你酒后乱性上了我,那怎么办?"

"啊?"安夏瑶彻底傻眼,磨了磨牙,果断地说,"老娘戒酒,坚决不会上你。"有关酒的一切东西,她再也不碰,包括喜欢吃的酒酿圆子。

安夏瑶说完那话,看到叶致远毫无形象笑得前俯后仰,"哈哈……"她就知道自己被他耍了,"笑够了没?"

叶致远看着安夏的冷脸,不由夸张地擦了擦眼角的泪,吸了吸鼻子道:"嗯,够是够了,如果你能批准我再笑会儿,那就再好不过了,因为你实在是太逗了。"说完,又笑嘻嘻地伸出双手,在安夏瑶气呼呼的脸颊上捏了捏,"安夏瑶,你可爱死了。"

安夏瑶一把拽着叶致远的胳膊,张嘴就狠狠地咬了上去。

"啊……"叶致远惊天动地叫了起来,不停地甩手,推开安夏瑶的脑袋。

安夏瑶咬得解气了才松口,磨了磨牙,得意地看向叶致远,风轻云淡地丢了句,"好了,你别叫了,让人听到了,还以为我把你怎么了。"不错,正是叶致远的原话,安夏瑶原封不动地给还了回去。

叶致远看着白皙的手臂上被安夏瑶咬的两排小牙印,血肉模糊的样子,哀怨地说:"安夏瑶,你属狗的?下口这么狠,都流血了。"

"是啊,好可怜哦。"安夏瑶装作一副同情的模样,"看来,你需要去打疫苗了。"

"打疫苗?"叶致远俊脸上三道黑线。

安夏瑶忙不迭地点头,"对,打疫苗啊。"

"那我只好以毒攻毒了。"叶致远说完,猛一把将洋洋得意的安夏瑶拽入怀里,然后大力地抱着她纤细的腰肢,果断地托着她的后脑勺,俯身低头吻上了安夏瑶那喋喋不休的唇,将她下面的话尽数吞没。

安夏瑶蓦然地瞪着大眼，看着叶致远在她眼前放大的俊脸，她甚至都能清晰地看到他每一个毛细孔，来不及紧闭的唇被他大力地用舌撬开，长驱直入，狠狠地、用力地吻着安夏瑶，纠缠着她柔软的舌，不断地嬉戏、缠绵、吮吸着……

安夏瑶只觉得嘴里是纯男性的味道，淡淡的烟草味夹杂着叶致远身上散发的古龙香水味，吸引着安夏瑶骤然加速的心跳，让她清明的头脑开始晕眩起来。

叶致远的唇舌柔韧而极具占有欲，这一吻，吻得激情而又缠绵悱恻，霸道又不失温柔，让安夏瑶不由自主地配合着他吻着……彼此唇舌交缠，浓情蜜意……

许久之后，叶致远才意犹未尽地松开因为缺氧而面色红得鲜艳欲滴眼神迷茫的安夏瑶，忍不住轻笑，"安夏瑶，你没接过吻吗？不会连换气都不会吧？"

像是离开水的鱼回归湖中一样，安夏瑶大口大口地呼吸着，有那么一瞬，她都以为自己要缺氧而死了呢，听到叶致远毫不遮掩的嘲讽，不由气呼呼地说："谁说我不会接吻？我只是很好奇，你叶致远现在跟我接吻，怎么不怕磕牙了？"

叶致远再一次将安夏瑶拉到怀里，那张棱角分明的脸庞便映入了安夏瑶眼帘，俊美的五官，幽深的黑眸，高挺的鼻梁，性感的唇……火辣眼神，让安夏瑶有种呼吸困难的感觉，俏脸瞬间通红，别扭地移开视线。

好吧，安夏瑶承认，她对叶致远的俊美跟魅力是没有任何抵抗力的。不能怪她太没定力，而是对手的实力太过强悍，安夏瑶跟叶致远完全不是在一个档次上的。

"因为你现在没牙箍了，所以我不怕。"哈哈哈，叶致远心情极好地大笑了起来,看到安夏瑶又要张嘴咬人的举动,忙说,"你如果还有力气咬我的话,我不介意再吻你的。"

安夏瑶一听,忙下意识地推开叶致远,戒备地瞪着他,"我警告你,下次不经过我允许,你再碰我,我就阉了你。"

"经过你同意,就可以碰你是吧?"

"做梦才会同意你碰。"安夏瑶咬牙切齿,"总之叶致远,你不许再碰我,不然我真对你不客气。"

叶致远无所谓地耸了下肩膀,然后对着安夏瑶努了下嘴,"你看下时钟,现在十点了,双方家长是十一点在酒店会面的,你真不需要准备?"

"啊,叶致远,我没刷牙的。"安夏瑶捂着通红的俏脸,无地自容地奔进洗手间。

"我又没嫌弃你没刷牙。"叶致远心情极好地低低自语,随即幽深的眸光看向明媚的窗外,脑海里却是安夏瑶那句话在徘徊:现在跟我接吻,怎么不怕磕牙了?看来安夏瑶对当初他说的那些混账、刻薄的话,始终还是介意的。

莫非,安夏瑶现在这么抗拒自己,是跟这些过去有关?

叶致远托着下巴认真地思考了起来,反正就算怎么样,安夏瑶已经是他的女人,那么就算是坑蒙拐骗,也一定要把这个女人留在身边。

叶致远既然已经心动了,那么安夏瑶就逃不掉,看着安夏瑶对他的反应,其实也并不是真如她所说的那样毫无感情,至少安夏瑶对他是没有任何抵抗力的。

安夏瑶匆忙地洗了个战斗澡,洗漱完,随意地围了浴巾走出洗手间,"叶致远,你到底把我的衣服扔哪里去了……"话还没有说完，神情却犹如被点了死穴般彻底愣住。

客厅里，端正地坐了四个人，除了安夏瑶熟悉的安爸爸、安妈妈、叶妈妈外，还有一张安夏瑶在电视上常看到的熟脸，此时严肃地稳坐在沙发上，扫了一眼安夏瑶，尴尬地移开视线。

叶致远站在一旁，赔着笑脸，转身对安夏瑶介绍："这是我爸。"说完飞快地起身，拉着安夏瑶进房间，麻利地找到了她的衣服，"你快点换好。"

"等等，到底怎么回事？"安夏瑶眼疾手快地拽着叶致远问，"不是说了十一点在酒店集合，怎么都来这了？"

"钟没电了，现在是北京时间十二点五十八分，你懂了？"叶致远挑了挑眉，"我出去顶着，你速度啊。"

四位家长边吃边等，等到十二点也不见叶致远跟安夏瑶，打电话都是关机，安妈妈找到七七才知道，安夏瑶昨晚跟叶致远回家了，四位家长毫不犹豫地上门逮人。

安夏瑶有气无力地点了点头，抓狂地捶打着床，"天啊！实在是太窘了！没脸见人了。"好一会儿才恢复正常，用最快的速度打理好自己，扭捏着拉开房门，走了出去。

见了叶爸爸、叶妈妈，安夏瑶乖巧地笑了笑，打了个招呼，"叶叔叔、叶阿姨好。"眼眸的余光扫到安爸爸、安妈妈，两个人的神色早没了那次见叶致远的欢喜，此时带着微微的担忧。

虽然叶爸爸一身轻便休闲服，神态温和，长相俊儒，散发着中年男子特有的稳重和睿智的魅力，但是安夏瑶觉得他是一个很严肃、一丝不苟的人，她紧张得犹如小鹿乱撞，甚至手心都微微冒汗。就好像是高中被教导主任抓住早恋，拉她到办公室教育的场景。

叶爸爸不动声色地打量着安夏瑶，第一眼的印象，这是一个长得秀气的姑娘，看上去清清爽爽的，带着几分文雅的气质，或许跟从事的职业有关，从她举措不安搅着手指的举动来看，应该是被他的威严给镇住了，叶爸爸的眼神不觉得柔和松懈了下来，轻咳了下嗓子，把安夏瑶吓得微微颤了下。

叶致远挨着安夏瑶坐了下来，不由自主地伸手放在安夏瑶的肩膀上，不动声色地捏了下，潜意识里要她放轻松。安夏瑶低垂着脑袋，回眸看了一眼叶致远，正好跟他的视线不期而遇，忙下意识地移开视线，低头看着地板。

叶爸爸沉默了半晌，在思考什么，叶妈妈温和地坐在叶爸爸身边，小鸟依人没开口。安妈妈、安爸爸早在酒店看到亲家是叶爸爸的时候，大脑已经懵了（压根就没想到那么风风火火的叶太太，竟然是大领导太太。安夏瑶误打误撞，竟然拐了个高干弟子）。当时的安妈妈、安爸爸如果没有叶妈妈的热情挽留，真差点落荒而逃。相对来说，中国人还是比较注重门当户对的，虽然一方攀附另一方的组合不少，但是也不能真的差太多。

安爸爸、安妈妈此时已经完全没了主意，索性也就沉默了。

"伯父、伯母、爸、妈，今天真不好意思。"叶致远挨个儿喊了下，歉意地笑了笑，忙出口解释，"都怪我不好，昨天有个同学聚会，喝多了一点，瑶瑶把我送回家，照顾了我一夜，今天睡过头了，对不起，对不起……"

安夏瑶心虚地低着脑袋，心里无语地翻白眼，叶致远说谎还真的是面不改色，也不打草稿。

叶爸爸一听，顿时没好气地哼了哼。

"阿远，你也太没分寸了，今天什么日子，你给睡过头？"叶妈妈忙跳出来责骂叶致远，接着歉意地给安爸爸、安妈妈赔不是，"看吧，我就知道肯定是这臭小子掉链子，亲家，真是不好意思了。"

安爸爸、安妈妈则是尴尬地笑笑，通情达理地摆摆手，"没事，没事。"

"爸、妈、伯父、伯母，你们吃过了没？"叶致远赔着笑脸问。

叶爸爸再一次轻咳了下，众人不约而同地看向叶爸爸，似乎今天准备以他为中心。

安夏瑶拘谨、含蓄、端庄地咬着唇，也忍不住对他侧目，看过去。

"今天本来也要谈谈你们两个的婚事。"叶爸爸说到这儿，语气顿了顿，眸光在安夏瑶跟叶致远之间转了一圈，"既然你们这样了，那还是把证给领了吧。"说完看向叶妈妈，"婚礼的操办，彩礼什么的，你跟亲家商量，我基本没意见。"

这几乎是一锤子买卖，叶妈妈顺势答应下来，"好的，你放心交给我吧。"

安夏瑶傻眼，高干家庭不是讲究门当户对吗？有钱人家，多半不是喜欢商业联姻吗？到叶致远家，既高干，又有钱，怎么都不讲究了？

安妈妈、安爸爸也彻底傻眼了，他们以为安夏瑶要进叶家门，至少要过五关斩六将，接受一番调查或者考验，心里还为安夏瑶捏了把汗，这样的家庭，要是门槛过高，进不去的话，干脆就不要自讨没趣了。

可是很显然，叶家的做法太让人诧异了。可到了这个节骨眼上,安夏瑶跟叶致远已经同居,安爸爸、安妈妈也不好棒打鸳鸯多说什么,只能静观安夏瑶跟叶致远以后的生活,潜意识里希望她能够安稳、幸福。

安夏瑶真不知道四位长辈此时共同的想法——他们已经同居了,就快点让他们领证结婚,好名正言顺地生娃。

"爸,其实,我今天也想当着你们长辈的面,给瑶瑶一个惊喜的。"说罢,叶致远转身,对着安夏瑶单膝下跪,从口袋里掏了一枚闪闪发亮的戒指,一脸诚恳地说:"瑶瑶,我希望你能够嫁给我,我一定会努力让你做一个最幸福的女人。"

安夏瑶的心有那么一瞬停止了跳动,随即怦怦猛烈地跳动了起来,她感觉自己浑身每个细胞都在欢喜,都在惊叫,脑袋一热,手就这样朝着叶致远伸了过去,当她看到叶致远将那枚戒指小心翼翼地套在她的无名指上,她那躁动的心渐渐地平息下来,瞪着黑眸诧异地看着叶致远,很想说一句话:这哪是惊喜,明显就是惊吓。接着心里又暗骂自己,安夏瑶啊,安夏瑶,你还真不淡定,屁颠屁颠地把手伸出去干吗?现在,果真生米要做熟饭了。

"伯父、伯母,你们放心,我会让瑶瑶幸福一辈子的。"叶致远起身,恭敬地对安爸爸、安妈妈鞠躬,嘴里信誓旦旦地做着承诺。安夏瑶嘴角扯着最灿烂的笑容,努力装作甜蜜的样子,眼角悄然看向眉宇之间刚带着忧色的父母,此时好像忧色散了不少,眼里带着喜色看着她跟叶致远。安妈妈激动地擦了擦眼角,将喜气的泪水给憋了回去,交代道:"既然你们决定要好好过日子了,以后可不要再胡闹了。瑶瑶,你那些小孩子脾气以后可得改了。"

"对,对,夫妻之间有什么事商量着来。瑶瑶,你以后可不能再任性了。"安爸爸也忍不住接话，交代了几句，毕竟女儿大了，嫁出去了，他们做父母的也不好管得太宽了。

"叶致远，以后好好对老婆，别让我不省心。"安爸爸、安妈妈对安夏瑶的嘱咐，让一旁的叶爸爸也动容，他板着严肃的脸告诫叶致远。

"嗯，爸，你放心吧，伯父、伯母你们也放心，我跟瑶瑶会好好过日子的。"叶致远举着手认真地保证，接着看向安夏瑶，"瑶瑶，你相信我的是吧？"

戏已经演到这份儿上了，安夏瑶能说不信吗？只能扯着嘴角，灿烂地笑着，"叶致远，我相信你。"

四位长辈都乐了，瞬间屋子里充满了欢笑声。

虽然这些都是安夏瑶在心里所期盼的场景，一个英俊帅气的男人出其不意地给她一个求婚的惊喜，在长辈们的祝福中，她满心欢悦、幸福地出嫁，可是偏偏这些因为叶致远，因为那一场谈判而变成假的。安夏瑶的笑里带着点自己也说不出来的苦涩，在看到安爸爸、安妈妈放心的笑容时，她稍微有了那么一点点的安慰。

好吧，只要爸妈安心，她跟叶致远就这样凑合下去吧。

在叶爸爸的提议下，四位家长在家商量操办婚礼的事，叶致远跟安夏瑶直接拿着户口本去领证。

第十一章　爱火重新燃起

在去民政局的路上,安夏瑶的神色依旧恍惚,从十七岁到二十七岁,她似乎一直逃不开那个叫作"叶致远"的魔咒,越是刻意地抗拒,越是如影相随。

叶致远握着方向盘,眼眸的余光悄然地扫了几眼一脸恍惚的安夏瑶,不由得拍了拍方向盘,将神游的她唤过神来,"安夏瑶,今天好歹是我们领证结婚的大喜日子,你能不能别这样哀怨?搞得好像是我卖了你似的。"

"你没本事卖了我。"安夏瑶深深地叹息了一声,低低地说,"是我把自己卖给你了,还帮你在数钱。"

"安夏瑶,虽然你说的这个笑话一点也不好笑,不过为了配合你,我还是勉为其难地笑笑吧。"说完,叶致远哈哈大笑起来。

安夏瑶撇了撇嘴,"瞧你这副小人得志的模样,还真欠抽。"

"我这哪里叫小人得志了?明显就是人逢喜事精神爽。"叶致远俊脸上带着沾沾自喜,"我是你的初恋、初夜对象,最后升级成为你的老公,这是多么完美的结局。"

"或许你是我第一个男人,第一个老公,但是也不一定会是最后一个。"安夏瑶就见不得叶致远那得意的神色,忍不住伶牙俐齿地打击他。

叶致远一听这话,俊脸瞬间沉了下来,"安夏瑶,你就不能说点好听的?"

"你确定要听我说好听的?"

叶致远扫了一眼安夏瑶的表情,听她那语气,就知道没好话,不由得讪讪道:"算了,我得专注开车。你再说不开心的事,我保不准被你刺激得踩错油门跟刹车,到时候,死了别怪我。"

"哼。"安夏瑶冷声哼了哼,扭过脸别扭地看向窗外。

不知道是这个时间点领证的人不多,还是叶致远那张招牌的祸害脸比较吃香,总之异常顺利,在看完资料,交了九块钱,然后去照了一张合影的大头照片,在红本本上敲下两个章后,安夏瑶跟叶致远就成了法律上认可的夫妻。

从婚姻登记处出来之后,安夏瑶还觉得她一定是昨晚酒喝多了,到现在还没醒,要不然怎么这婚结得这样恍惚呢?

叶致远对着红本本叭地大大地亲了一口,然后自然地搂着安夏瑶的肩膀,嬉皮笑脸道:"今晚就是我们的洞房花烛夜了。"

安夏瑶没好气地用手肘顶了他下,跳远了几步,"叶致远,你想得美。"

"我想得不美,能做的才叫美。"叶致远嘴角扯着灿烂的笑容,含沙射影地拖着调子说,羞得安夏瑶的俏脸瞬间通红起来。

"你不要脸。"

"你没听过嘛,树不要皮,必死无疑,人不要脸,天下无敌。安夏瑶,我现在是无敌状态,你就放弃跟我做斗争,乖乖到我怀里来吧。"叶致远爽朗地哈哈大笑了起来。逗安夏瑶,果然会让他神清气爽。

"切。"安夏瑶鄙视了下,"你果然是不要脸得无敌。"

叶致远快几步追上了安夏瑶,伸手拽着了她的手腕,认真地说:"安夏瑶,说真的,我们试着谈谈。"

"别。"安夏瑶不等叶致远说完,忙打断,"你千万别说我们试试谈恋爱,我是不会跟你谈恋爱的,因为我真不喜欢你。"

叶致远的俊脸有些挂不住，郁闷地道："那你倒是说说看，你喜欢谁？"

"我喜欢谁不重要，重要的是不喜欢你就对了。"安夏瑶昧着良心，很艰难地才把这话绕口地说完。

叶致远撇了撇嘴，幽深的眸光怔怔地看着安夏瑶。

安夏瑶不敢跟叶致远对视，神色慌乱地移开视线，故意嚷嚷道："叶致远，你有完没完？还要不要回家了？"

叶致远知道逼不得安夏瑶，所以嘴角扬起一抹轻笑，"那先回家吧。"人都在自己家了，叶致远不怕安夏瑶能跑出他的手掌心，感情嘛慢慢培养，他有的是耐心耗。

谁叫他们是名正言顺的夫妻呢。

叶爸爸、叶妈妈、安爸爸、安妈妈显然找到共同点语言，其乐融融地聊着大，为婚事不停地出谋划策。

安夏瑶跟叶致远拿着红本本回来时，四个人纷纷抓着本本，两两夫妻一组，认真地端详着，叶爸爸甚至都有点激动，嘴里不住地说好，更别说安妈妈激动地眼泪直飚，"瑶瑶，你总算嫁出去了。"

安夏瑶一脸的黑线，瞧安妈妈的话，好像安夏瑶是嫁不出去的样子。

安妈妈显然也意识到嘴误，忙接过叶致远递过去的面纸，擦了擦眼泪，不放心地叮嘱道："瑶瑶，你以后可就是大人了，做什么事，都得稳重点。"

许是被安妈妈的眼泪给打动了，安夏瑶坐在安妈妈身边，温柔地拍了拍她的后背，安抚道："妈，你放心吧，我知道。"

"就是,妈,你放心,我会把瑶瑶照顾好的。"叶致远见风使舵,瞬间把安妈妈的称呼给唤了,这可把安妈妈给乐的,忙手忙脚地在包包里翻了起来,还推推安爸爸,"老头子,我们给致远准备的红包呢,快点拿出来。"

安爸爸忙帮着安妈妈掏了两个红包来,递给叶致远,"以后瑶瑶就交给你了。"

叶致远接过红包,一脸诚恳地看着安爸爸、安妈妈,"爸、妈,你们就放心吧!放一百二十个心。"

安夏瑶傻眼,接着目瞪口呆地看着叶致远熟络乖巧、应对得体地在两家父母之间穿梭,俨然将女婿跟儿子的角色拿捏得相当到位,哄得四位长辈是心花怒放。

安夏瑶不得不怀疑叶致远是表演系毕业的,要不然演技怎么能那么好呢?

叶致远演技好得让安夏瑶以为她是叶致远明媒正娶的老婆,是他宠爱的媳妇,而不是之前所谈的有关婚姻跟自由的交易者。

中午的饭局因为叶致远跟安夏瑶没到场而搁置,晚上继续补过,也算为叶致远跟安夏瑶领证贺喜。

安夏瑶完全被当作牵线木偶了,除了配合叶致远的表演,就是茫然地看着两家人因为她跟叶致远领证,俨然变成一家人。

饭桌上,以叶家父母为中心,安家父母为代表,对安夏瑶跟叶致远的婚后生活做了不少的指导跟教育,叶致远跟安夏瑶只有虚心听教,不断点头。

而给安夏瑶严肃印象的叶爸爸沾上酒精,瞬间变得和蔼可亲起来,他爽朗地跟安爸爸把酒言欢,叶致远作陪,频频举杯，谈笑风生。

安夏瑶在叶妈妈跟安妈妈的体贴关怀下，除了微笑，就是乖乖埋头吃饭，不是她不想哄两位母亲开心，而是她的演技实在青涩，要对安妈妈撒娇倒是得心应手，但是对叶妈妈？想到要跟叶致远一起叫妈妈，安夏瑶的心里就有无数说不出来的别扭。

一顿饭，总算在安夏瑶如坐针毡中完美结束。

临走前，安爸爸拉着安夏瑶的手，意味深长地道："瑶瑶，既然你跟叶致远是真心相爱的，那咱们也就不自卑了，以后好好过日子。"

安妈妈也认同地点点头，"难得叶家不讲究门当户对，但是你也得乖巧着点，好好过日子。"

安夏瑶听到爸妈的话鼻子就酸酸的，眼眶含泪，胡乱点了点头，"嗯。"心里涌出无法言语的悲伤，她跟叶致远真心相爱，实在是太假了。但是如果被安爸爸、安妈妈知道她跟叶致远只是游戏婚姻，恐怕真的要气出问题来。所以安夏瑶只能被迫接受真心相爱这说辞，即使是假装，她也要装出幸福的样子，让操心了大半辈子的父母能够安心、安稳地度好晚年。

叶爸爸、叶妈妈有专职司机来接，叶致远喝了酒不能开车，打车把安家父母送回家。

安夏瑶跟叶致远保持了点距离走出小区，礼貌地笑笑，"好了，今天的表演到此结束，叶致远，我们散了吧。"

叶致远不可置信地看着安夏瑶，"散了？"

"是啊，你回你家，我回我家！"安夏瑶认真地看着叶致远说。

"安夏瑶，双方父母都赞同了婚事，我们呢也领证结婚了，法律上认可我们是夫妻，你竟然说各回各家？"叶致远嘲讽地笑了起来，"安夏瑶，你不觉得你太天真了点吗？"

安夏瑶心虚地转移视线，不敢对上叶致远那熊熊燃烧着怒火的黑眸，虽然理论上来说，叶致远说得一点也没错，他已经是安夏瑶法律上认可的老公，她在享受权利的同时，不能够忘记义务，但是实际上来说，安夏瑶真的没办法跟叶致远假戏真做，成为同床共眠的夫妻。

至少，安夏瑶的心里过不去。

叶致远转过身子，正色地看着安夏瑶，"你自己选择吧，去你家，还是去我家？"

安夏瑶低着脑袋，咬着唇，"叶致远，当初我们说好了，不过夫妻生活的。"只是理论上结婚，实际上各过各的，互相不干扰。

"我没准备跟你过夫妻生活。"叶致远眨巴了下深邃的黑眸，无辜地说，"夫妻哪有结婚头一天就你住你家，我住我家的？这戏演得也太假了吧？"

安夏瑶无语，心里不得不承认叶致远说的话有那么一点道理。"安夏瑶，你别忘记了，明天咱们还要一起去我家吃早饭呢。"叶致远看安夏瑶有点动摇，再接再厉地说，"你住你家，我住我家，再发生迟到被逮住的状况，那我们不就穿帮了？莫非，你想好应对你爸妈的说辞了？新婚第一天，就闪婚闪离？还是说实话，一开始就是假婚姻，去挑战下你爸妈的血压到底能升多高……"

不得不说，叶致远的每句话都说到了安夏瑶的痛点，她不得不无奈地承认，"好吧，就算你说的有道理好了。"

"我说的从来都是真理。"叶致远大言不惭地自夸，接着眸光灼灼地盯着安夏瑶,"那亲爱的老婆,你考虑好没,是去你家,还是去我家?"

安夏瑶咬着唇,情感跟理智还在做艰苦的战斗。

"算了,还是去我家吧,你家的床那么小,两个人睡好挤。"叶致远不等安夏瑶回答,嘀嘀咕咕地说着,而音量的大小,控制在安夏瑶能清楚听到的范围内。

"谁说我家床小?两个人睡挤的?"安夏瑶一听忙不乐意了,跳出来说着,"我家好歹也是两米宽的大床好不好?"别说两个人睡了,就是打架都能摆个小擂台呢。

"好吧,那就去你家吧。"叶致远一锤定音,轻笑着说,心里却不断窃喜。虽然说安夏瑶的小窝真的很小,但是他们两个人的第一次好歹是在那发生的,领证新婚的第一天就在她家住,有纪念意义。等办酒席的时候,在叶致远那住好了。

"我,"安夏瑶张张嘴,随即又把不满的话吞咽了进去,"去我家就我家,不过叶致远你给我听着,你千万不要过我的底线,不然……"眼珠飞快地转了下,安夏瑶一时想不到什么话能够威慑叶致远,只能顿在那里。

"不然怎么样?"叶致远倒是挑着飞扬的剑眉,幽深漂亮的黑眸怔怔地看着安夏瑶,饶有兴味地等着她下面的话。

"不然,你是神也给我滚蛋。"安夏瑶撇了撇嘴,终于憋了这么句话来。

"哈哈哈……"叶致远忍不住哈哈大笑起来,笑够了才正色地问,"安夏瑶,你的底线是什么?"

"不许碰我。"安夏瑶认真地强调道,"我们只是一起睡觉,只是睡在一起哦。"

"好的。"叶致远点了点头,应承了下来,"我可是非常欢迎你碰我的。"

安夏瑶则是赏了他一个大白眼,"鬼才要碰你。"

"是啊,你嘛,女鬼。"叶致远不怕死地继续调侃。

"去死。"安夏瑶粗暴地推开他。

叶致远拧着俊眉,捂着被顶到的腹部,跳远了几步,打了个酒嗝,"安夏瑶,你想我吐啊?"

安夏瑶赏了他一个大白眼,转身就走,叶致远快步地追了上去,跟在安夏瑶的身后,钻进了她拦下的出租车,听安夏瑶心不甘情不愿地报了自家地址,嘴角不知不觉地微微上扬,露着笑意。

出租车司机大叔放着一首流行歌,兴奋得边开边摇,当然把车也开得那个摇摇晃晃,安夏瑶拽着拉手几次含蓄提醒,司机大叔才微微收敛了些。不过叶致远喝晕的脑袋被摇晃之后,感觉自己的胃里翻山倒海,一下出租车,忙朝着小区门口的垃圾桶奔去,对着它一阵哇哇大吐。

安夏瑶犹豫了下,不想去管叶致远,可脚步还是不听使唤,朝着叶致远走了过去,"喂,你没事吧?"

叶致远摇了摇头,说:"没事。"转身又对着垃圾桶一阵干呕,却没吐出什么东西来,"牙箍妹。"

安夏瑶的心绷紧,牙箍妹,虽然是不咋好听的绰号,但是能让安夏瑶清晰地想起她那纯真的十七岁,她跟叶致远曾经共同经历过的青春。

牙箍妹,以前每一次从叶致远的嘴里喊出来,她都会激动,感觉亲昵,认为这是两个人特有的表达爱意的方式,可是现在听到,虽然还是会深有感触跟不淡定,但是更多的是烦躁。是的，安夏瑶对叶致远真的是不知道怎么办。

理智上，一次一次地告诫她自己，要珍爱生命，远离祸害，远离叶致远，不能栽了一次又一次，可是情感上，安夏瑶一次又一次地抗拒不了叶致远的靠近。明明真的想老死不相往来，但是每一次内心最深处还是渴望能够见到他的俊颜，能够跟他说话斗嘴。

因为没有叶致远的时候，她的生活是一汪没有激情的死水，只有叶致远不断地在她眼前晃悠，在她心里投下一颗又一颗石子，才能惊起她的感情。

或许，不只叶致远一个人有本事能在安夏瑶心里激起涟漪，但是目前安夏瑶遇到的是他，投入感情最真的也是他，所以安夏瑶没有办法狠心抗拒的也是他。

每一次远离，安夏瑶都克制不住沉沦，安夏瑶的情感跟理智在较量，无法用任何言语形容这种矛盾。

虽然嘴巴上很不想承认，但是安夏瑶不得不诚实地面对自己的心，她对叶致远是有感情的，是有感觉的。所以在这场看似闹剧、看似她被拐被迫跟叶致远结婚的事件中，安夏瑶自己清楚，她心甘情愿。

虽然她在某些方面比不上他，但是在情感方面，安夏瑶是个女的，女的比男的更为敏感些，还别说她是个写作的，更是比一般女子还要敏感。而她之所以愿意被叶致远牵着鼻子走，并不是她真的笨，而是她爱叶致远，爱得无可救药。

只是安夏瑶因为年少时期被叶致远深深地伤害过，所以现在她即使明白她的心，也学会了遮掩，不再去轻易地表露，甚至还会刻意地假装不爱，安夏瑶伤不起了。

随着女孩的年龄增长，爱情会变得越来越奢侈，因为想得太多了,就不会像年轻的时候那样一头扎进去,拼得头破血流也无所谓。长大后的女孩,尤其受伤后长大的女孩,即使面对爱情,面对心动,但是经过了岁月的洗礼、疗伤之后,会渐渐成熟,会害怕再次受伤而毫不犹豫地掩藏自己的真心,并且越是深爱,越会小心翼翼地用最坚硬的壳保护自己,因为那颗爱人的心是最单纯而又美好。

叶致远抬起头,漂亮的黑眸专注地看着安夏瑶,轻声地含情脉脉地又唤了一遍:"牙箍妹。"

"好了,我听到了,你没事吧?"安夏瑶扶着他,语气有点不耐烦地打断,生怕好不容易堆砌的淡定被这样柔软的呼唤给推翻,而她也能越来越清楚地感觉到,她的理智已经抑制不住情感,她的心门,她十七岁之后紧紧关上的心门,也再次被叶致远渐渐推开。

安夏瑶有一扇紧闭的心门,任何时候都坚硬地保护自己,但是一旦被推开,里面依旧是一颗单纯而又柔软的心。

"牙箍妹,你还是关心我的,对吗?"叶致远抬头,眸光温情似水地看着安夏瑶。

安夏瑶不自在地转移视线,手却不敢松开步伐不稳的叶致远,小心翼翼地搀扶他,嘴里不满地嘀咕:"不能喝就少喝点,一会儿回家,你敢再吐的话,我把你从家里扔出来。"

叶致远顿住脚步,侧身伸手将安夏瑶的身子掰了过来,面对面,不让她的眼神逃离,紧紧地锁住她说:"牙箍妹,我好想回到高一,好想回到过去。"

安夏瑶的脸色有些僵硬,咬着唇,轻声地说:"回不到当初了,那些青涩的时光都已经过去了。"

叶致远伸手抬起安夏瑶的下颌,轻声地说:"那么现在呢？能不能再给我一个机会，打造属于我们的幸福时光？"

安夏瑶心里非常不淡定地推开了叶致远的手，垂下眼帘，"我不想给你机会了。"她不会再给叶致远伤害自己的任何机会，随即扬起俏脸，再自我催眠地补了句，"叶致远，我跟你真的不可能了。"

"安夏瑶，你心里明明还有我，为什么要口是心非不承认呢？"叶致远的俊脸上带着几分哀伤，"你口口声声说我跟你不可能，但是你跟我领证结婚了。"

"那只是一场交易！"安夏瑶情急地说，心里也在默默地给自己催眠，她跟叶致远不再有感情的牵扯，只是自由跟名义婚姻的交易而已。

"安夏瑶，真的只是一场交易？"叶致远说着，伸手抚上安夏瑶柔嫩的脸颊，安夏瑶脸一侧，下意识地回避了。她真的不能再跟叶致远有任何肢体上亲密的接触了，不然她再也伪装不了她爱叶致远这个事实。

叶致远失神地看了一眼落空的手，幽深的眸子内闪过一丝哀伤，缓缓地收回手，慢慢握成拳，嘴角牵扯出一抹苦涩的笑，"安夏瑶，你真的变了。"

安夏瑶的心里犹如打翻了五味瓶一般，各种滋味涌上心头，想起曾经看到过的一句话："很偶尔的，你还会找我，联系我。你的突然出现，还是会挑拨我的心弦。只是我也学会对你伪装了，不冷不热，不咸不淡，笑得没心没肺，也不会再流那廉价的眼泪了。然后听你轻轻地说'你变了'。是的，过去的都已经过去了，没有一成不变的感情，也没有一成不变的人。"

"安夏瑶，我没变，你怎么可以变呢？"叶致远深深地叹了口气，霸道地说，"我不会让你改变。"伸手抓着安夏瑶的手。

安夏瑶抗拒地挣扎。

可是,叶致远却握得很紧,跟她十指紧扣,神色坚定地说:"安夏瑶,既然我们已经是夫妻了,那么感情还是有必要好好培养的,你过去能爱我,现在也必定会爱上我。"

许是叶致远的眼神太过柔情,许是叶致远的举动太霸道,许是安夏瑶真的开始动摇了,她轻轻地叹息,无奈道:"叶致远,你怎么可以这样霸道呢?"

"我就这样霸道了。"叶致远孩子气地应声,"反正我不管,你现在是我老婆,你跑不掉了。"

安夏瑶让叶致远先去洗澡睡觉,等她洗完澡出来的时候,叶致远已经打着轻鼾,进入了香甜的梦乡,她犹豫了下,随即爬上床,轻轻地拉过被子,侧着身子,睁着黑眸,心跳蓦然加快,神经敏感地瞅着叶致远,生怕他有什么出格的举动。叶致远乖巧地睡着,他的俊脸美得犹如雕刻一般,此时深邃黑眸紧紧地闭着,但是犹如扇子似的长长微卷的睫毛弯弯向上翘着,高挺俊朗的鼻梁,性感的唇,坚毅的下巴……

安夏瑶犹豫了下,犹如被这张俊颜蛊惑了似的,忍不住伸手轻轻地抚摸了上去,一点一点沿着他俊朗的轮廓细细地描绘着,温润而细腻的触觉。两个人近在咫尺,叶致远那温热的气息洒在自己柔嫩的脸颊上,更是让她的心不断地怦怦跳跃着,感觉快要控制不住跃出心口,她既是心虚,又爱不释手。

叶致远蓦地睁开幽深的眸子,看向安夏瑶,薄唇轻启,"老婆,你还不睡?"

安夏瑶犹如被抓包的小偷似的,尴尬地缩回按在叶致远俊脸上的手，结结巴巴地解释道："我是想看看你睡着了没有。"

"嗯。"叶致远嘴角轻挑，淡淡地应声，在这样的深夜里，让人觉得格外性感，"看过之后呢？"

"当然是睡觉。"安夏瑶忙转过身子，背靠着叶致远，将被子大力地扯到自己身上，义正词严地丢了句，"叶致远，你不想滚蛋的话，最好老实一点。"

叶致远眼睁睁地看着安夏瑶弓着身子缩到了床边沿，将两个人之间的距离生生地拉成了楚河，不由得又好气又好笑，温和地丢了一句"晚安"，就背过身子，继续刚才的美梦。

安夏瑶紧紧地闭上眼睛，心里却带着强烈的戒备，小心翼翼地听着床另一边叶致远的举动，听到他轻浅的呼吸声，渐渐沉稳了下来，安夏瑶打了个哈欠，渐渐支撑不住疲倦的眼皮打架，然后，也昏昏沉沉进入了梦乡。

睡着睡着，异性相吸，两具温热的身体就渐渐地黏到了一起……

第二天清晨，安夏瑶从叶致远的怀里醒过来，"啊！"失控地惊叫了起来。

叶致远忙一手捂着耳朵，一手捂着安夏瑶的嘴巴，无奈道："姑奶奶，你叫什么呢？大清早，好像出人命似的！"

安夏瑶没好气地挥开叶致远搁在她嘴上的爪子气呼呼地质问："你怎么抱着我睡了？"

"拜托，明明是你抱着我的好不好？"叶致远无辜地看着安夏瑶，努了努嘴，"你自己看，你靠过来的。"

安夏瑶认真地看了两眼，心里暗自算计了下，将床对半分，确实是她越过界了，不由得撇了撇嘴，"好吧，这次就懒得跟你计较。"

"安夏瑶,你懒得跟我计较?"叶致远不满地开口,"是你占我便宜了好不好?我可是要你负责的。"

"谁占你便宜了?"安夏瑶理直气壮地抬起脸,"这床是我的。"

"现在咱俩结婚了,这床是夫妻共同财产,一人一半。"

安夏瑶愣了下,随即强词夺理道:"叶致远,你到底是不是男人?"

"我是不是男人,你不是清楚吗?"叶致远挑眉,笑得贼兮兮,"要是你忘记了,我们可以再来几次。"

安夏瑶瞬间被激得气血上涌,"叶致远,你要是男人,难道不知道女士优先吗?这个床,就算是我们夫妻共同财产,那也得按照我划分的比例算,因为我是女士。"

叶致远撇了撇嘴,"你不会说三七分吧?"

"不,是二八分,以后你只占床的二分,回头我会买把尺子,把具体刻度给你标好的。"安夏瑶一口气说完,喘息了下道,"好了,我现在就不跟你计较了。"说罢,面不改色地从叶致远身上跨了过去,然后好像兔子被人踩了小尾巴似的,用最快的速度奔去洗手间。

叶致远嘴角挂着玩味的笑意,看着安夏瑶落荒而逃,真的是想不笑都不行。

接下来两个人收拾妥当,匆忙赶去叶家,已经十点半,算踩着午饭点了。

跟叶爸爸、叶妈妈吃饭的时候,无形中会有股压力让安夏瑶不由自主地拘谨起来,好不容易吃完饭跟叶致远离开叶家,她才长长地叹了口气。

"安夏瑶,我发现你每次见到我爸就好像那什么见了什么。"叶致远把钥匙插上,启动了车子,嘴里忍不住地调侃着。

"什么见了什么?"安夏瑶磨了磨牙,怒目而视。

"你这样含情脉脉地看着我,会让我紧张心跳急速的。"叶致远转过俊脸,风轻云淡地对安夏瑶咧嘴笑说,"我心跳加速,就会忍不住想吻你。"

话说完,整个人猛地朝安夏瑶欺近,大手毫不客气地将目瞪口呆的她搂入怀里。

安夏瑶瞪大黑眸,看着骤然在自己眼前放大的俊脸,接着还没来得及反应过来,就感觉到唇被一股霸道的力量深深地吻住了……

叶致远霸道地用灵巧的舌撬开了安夏瑶的唇,接着纠缠着她的舌细细密密地吻着,他的大手毫不客气地在她敏感的腰间摩挲着……

腰间传来的灼热温度让她感到不适,安夏瑶机警地回神,毫不犹豫地张嘴狠狠地咬了上去……

叶致远忙松开安夏瑶,伸手抹了一把唇角的血,俊眉紧紧地拧了起来,敏感的鼻尖上都是淡淡的血腥味,该死的,她竟然咬他。

安夏瑶稳了稳心神,怒瞪着他,"叶致远,你不要得寸进尺。当初可说好了,你不能碰我的。你如果再碰我,我就跟你离婚。"

叶致远看安夏瑶的样子确实炸毛了,不由温和地笑笑,求饶道:"好了,我错了,保证下次不经过你允许,不吻你了,好不好?"

"记住,没有下次!"安夏瑶气呼呼地说完,扭过俏脸不准备再搭理叶致远,因为她需要时间平复自己那狂乱不稳的心跳。

叶致远倒车掉头,把车开出车库,平稳上路,才一本正经地问:"安夏瑶,如果我不咨询你意见,带你出去旅游,你会生气还是欢喜?"

安夏瑶不搭理叶致远。

"安夏瑶,你不说话,那我觉得你肯定会很惊喜,不会生气的,是不是?"叶致远一个人自言自语分析着。

安夏瑶还是不说话,看着车窗外。

叶致远眼观鼻,鼻对唇,安静地专注开车。

过了好长一段时间,安夏瑶看到窗外的景致压根不是回家的路,叶致远的车下了高架桥,朝着郊区开去,按捺不住地问:"叶致远,你想干吗?"

"去机场。"

"去机场干吗?"安夏瑶追着问,心里有股不祥的预感升起。

"带你出去旅游。"

"叶致远,你开什么玩笑?"安夏瑶转过脸不可思议地瞪着他。

"我没开玩笑,刚才我订了两张去厦门的机票。"

安夏瑶满脸黑线,"我不去。"这叫哪门子的旅游?什么行李都没有收拾,也没有任何计划,哪怕说走就走也得提前知会她一下吧?这叫突袭。

"安夏瑶,机票都订了,你不去?太浪费了吧?"叶致远偷瞄了下安夏瑶的表情,有些纠结,不由得下猛药,"这机票还是全额头等舱,刚刷了你的信用卡,你要实在不想去,那就算了,我们调头回去好了。"

刷了安夏瑶的信用卡?还是头等舱的机票?安夏瑶消化了这个消息,叶致远绝对有本事做这些事,安夏瑶的大脑顿时做出指令,"等等。"

叶致远挑眉看向安夏瑶,"怎么?"

"我们还是去吧。"

接着安夏瑶跟叶致远到机场换了登机牌,什么行李都没带去登机口,等待起飞。

直到坐上飞机,安夏瑶还恍惚,以为在做梦,实在是太疯狂了。

好像自从遇到叶致远,跟着他的脚步,做的每一件事都是那么疯狂,但是又带着满满的激情。这样的激情,让安夏瑶觉得她的青春在燃烧,而不是浪费,而她需要的恰恰就是这样的感觉。但是这些感觉,安夏瑶是不会跟叶致远说的,她会深深地藏在自己的心里,如果心情好的话,就写到故事里。

头等舱的待遇还是相当不错的,让一向晕机的安夏瑶在浅浅的睡梦中一路安全抵达厦门。

厦门是东南沿海的一座美丽的滨海城市,它背靠漳州、泉州平原,濒临台湾海峡,有依山傍海、建筑独特、风景秀丽迷人的厦门大学,而这所大学曾是安夏瑶的梦想。

厦门这座温情、儒雅的城市,是安夏瑶跟叶致远曾经共同的一个梦。

遥想当年,安夏瑶跟叶致远刚交往的时候,第一次约会,叶致远就说,等放暑假,他要带安夏瑶出去旅游,问她喜欢什么城市。

安夏瑶咧着戴牙箍的嘴,扯着最灿烂的笑说:"厦门。"

"为什么?"

"因为那里有一座非常漂亮的校园,听说从校门口走出去就是沙滩。你想啊,我们以后放学了,出校门就能走在柔软的沙滩上,在海边约会,拣拣小贝壳,多浪漫啊。"安夏瑶满脸的憧憬,完全陷入了小女孩浪漫的幻想中。

"嗯,听起来还不错。"

"在海边吹风看星星,在铺满落叶的草地上晒太阳,一定会是一件很美的事。"安夏瑶闭着眼睛幻想着,对厦大充满了憧憬。

叶致远起身,温柔地在安夏瑶的额头上,轻轻地落下一吻,"好,听你说的那么美,我们一定要一起去,在校园内手牵手漫步,在风景最美的地方拥抱、接吻。"

安夏瑶跟叶致远欢快地计划着两个人的假期旅游计划,甚至在临近的前一个月,安夏瑶还查了不少旅游攻略,厦门美食之类……计划终究赶不上变化,没到假期,两个人用决裂的方式分手了。

回忆是美丽而又残酷的,却带着隐隐的疼痛,安夏瑶不动声色地叹了口气,看着一旁闭目养神的叶致远,轻轻地将自己眼角的湿润擦去。厦门,久违了十年,最终,安夏瑶跟叶致远还是来了。

飞机落地的时候,是晚上五点一刻,排队上了出租车,到达那个叫曾厝垵的渔村时,安夏瑶彻底没了方向感,只能不耻下问:"叶致远,这是什么地方?"

"曾厝垵。"

"我知道,标牌上有呢,我识字。我是说,这是厦门什么景点？"安夏瑶的大脑转了一圈，看了看这个地方，半晌才憋出这么句话，"看着挺偏僻的，像个村子。"

"笨，曾厝垵本来就是一个小渔村。"

"哦。"安夏瑶淡淡地应了一声，接着听叶致远唠叨了一句："曾厝垵是极具代表性的闽南原生态自然村，来这里散心不错的。"

安夏瑶忙点点头，心里郁闷得不行，十年前她看的旅游攻略，除了厦大就是鼓浪屿，别的还真是不咋清楚，更别说十年之后，这早已物是人非了。

当叶致远带她到一个叫蓝色小屋的客栈安顿好以后，安夏瑶才弱弱地问："这里都没像样的酒店吗？"一路走来，好像整个村子十之八九挂着各色客栈的名字。

"你不觉得住这，比住市区的酒店更有意义吗？"叶致远挑眉浅笑，俊脸上尽是说不清的魅惑风情，"这里离海就二十米。"

安夏瑶一听，忙拉开窗帘，果然一览无余，她瞬间有种"面朝大海，春暖花开"的感觉，毫不犹豫地喜欢上了这里。没有行李，不用收拾，叶致远跟安夏瑶在村口豪华的酒楼美美、饱饱地吃了一顿海鲜。

饭后，叶致远又带着安夏瑶在曾厝垵如迷宫般的狭窄街巷逛各种特色小店和咖啡酒吧，悠闲地漫步了一圈，顺便添置了一点行头，比如换洗的衣服、洗漱用品之类。

返回客栈的时候，已经是十一点多了，安夏瑶跟叶致远洗漱完毕上床，但是外面的夜市依旧人声鼎沸，络绎不绝，各类吃喝声、各种喝酒打情骂俏声不绝于耳。

虽然安夏瑶不认床，适应力挺强的，但是她对噪音极其敏感，明明疲倦得很想睡，但是偏偏在柔软的大床上翻腾来倒腾去睡不着。

安夏瑶这边睡不着，叶致远是想睡也睡不着，不由得叹息了一声："安夏瑶，你睡不着？"

"嗯。"

"那，我们找点事情做做？"叶致远灵巧地翻身，幽深的眸光灼灼地盯着安夏瑶，看着她白皙裸露的颈脖，不由得心猿意马。

"好啊。"安夏瑶半坐起身子，应得爽快。

"真的？"

"真的，你把手机给我，借我玩会儿游戏。"安夏瑶无视叶致远那灼灼的眸光装傻，朝他伸手。她自己的手机没电了，正在充电中，不然安夏瑶也不会对叶致远开口，实在是吵得没办法睡。

"你要手机啊？"叶致远的声音明显失落，刚才飞扬的神采也黯淡了几分。"废话。"安夏瑶接过叶致远的手机，移动滑块，随口问："密码什么？"

"亲亲我吧。"

"亲你个头。"安夏瑶没好气地伸脚，踹了叶致远下，"说不说？"

"你个笨蛋，我不是说了嘛，亲亲我吧，七七五八。"叶致远哀怨地瞪着安夏瑶。

安夏瑶则彻底无视他，开锁，然后在叶致远手机里翻出切西瓜的游戏，兴趣高昂地玩了起来。

"安夏瑶，你太没追求了吧？全民都在打农药，你却劈个西瓜都能玩成那样？"看着安夏瑶在床上打滚，叶致远终于忍不住多嘴地损道。

"我看你的纪录是二百九十九,我劈到了五百九十九,破你纪录了,我开心,我爽,不行啊?"安夏瑶笑得特别灿烂,转脸又新开了游戏,忙道,"叶致远,你能不能乖乖地睡觉,烦死了。"

叶致远自讨没趣,又跟安夏瑶斗了几句嘴。

直到安夏瑶发飙了,才识相地努努嘴,"好了,我不跟你闹了,睡了。"于是叶致远在劈西瓜悠扬的声音中催眠,迷迷糊糊地睡着了。

晚睡的结果自然是晚起,中午十二点多的时候,安夏瑶跟叶致远才慵懒地打着哈欠睁开眼,当然因为有了之前的先例,所以这次安夏瑶在叶致远怀里醒过来的时候,就显得很淡定了,甚至心情不错地打了一个招呼:"早啊。"

"嗯,老婆早。"叶致远怀里暖香软玉抱着,连动都懒得动。

安夏瑶掰开叶致远搁在她腰肢上的大手,从容地起床,走向洗手间,"叶致远,我们在这里玩几天?"

"不知道,看吧。"什么时候把安夏瑶的壳撬开了,什么时候等她接受了自己就回去,然后准备办酒席结婚。叶致远心里可是打着满满的如意算盘。

"那今天去哪里玩?"安夏瑶不用按时按点坐班,时间上自由,她倒是无所谓玩几天的。而且厦门是一座慢节奏的城市,只有慢下来,才能真正去体会它的气息跟味道。

"一会儿吃完饭,我们去厦大转转吧。"

厦大,依山傍海,正大门与南普陀寺景区大门紧邻,另一边则是美丽的海滨沙滩与胡里山炮台，被誉为中国最美丽的校园之一。

当安夏瑶走进这座美丽的校园，不由得闭眼深呼吸了好几下，这里风景如画，阳光明媚，处处飘着浪漫的气息。

如果安夏瑶跟叶致远没有分手，如果安夏瑶跟叶致远一起考上了这个美丽的学校，那么校园里是不是会有一对幸福的情侣天天牵手漫步，浪漫约会呢？

如果两个人没有分手，谈了十年的恋爱，顺理成章地领证结婚，那么安夏瑶跟叶致远之间的感情，会不会就不会这样尴尬了？

可是事实上并没有如果。

"当心。"随着叶致远的话落，安夏瑶的手背忽地一热，整个人被他拽住，掉进了他的怀里，淡雅的香水味在她鼻尖弥漫了起来。一辆车从安夏瑶刚才的位置呼啸而过。

"大学里怎么还有车开这么快？"安夏瑶后知后觉地嘟囔了句，心里暗叫了一声"好险"，随即反应过来她还在叶致远的怀里，瞬间面红耳赤地挣扎。看到她的手被叶致远紧紧地拽着，不由得犹如被针扎似的一颤，条件反射要甩开，可是叶致远却用更大的一股力道拽紧了安夏瑶的手，接着她整个人也被重新按进了叶致远宽厚的怀里，紧贴在他的胸膛上，安夏瑶的心瞬间慌乱了起来，胡乱地挣扎了两下，"叶致远，你想干吗？"

"你不觉得在这样的校园里恋爱是一件很浪漫的事吗？"叶致远紧紧地扣着安夏瑶的手指，说得有些煽情。

安夏瑶看着从她身边走过的三三两两游客跟学生，多半是情侣，幸福、灿烂地笑着，打趣着，斗嘴着，不由得撇了撇嘴，逞强道:"是挺浪漫的事,不过这里的浪漫和我们无关。"

"怎么无关?"叶致远不满地反问,"安夏瑶,我们是夫妻。"

"叶致远,你别忘记了,我们是夫妻,但我们只是一场交易,无关爱情。"安夏瑶说完扭身就走。

叶致远看着安夏瑶快步疾走的背影,不由得带着无奈拧着俊眉,揉了揉太阳穴,深深地叹了口气,革命尚未成功,他还得加倍努力才行,于是快步地追上了安夏瑶,"你别走那么快嘛,这漂亮的校园景致是需要慢慢用心欣赏的。"

安夏瑶虽然没好气地赏了叶致远一个大白眼,不过脚步确实放慢了。

厦大的校园很大,但是跟别的校园相比少了几分书生气,整个校园更像是风景优美的公园,而来来往往、行色匆匆的游客,参观的、拍照的、运动的、摆地摊的,更是这学校里独有的一道风景线。偶尔看到夹着书本匆匆赴去上课或者图书馆的学生,安夏瑶的心里不知不觉地回想起她那早已消逝远去的青葱岁月。

在她那段青春岁月中,哪怕她已经觉得青春走远了那么久,叶致远却始终不曾褪去色彩,甚至随着记忆的鲜明复苏,越来越清晰。

厦大的宿舍是由红砖墙和花纹玲珑别致的铁栏杆构成的老建筑,在参天大树的绿荫里,显得幽深、安静,若不是阳台上晒挂着形形色色的衣物,会错让安夏瑶以为这根本就是一个景点,而不是校园宿舍,心里不由得暗暗羡慕在厦大念书的莘莘学子。

校园正中央有个大湖,波光粼粼,大概就是传说中的芙蓉湖了。叶致远兴奋地指着湖面上游动的动物大惊小怪地叫起来:"安夏瑶,厦大的湖里竟然养鸭子。"

扑哧!

安夏瑶喷了,无语地看着叶致远,"拜托,你不识货别乱说好不好?那明明就是鸳鸯。"

"哦,原来是鸳鸯啊,怎么跟鸭子长得差不多呢。"叶致远心里暗笑,他是假不识货,安夏瑶是真不识货,人家厦大明明养的是黑天鹅。随即叶致远跟着安夏瑶在湖边芳草铺地的草坪上席地而坐,感慨道:"哎,后悔啊。"

"后悔什么?"安夏瑶看着平静的湖面淡淡地接话,眸光四处扫了扫,这沿河边的草坪上人来人往,好不热闹!三五一群的人拿着相机摆着各种姿势,拍照留念,也有跟安夏瑶一样逛累了,随意在草坪上盘腿聊天的,当然更有豪放者枕着自己的胳膊侧卧酣睡,还有那些亲昵偎依在一起窃窃私语的情侣,更是为这校园增添了不少浪漫色彩。

"后悔没好好念书,后悔跟你分开,后悔我们没能在这样美丽的校园内谈情说爱……"叶致远幽深的黑眸看着湖对面的建筑物,说得有些漫不经心,但是语气里饱含的深情是那么的绵远而悠长……

安夏瑶的内心再一次被掀起阵阵涟漪,她再也无法淡定,唰一下站起来,"叶致远,你少在这里扮情圣了,我知道你现在对我死缠烂打是因为你想报复我当初给你戴绿帽是吧?你想等我爱上你了,你再狠狠甩了我是吧?"

叶致远不可置信地瞪大了黑眸,"安夏瑶,你在胡说什么?"

安夏瑶深吸了一口气,正色地盯着叶致远的眼睛,一字一句地说:"叶致远,我劝你死了这条心,因为我不会爱上你,也不会给你甩了我、报复我的机会。"

看安夏瑶说得如此正色,叶致远从错愕傻眼到不顾及形象前俯后仰地哈哈大笑,"哈哈哈……"

安夏瑶被他笑得心里头都开始发毛,跺了跺脚,气恼地道:"笑够了没?"

"不够,不够。"叶致远又哈哈哈地仰天大笑,引来不少路人纷纷侧目。他们目光怪异地打量他,当然顺带着也用异样的眼神打量着安夏瑶。

安夏瑶没好气地拉着叶致远,毫不客气地伸手抓着他的俊脸,捂着他的嘴巴,"好了,好了,你别笑了,再笑下去,别人就当你是疯子了。"

"疯子就疯子吧,我无所谓。"叶致远轻笑着耸了下肩膀。

"可是我有所谓,我不要做疯子的老婆。"安夏瑶咬牙切齿地回答。

叶致远幽深的眸光含情脉脉地看着安夏瑶,深深地叹了口气,伸手弹了弹她的脑袋,无奈道:"安夏瑶,你脑子里都想些什么乱七八糟的玩意?"

"你才乱七八糟的玩意呢。"

"谁跟你说我追你、我跟你结婚是因为我想报复你给我戴绿帽的?"叶致远问得一本正经。

安夏瑶咬着唇,转移视线,心虚得不敢跟叶致远对视。

"谁又跟你说,我跟你结婚了,等你爱上了我,我就甩了你?"叶致远抬手捏着安夏瑶的下巴,迫使她抬头,视线跟他对视,灼灼的眸光紧紧地锁着她黑溜溜的眼睛,"安夏瑶,我说你的脑子到底是聪明还是糊涂呀?我等你爱上我了甩你有什么好处?"

"报复我呗,让我伤心难过。"安夏瑶接得顺口。

"你别忘记了,我们是领证敲章有红本的夫妻,我要甩你,还得付你一大笔赡养费。"叶致远语气淡淡的,"这报复你,让你伤心的代价可是不小的。"

安夏瑶歪头想了想,似乎恍然大悟道:"对哦。"叶致远要甩她得离婚,要离婚,那不就得付大笔的赡养费。

"想明白了?"叶致远挑了下飞扬的俊眉。

安夏瑶点点头,"那你为什么对我死缠烂打?"说完,忙补了句,"你别说因为喜欢我。"

叶致远无语了,"那我就是喜欢你呢。"

"叶致远,你当我三岁小孩?"安夏瑶撇了撇嘴,显然不相信。

"我发现你笨起来比三岁小孩还笨。"叶致远没好气地伸手戳了戳安夏瑶的脑袋,"我不喜欢你,我死皮赖脸地追求你干吗?我跟你结婚干吗?"缓和了下口气,看安夏瑶一脸不相信的样子,心里不由得不舒服了,"安夏瑶,你怎么回事?你到底要我说多少次我爱你,你才相信我是爱你的?"

"你说多少次都没有用,因为我压根就不会相信。"

这下子轮到叶致远吐血了,无辜地眨巴着黑眸,看着安夏瑶,"为什么?"

安夏瑶看着叶致远漂亮的黑眸,不知不觉地陷了进去,随即看着叶致远越来越靠近的俊脸,不由自主地后退了一步,"没有为什么,我就是不相信你会爱上我。"

"安夏瑶,你是对自己不自信,还是对我没自信?"

"这个问题我不想回答。"说完,安夏瑶生气地丢下叶致远快步疾走,她的心在克制不住地跳跃着,再晚一秒,她怕忍不住扑入叶致远的怀里,跟他在这个美丽的校园留下最美好的拥抱、接吻,甚至更多……

叶致远则是深深地叹了口气,无奈地追了上去。

爱情的世界里,谁先心动,谁渴望更多一点,就注定要主动一些,安夏瑶既然站在原地不肯动,那么只有叶致远走过去靠近她了。

安夏瑶冷着脸,浑身散发着疏远的气息,跟叶致远打车回曾厝垵,刚下车眼眸的余光瞥见叶致远小心翼翼地跟着她,心里不由得有些说不出来的矛盾跟烦躁。她快步走进村子,胡乱进了一家装修看似很有特色的叫作三年二班的小店。这是一个主题小饭店,只不过装修成怀旧小班级。这里的店主叫老师,食客是学生,点菜叫写作业,自己动手打饭叫自习……

这家小店误打误撞地吸引住了安夏瑶,看看时间,五点了,她毫不犹豫地坐在旧桌子上,招来老师,点了四个菜跟米饭,语文(米饭)、物理(猪脚)、化学(土豆丝)、体育(虾)、思想品德(鱼头)。叶致远拧着俊眉跟着走了进来,厚着脸皮在安夏瑶的身边坐下,低低赔不是:"好了,你别生气了,算我不对,好吧?"

安夏瑶扭过头不理他,也不接话,"安夏瑶,你别生气了好不好?"叶致远一把拽着安夏瑶的手,"我们是出来旅游,开开心心寻快乐,你这样气着,会错过很多好玩的。"

"谁吃饱了撑的跟你生气?"见高傲的叶致远如此放低身段,给安夏瑶台阶下,安夏瑶也不好真的一直不理叶致远,毕竟如叶致远所说,出来旅游是放松心情的,而且还是来这么有趣的城市，一定要玩得尽兴才好。

再说安夏瑶也真没跟叶致远怄气，她是气自己啊，气自己不争气啊，她对叶致远太不淡定了。

难道十七岁那年的爱情，那么失败狼狈的爱情，还要重新上演一次？

安夏瑶自己也不知道是不是能够忘记她所受的伤，忘记那些痛，然后一笑而过跟叶致远重新在一起。虽然她跟叶致远已经结婚了，而且他们两个之间某些方面也挺和谐，但是有太多的未知让她犹豫、让她担忧，导致她徘徊不前。

一顿饭，安夏瑶跟叶致远都没有再开口说话，彼此静静地埋头吃饭，吃得干干净净。当他们结账的时候，那个店长班主任开了成绩单，笑嘻嘻地指引道："我们要去校长室交学费的哦。"

安夏瑶随即明白过来，原来埋单结账在这家小店又叫作交学费。抱着好奇，她跟着叶致远拿着成绩单往校长室走去，算了学分（账单）交了学费（结账），校长乐呵呵地送了叶致远跟安夏瑶一张小奖状，"同学们，你们两个吃得很干净，所以这是给你们的。"

窘，还有这样的事。

叶致远倒也来了兴致，接过奖状，看了看一旁的签字笔，礼貌地问："校长，这个能用吗？"

校长笑着点点头，"能用，你们写了名字的奖状可以带回去做纪念，也能贴在学习园地留念。"

叶致远大手一挥，龙飞凤舞地在姓名留白处签下了零蛋、牙箍妹两个绰号，然后笑嘻嘻地把奖状递给校长，"贴你们墙上吧。"

安夏瑶看着校长把零蛋跟牙箍妹的奖状贴在密密麻麻贴满了小纸条、便签等留言的学习园地，心里微微有那么一阵触动。

接着安夏瑶跟叶致远又在犹如迷宫似的曾厝垵村里晃悠了一圈，最后找了一家同样主题鲜明的酒吧。

"安夏瑶，你知道这家酒吧的特点是什么吗？"

"是什么？"安夏瑶认真地端详了下酒吧的装修和格调，又看了看四周三三两两进来的男女，试探地回答，"是不是因为这酒吧能喝酒，也能吃冰淇淋，才有特色？"

叶致远憋了下，终于忍不住哈哈大笑了起来，"安夏瑶，你说你怎么能这么逗呢？让我想不喜欢你都不行。"说完，眼尖地发现安夏瑶的神色不自然地淡了几分，叶致远忙卖力地解释这个酒吧的特点，"这家酒吧叫晴天见，下雨天不开门，上午不开门。卖甜筒、苦艾酒和咖啡，懂了不？"

"下雨天不开门？"安夏瑶拧着秀眉有点不解，上午不开门倒是可以理解，掌柜们喜欢睡懒觉，可这雨天不开门，有点意思了。她聪慧地问了句："那万一遇到干旱，岂不是得天天开门？那掌柜的还不累死？"

叶致远愣了下，随即认同地点点头，"安夏瑶，某些时候，你也不是笨得那么无可救药。"说完被安夏瑶狠狠地瞪了两眼，不由讨好地说，"好了，开个玩笑嘛，你这么较真干吗？来，我给你买个冰淇淋吃吃。"

"一个冰淇淋就想打发我了？"

"拜托，你以为这家冰淇淋是一般那种花钱就能买到的吗？"叶致远撇了撇嘴，"你来之前没准备，到了你好歹也看下旅游攻略嘛，要不然真被我卖了，你还想帮我数钱呢。"

"我……"安夏瑶被叶致远堵得有些无语,她是挺放心叶致远的,这种潜意识的信任让她心里顿时别扭起来。她随即掏出手机搜索了起来,当她惊喜地在旅游攻略上看到很多人推荐的三年二班时,激动地拉着叶致远问:"这个是不是就刚才我们吃饭的那地方?"

叶致远点了点头,"我去给你买冰淇淋。"

接着安夏瑶又搜到了晴天见,仔细翻看了一遍别人留下的介绍,终于明白原来冰淇淋会脱销到断货,所以看着叶致远笑嘻嘻地抓着冰淇淋来,"算你运气好,最后一个给你了。"安夏瑶的心竟然欣喜起来,当然是不是叶致远嘴里所说的最后一个,她没必要追究,开心的是,她吃到了传说中的冰淇淋。

在这样有情调的小酒吧,叫上几杯名字好听的酒,比如美人鱼、血色向日葵、小提琴等,边喝边随意地聊着天,安夏瑶跟叶致远之间的距离似乎也拉近了不少。这些酒味道很好喝,但是后劲儿也大,尤其混合了几种酒,安夏瑶喝着喝着,就不知不觉地喝多了,脑袋开始晕晕地打转,"叶致远,我们回去吧。"再喝她估计又得酒后乱性了。

叶致远笑得眉眼都是弯弯的,搀扶着安夏瑶出了酒吧,"怎么样?玩得开心不?"

安夏瑶点点头,酒吧外少了白天人来人往的喧嚣,晚上的曾厝垵很安静,幽深的小巷偶尔灯光点点,让人浮躁的心头渐渐地安稳下来。

这里的生活有情调,这里的生活充满了一种叫作文艺的浪漫气息。

叶致远很自然地牵着安夏瑶的手,而安夏瑶第一次没有抗拒跟挣扎,紧紧地抓着叶致远,十指紧扣,两个人漫步穿梭在小巷中……

这样昏暗迷离的夜,这样幽深寂静的小巷,夫妻两个十指紧扣,相互偎依着彼此,感情慢慢升华,一切都发生得再自然不过。

其实安夏瑶从来都没有忘记过叶致远,只是把他藏在自己内心深处而已。面对叶致远的追求,安夏瑶在情感跟理智的交锋中矛盾着、煎熬着,为难着自己,强迫自己不去靠近,甚至远离,其实是她害怕,害怕她对叶致远毫无抵抗力。

晚上,听着外面排档的喧闹声,蜷缩偎依在叶致远宽厚的胸膛上,听着他强劲有力的心跳声,安夏瑶清楚地明白自己的心其实跳得跟叶致远一样快,浑身的血液都冲击着涌向脑袋,没有再犹豫,她抬脸轻轻地吻上了叶致远的唇,这其实是安夏瑶这十年来最渴望做的事,但是因为自卑,所以她不敢。可是在今晚,她终于借着几分酒劲勇敢了一次。

温润细腻的触觉让叶致远浑身一震,心跳骤然加速,因为这是安夏瑶第一次主动亲近他。虽然只是蜻蜓点水似的在他唇上亲了下,但是让他激动得无法言语,因为安夏瑶的主动,意味着她已经不再抗拒叶致远的亲近了,甚至说接受了他的追求,乐观一点想,安夏瑶在开始慢慢回应叶致远。

叶致远伸手将安夏瑶紧紧地搂在怀里,挨着她的头顶,爱怜地蹭了蹭,咬着她敏感的耳朵,温和、魅惑地说:"安夏瑶,你是不是接受我了?"

安夏瑶的心颤了下,想一鼓作气让事情水到渠成,可是她打了个酒嗝,于是快速地奔向洗手间,对着洗手盆一阵呕吐。

叶致远跟着安夏瑶起身,轻轻地拍着她的后背,关怀地问:"你没事吧?"看来安夏瑶今晚是喝多了,刚才的行为纯属意外,叶致远心里闷闷地想着。

安夏瑶吐了好一会儿,开着水龙头冲了下脸,缓了缓神,有些尴尬地看向叶致远,"嗯,我没事。"

叶致远体贴地拿着毛巾,帮安夏瑶把湿漉漉的俏脸擦了擦,"时间不早了,早点睡吧,明天我们去鼓浪屿。"

安夏瑶乖巧地点点头,再次回到床上的时候,她没有做过多的举动,只是卸下防备紧紧地搂抱着叶致远,像个无尾熊一样趴在他的身上,心情轻松地进入了梦乡。

叶致远僵硬着身子,腹部一团小火焰燃烧了大半个晚上,才迷迷糊糊地睡过去。

虽然没有定闹钟,但是清晨第一缕阳光射进房间的时候,安夏瑶就兴奋地睁开了眼,顺便把叶致远也给推醒了,然后两个人用最快的时间收拾妥当直奔鼓浪屿。

被叫作钢琴之岛的地方,传说是浪漫得可以用私奔形容的岛屿。

刚到岛上,安夏瑶就被那些形形色色的特色小店给迷住了,买了一本印章,然后一头扎进去,去手绘地图上标注的各家特色小店敲章,那感觉就好像是重游世博会,拿着本子一个一个馆敲章。

叶致远则是跟在安夏瑶身后,穿梭在一个又一个在厦门旅游攻略上耳熟能详的小店里,不时帮她买奶茶,买馅饼,买很多特色小吃,安夏瑶吃不完的,他像是所有普通男朋友一样通通帮她解决。

安夏瑶的俏脸上始终带着灿烂的微笑,走走停停,除了吃，就是拿着手机拍照，偶尔还会偷偷拍下叶致远的俊颜，被叶致远不小心看到抓包的时候，她就吐吐舌头装傻。看着安夏瑶那孩子气的表情，叶致远的心无比柔软，嘴角带着明媚的笑意。

鼓浪屿其实是一个适合迷路的岛屿，不用刻意计划，不用详细做攻略，想到哪里走到哪里。岛上每一家店都有自己的特色，绝对没有重复，从特色小吃店到奶茶铺子，到风情各异的小酒吧。

商业步行街的街头巷尾到处充满小资情调，布置得雅致又各具特色的店铺也为鼓浪屿这座岛增加了无限魅惑风情。

安夏瑶喜欢这样的地方，让生活充满了激情，忙碌的同时带着一点点的闲情雅致，慵懒地漫步、迷失。每家不同的小店都能带给她不同的体验、惊喜跟感触。

中午在一家特色海鲜店吃完饭后，混合着略咸的暖暖海风和明媚的午后阳光下，安夏瑶跟叶致远十指紧扣，俨然像所有热恋的情侣一样徒步穿梭在各色店铺中。

当安夏瑶在一家情调不错的咖啡厅心情贴上写下"执子之手，与子偕老"的句子时，不自觉地红着俏脸看向叶致远，而他写得更加直白："我爱安夏瑶，此生不渝。"下面留了龙飞凤舞的签名——叶致远。

这一刻安夏瑶的防备彻底崩溃，她那坚硬的壳终于被叶致远撬开，她那颗温热而又柔软的心再一次完整地奉献给了叶致远。

当从喧嚣的商业街穿过一片安静的小巷，安夏瑶眼前出现一座异域风情的老建筑，围墙、老别墅、繁花、藤蔓、篱笆、栅栏、落叶，让她感觉自己好像完成了一次穿越，从喧嚣到静谧，从繁华到复古，不由惊讶地捂着嘴，免得失控惊叫起来。

"你别激动，晚上我预订的房间就是在老别墅里，一定让你研究个够。"

叶致远的话刚说完，安夏瑶已经激动得一个箭步扑到他的怀里，凑到他的俊脸上兴奋地猛亲起来，"啊……啊……我激动了。"

叶致远抱着蹦跳不已的安夏瑶，嘴角扯着幸福的笑，接着俯身，毫不犹豫地吻上了安夏瑶诱惑的红唇。

安夏瑶蓦地震了下，呆呆地任由叶致远灵巧的舌钻入她的口中，纠缠着她的舌，一起欢快嬉戏。等回神过来，安夏瑶踮起脚尖，伸手勾着叶致远的颈脖，小心翼翼地回应着他，加深了这个吻……

这一刻所有的理智都飞去九霄云外，在这里，在这处处充满情调跟浪漫的小岛上，安夏瑶只想跟叶致远来一次没有遗憾的恋爱，会不会受伤，已经变得不再恐惧，会不会被辜负，已经变得无关紧要，重要的是，现在的安夏瑶，就想跟叶致远心心相印。

夕阳透过浓密的树荫播散在他们紧紧拥抱的身上，散下片片美妙的光晕，这一刻，安夏瑶跟叶致远的心终于越过空白的十年，紧紧地再次相连，彼此以心换心。

愿得一人心，白首不相离。

清晨的鼓浪屿是静谧的，照进别墅的光线带着灵动、可爱，安夏瑶看着神清气爽的叶致远，不由得有些微微泄气，为什么他昨晚那么激情运动之后，今天还能这样精神奕奕？不像她，被啃了一晚，腰酸背疼，浑身都难受。

叶致远温和地俯身，亲吻了下安夏瑶，柔情地说："老婆，今天我们就去看看海，吹吹海风，随便逛逛，好不好？"

安夏瑶的心就好像被浇了蜜一样甜，"好。"完全是一副夫唱妇随的模样。

安夏瑶的爱情火种埋在心里整整十年了，一旦被点燃，瞬间便会烧得轰轰烈烈，而她跟叶致远的感情，明确了心意，越来越甜蜜浓烈。

叶致远带着安夏瑶去了风琴博物馆、菽庄花园、皓月园等景点，然后看着疲倦的安夏瑶，体贴地背着她回了房间，叫了外卖，跟安夏瑶在房间吃完，又殷勤地伺候她泡了个热水澡，接着给她来了套全身按摩，最后毫不犹豫地再次将安夏瑶吃抹干净。

第二天一大早，叶致远就拖着安夏瑶起床，去日光岩看日出。

傍晚时分，叶致远带着安夏瑶出岛，回了曾厝垵，租了一辆双人自行车，叶致远骑在前面，带着安夏瑶沿环岛路观光游览。

海上吹来暖暖的风，抚着脸颊，加上那浓浓的亚热带风光，高高的椰子树，魅惑的滨海异域风情，让安夏瑶欢快极了。她甜蜜地抱着叶致远精瘦的腰肢，将脸颊贴在他的后背，即使坐在自行车上，安夏瑶也觉得此生无憾了。

如果恋爱是一种状态的话，此时安夏瑶跟叶致远已经进入了这样的状态。如果浪漫是一种感觉的话，此时安夏瑶跟叶致远已经找到了需要的感觉。如果爱情是一种升华的话，此时安夏瑶跟叶致远已经彻底地升华了。

他们先乌龙地结了婚，后疯狂地恋爱，但是在情感上，他们从未忘记过彼此，激情随意一点就燃烧起来了，而结婚证不过是他们彼此点燃爱火的一个导火线。

当安夏瑶在椰风寨柔软的沙滩上跟叶致远牵手漫步的时候，依旧恍惚，如做梦似的，这一切来得实在太突然，但是她又觉得似乎等待得太久了。

沙滩上，玩耍的，打闹的，捡贝壳的，拍照的，形形色色的游人做着形形色色的事，但是，无一例外脸上洋溢着悠闲、灿烂的笑容。

安夏瑶偎依在叶致远的怀里，彼此脸上带着幸福的笑容，安静地坐在沙滩上，耐心地等待着夕阳西下。

"如果可以，真的想跟你在这座浪漫的城市慢慢地变老……"

叶致远低头看了一眼低低自语的安夏瑶，"虽然我们会离开这座城市，但是我会陪着你浪漫，陪着你变老的。"

叶致远这些话就好像给安夏瑶喝了蜂蜜似的，把安夏瑶给甜得合不拢嘴，"叶致远，我有没有跟你说过，我爱你？"

叶致远抬着安夏瑶的俏脸，温柔地在她额头轻轻地吻了吻，"现在你不是正在跟我说吗？"

安夏瑶的脸瞬间烧红，眉眼间带着遮掩不住的羞涩。

"安夏瑶，我也爱你。"叶致远含情脉脉地看着她，清晰地表白，接着在沙滩上，对着大海用力吼了起来，"我爱安夏瑶，好爱，好爱。"

沙滩上玩耍的人只是用好奇的神色扫了几眼过来，然后继续做别的事，似乎对这样的告白司空见惯。谁叫这是一座浪漫的城市，充满韵味的城市。

安夏瑶激动得热泪盈眶，紧紧地抱着叶致远，她找不到任何言语能形容此时她的心情。

爱一个人，会不顾一切做一些疯子的行为，而叶致远，他爱得直接而又猛烈，所以他不介意昭告全世界。

安夏瑶在机场等待叶致远去换取登机牌的时候，七七打来电话，她哀怨道："瑶瑶，我的后备又没了，我把顾川给踹了。"

"啊？什么情况？"安夏瑶关切地问。上次还见七七跟顾川挺好的，她还想着什么时候好好问下她跟顾川进展到什么地步。

"我发现他在追我的同时，跟他的相亲对象有暧昧关系，所以被我飞踹！"七七深吸了一口气，"我需要找你诉苦，我咋那么命苦啊！你在家里吗？"

"我在厦门。"

"啊？你怎么跑去厦门了？"七七失控地对着电话惊叫起来，"没听你说过要去厦门旅游？"

安夏瑶只能长话短说，把她跟叶致远的临时决定跟七七稍微八卦了下。

"你们两个也太疯狂了吧？"七七听完，忍不住总结了一句，"简直就是疯子。"

"是啊，我也觉得有点疯狂。"想起这几天跟叶致远升华的感情，安夏瑶的俏脸不知不觉地烧红。人生果然需要那么几次不顾一切的疯狂，掉链子的脱轨状态，才能有一些意想不到的收获。而这一次的收获，让安夏瑶的情感跟婚姻都顺利归位，回到正轨。

此时，安夏瑶既是叶致远的恋人，又是他的爱人，多完美的结合。

"到底什么情况？"七七忍不住八卦地问。

安夏瑶看着叶致远拿着机票面含微笑地向她走来，不由语气温柔地说："我跟叶致远好上了。"

"啊。"七七再次傻眼，"我才几天没跟你联系，你这速度也太快了吧？简直堪比神舟九号。"

安夏瑶被七七这话打趣得有点无力，弱弱地辩解道："反正我跟他已经领证了，谈不谈恋爱都是夫妻，那还不如谈个恋爱呢，至少我是婚内恋爱，谈崩了也有保障。"

七七无语地翻了翻白眼，"瑶瑶，我突然发现你变聪明了，连婚内恋爱有保障这样的话都能总结出来。那好吧，我也拉个人闪婚去。"

"千万别。"安夏瑶忙开口道，"七七，我跟你状况不一样，我跟叶致远十年前就恋着了，现在叫作旧情复燃。"

"哦，你总算承认了？你心里藏着一个人，那个人叫作叶致远！"七七笑着打趣完安夏瑶，笑着问，"那准备什么时候回来呀？我等喝你们俩的喜酒。"

"现在就在机场，晚上的飞机。"安夏瑶对叶致远甜甜地笑着，"至于酒席，得看双方家长安排。不过私底下，我跟叶致远能单独请你吃饭，随便什么时间，随便什么地方，随便几顿都没事。"

"好呀，明天我就去你家蹭吃蹭喝。"七七笑着切断了电话，"一路保重，我等你回来请我吃饭，拜拜。"

安夏瑶跟七七的通话，叶致远也听了七八分，眉开眼笑地说："是得请七七好好地吃饭，她可是我们俩的大媒人呐。"

叶致远幸福地将安夏瑶搂入怀里，幸好她遇到的是他。

安夏瑶神色微微尴尬，但还是点了点头，认同了叶致远的说法，要不是七七拖着安夏瑶去酒店寻找一夜激情，乌龙地遇上叶致远，狗血地发生后面的一系列事件，恐怕此时的叶致远依旧无心恋爱，安夏瑶还在相亲盛宴中不断游走呢。

所以说，人生有时真的充满了无法预料的意外，谁都不知道下一秒会发生什么或者会遇见什么人，会发生什么故事。

第十二章 女神回归

从厦门回来之后，叶致远就回公司上班。虽然他是总裁，偶尔迟到早退也没人敢有意见，但是总归不能明目张胆地旷班。而安夏瑶被安妈妈、叶妈妈热情地拉着，参与了她们对婚礼的计划跟安排，当然只是参与听听，没有发表意见的余地。当然，安夏瑶也不会发表意见，叶妈妈跟安妈妈都为各自的孩子操了大半辈子的心，婚礼具体怎么安排，她们怎么高兴怎么来吧。

虽然婚礼定在了金秋十月，还有两个月的时间，但是讨论好以后，从试婚纱到酒店试菜，叶妈妈跟安妈妈都要带着安夏瑶，这可把她忙坏了。

安夏瑶每天早早地被两位母亲叫出去采购婚礼用具，晚上疲倦回来，当然叶致远还要做点睡前运动，把安夏瑶累得够呛，不过不论是夫妻生活，还是婆媳生活，倒是真的很融洽。

幸福的日子总是过得飞快，一个月的时间转眼就过去了。

叶妈妈、安妈妈该忙乎的也都忙得差不多了，而且离婚礼就剩一个月时间，她们也不想安夏瑶太劳累折腾，所以要她好好在家修身养性，准备做幸福的新娘。

安夏瑶闲着无聊，准备构思一部小说，把她跟叶致远的故事用最美的文字写下来。这天她抱着笔记本来到离家很近但是情调不错的咖啡厅，在午后的阳光下，鼻尖飘满咖啡的香味中，手指飞快地敲击在键盘上，写下一个又一个鲜活优美的文字，没一会儿，一篇完整的故事大纲就展现在她笔下。她坐在柔软的沙发椅上调整了一个舒适的角度，慵懒地看了看四周，思考着该用什么样的开场来写。

无意间看到她侧方座位面对面坐着一男一女，她的秀眉微微拧了下，在记忆里搜索了下，阳光帅气的俊脸跟眼前那个风度翩翩的男士对上号了,只不过多了一副眼镜,看这情况,好像是在相亲,而且交谈一会儿了,只不过刚才安夏瑶没注意而已。

而那位儒雅的男士似乎也感觉到安夏瑶投注在他身上的眸光,扯着嘴角对安夏瑶抱以淡淡的微笑。

安夏瑶也只能微笑了下,转过脸,调回视线,尴尬地不去看他们,可是耳朵里却清楚地传来了他们的交谈声。

只听那个打扮时尚,穿着花哨,化着浓妆的美女,扯着娇滴滴的嗓音,直白地问:"那啥,我问个问题哦。"

"说吧。"

"你有车吗?"

"有。"儒雅的男子点了点头,一脸诚恳,"摩托车。"

听到这,安夏瑶忍不住又扭过脸悄悄地看向那桌,看到那化着浓妆的美女脸色瞬间不怎么好看,尤其那僵硬的嘴角连虚假的笑都扯不出来。

深呼吸了一口气,那美女退而求其次地问:"那你有房吗?"

"跟父母合住,算不算有房?"儒雅男子这次回答得比较谨慎,显然他也看出那美女对他有摩托车的回答相当不满意。

"你还跟父母合住?"那美女的音调瞬间拔高,"婚后呢?"

"当然也一起住啊,我父母年纪大了,需要照顾。"儒雅男子一本正经地回答,接着诚恳地说,"我希望我未来的老婆能好好侍奉我爸妈,当然把她爸妈一起接来生活也没问题。"

"叶先生,我想我们不太适合,不用联系了。"那浓妆美女实在没办法淡定,连基本礼貌都不想维持,抓过包包扭身摇摆着走了。

如果不是那儒雅男子盯着安夏瑶看，她真的很想哈哈大笑。看相亲遇到的各种窘事，太有趣了，当然前提是那个主角不是她就行，典型的幸灾乐祸。

那儒雅男子优雅地走到安夏瑶对面坐下，"安夏瑶，还记得我嘛，叶歌。"

安夏瑶看叶歌朝她伸手，礼貌地握了握，笑着说："其实刚才我就觉得眼熟，但是你现在戴了眼镜，我怕认错人，所以没叫你。"

"呵呵。"叶歌笑笑，"这么多年不见，过得怎么样？"

"挺好的，我快结婚了。"安夏瑶满脸幸福地回答，接着问，"你呢？刚才好像见你在相亲。"

叶歌一脸无奈地耸了下肩膀，"是啊，"接着自嘲地说，"现在的姑娘多半听我说开个摩托车，跟父母合住，转身就走，连下次联系的机会都不给，我真衰。"

虽然叶歌说得有点无奈，但是表情不是那么回事，安夏瑶扑哧一声笑了出来，"怎么，你家没落了？"要知道叶歌家虽然比不上叶致远家那么好，但是他家在安夏瑶读高中的时候，就是某连锁超市的龙头企业。这十年，安夏瑶倒是没听说过这超市倒闭或者换人的新闻，开分店的消息倒是时常见报。

叶歌露着白牙笑了笑，谦虚道："还行，日子也就马马虎虎混着。"

"那你骗人家姑娘说你没车？"安夏瑶眨巴了下黑眸，义正词严地指责。既然不是没落，就凭叶歌家这雄厚的家底，他也是名副其实的富二代，别说车了，得问开的是什么牌的车。

"天地良心，我最近是开摩托车啊。"叶歌为表清白，从口袋了掏出一串钥匙，放在桌子上，哀怨地说，"我哪知道现在的姑娘都不喜欢摩托车啊，我是觉得很帅，开起来也很拉风。"说完哀怨地补充了句，"而且我这车也不便宜。"

BMW那三个大字母跃入安夏瑶的眼帘，她说："你小子，装穷呢？"看这三个字母，就知道这款车应该不会便宜到哪里去。

"哪有？只是美女们不给我解释的机会。"

"那你说你跟父母合住，没房？"大概叶歌看刚才那美女太现实，所以故意耍人玩，不过这样对待相亲对象总是不好。

"我没说没房。"叶歌更无辜了，"我是跟父母住一起，不过我们住别墅。"

安夏瑶说："还是住在之前的别墅吗？貌似那都是大庄园，占地都得一千平方米以上吧？"

"差不多吧。"

"叶歌，那你现在在做什么呢？"安夏瑶见叶歌点头，确认了他依旧是富二代的身份，不由得讪讪地吐了下舌头，好奇地问。

"医生。"叶歌温和地笑笑，"在母子保健医院。"

"啊？你是妇产科医生？"安夏瑶脱口而出，神色异样，脑海瞬间浮起很多的想象。

叶歌被口水呛着，忙解释："不是，在母子保健医院的儿童科。"

安夏瑶淡淡地"哦"了一声，心想这叶歌到底是什么怪胎啊？医生该是中规中矩，斯文儒雅的类型吧？他长得儒雅，可是玩摩托这个性，真不像严谨的医生。再说他是个富二代，他不做米虫挺有骨气的，也不接手家族企业，竟然跑去母子保健医院的儿童科做医生？好吧，安夏瑶承认她被雷了下，不过还好叶歌不是妇产科医生，要不然安夏瑶肯定会被雷得外焦里嫩。

叶歌端起桌子上的白开水随意地喝了一口，然后挑眉看向安夏瑶，"你说你快要结婚了，你老公是做什么的？"

安夏瑶眨巴了下眼，有点尴尬地说："我老公，其实你也认识的。"

"哦？是谁？"叶歌好奇地问。

"叶致远。"

叶歌不禁傻眼，在安夏瑶跟叶致远的故事里，他曾经做过可怜的垫脚炮灰。他当然清楚十年前发生的事情，不但目睹了安夏瑶跟叶致远决裂分手，还挨了叶致远的揍。当然安夏瑶跟叶致远分手之后，他以护花使者的身份陪伴着安夏瑶度过了很长一段情感疗养的受伤期。事实上叶歌对安夏瑶也曾心动过，也曾暗暗表示过，但是不知道安夏瑶是真傻，还是装傻，没有顺理成章地接受叶歌，并且放话说，要好好学习，天天向上，在大学毕业之前不再接受任何异性。

叶歌一向是个理智的人，他知道少男少女时期的暗恋，随着时间的推移会慢慢变成最美的回忆，不一定非得告白、非得在一起，而且他才上高中，以后的人生太长，会遇见什么人，他还不知道，所以他跟安夏瑶保持了安全的距离。

后来叶歌早安夏瑶一年毕业，然后考去北方的高校，两个人开始偶尔会打电话，QQ联系，但是QQ被盗，电话被偷，号码换过之后，再也没联系上。

如果不是今天的巧遇，叶歌对安夏瑶的记忆还停留在高中时代，毕竟是他曾经暗恋过的女孩。

而安夏瑶同样如此，人生一路走过来，若非那个人在自己心里扎根并且根深蒂固、刻骨铭心，否则一般朋友只会陪你走一段路。随着脚步的前进，年龄的增长，生活阅历的不同，你会遇见很多新的人，新的事，交新的朋友，当然也会有很多新的开始，于是会渐渐把旧的过去遗忘。套用某个作家的话来说："那些曾经以为念念不忘的事，在念念不忘的过程中，遗忘了……"

在高中，安夏瑶对叶歌的定义是蓝颜。但是天下没有不散的筵席，既然大家都成长了，有了新的故事，丢了彼此的联系方式，那么不用刻意再去寻找。

当然能够若干年之后偶遇，彼此还能问候，欢快聊天，这样的感觉让人相当惊喜。

安夏瑶的手机响了起来，她说了一声"抱歉"，然后接了起来，"喂。"

"老婆，你在哪呢？"叶致远的声音，轻快地透着电话传了出来。

"在咖啡厅跟朋友聊天呢。"安夏瑶的嘴角不知不觉微微向上扬起，扯着一抹幸福的笑。

"朋友？男的女的？"

安夏瑶犹豫了下，老实回答："男的。"

"谁啊？"

"我学长。"安夏瑶看了看叶歌，然后对电话说，"等会儿回家再跟你说吧，我先挂了。"

"等等，你在哪呢？我在下班回家路上，我过去找你们，顺便请你朋友吃饭吧。"

安夏瑶忙报了咖啡厅的地址，然后切断了电话，抬眼看着叶歌，扯着嘴角笑了笑，"叶致远一会儿过来。"

叶歌点了点头，"看你那么甜的笑容，就知道你现在很幸福，可千万别刺激我这相亲刚被人嫌弃的孤家寡人，我这小心脏可刺激不得。"

安夏瑶扑哧一声笑了出来，"相亲被人嫌弃，那是你自己要求高好不好？"

"我哪有要求高啊？"叶歌无辜地说，"是人家姑娘要求高，看不上我这个没车、没房的，我可是很容易将就的。我现在被家里催得急，再不娶媳妇，他们就不让我上班，要给我安排全天二十四小时相亲。"

"哈哈……"安夏瑶被逗笑了，于是八卦地问，"那你喜欢什么类型的女孩？我看看身边有没有合适的，给你介绍介绍。"这女孩一旦自己幸福了，就希望身边其他单身的姐妹也能够早点摆脱单身，一起幸福。安夏瑶的脑海里瞬间闪过七七，然后迅速地将叶歌跟七七配对了一下，发现速配指数还挺高的。

"看你那灿烂的笑，莫非你身边有合适的女孩介绍给我？"叶歌是何其敏锐的人，随口问安夏瑶，然后一本正经地说，"其实我真没什么要求，能跟我有眼缘就行。"

"我有个姐妹，每次问她到底对男的有什么要求，她也说没什么要求，只要跟她有眼缘就行。"安夏瑶嘴角抽搐了下，"可是眼缘这个东西，你们不觉得有点玄乎吗？"

"呵呵，你这小姐妹倒是有意思。"叶歌显然带了几分兴趣，"来，跟我说说她是什么情况，指不定她就是我要等的菜呢。"

这下子安夏瑶的嘴角抽搐得更厉害了,"这句话也是七七的口头禅,你们两个倒是很有默契。"说完,笑了。越看越觉得,她能把叶歌跟七七配对。七七是她跟叶致远的大媒人,安夏瑶如果给七七介绍成功的话,那她反过来也是七七的媒人,相互感谢,共同幸福发展啊。

"七七?你小姐妹叫七七?"叶歌饶有兴趣地问,"是不是那个写小说的?"

"啊?你知道?"这下轮到安夏瑶吃惊了,眸光探究地看向叶歌,难道他也看言情小说?毕竟一般男士都不爱看那矫情的小说吧。

叶歌忙摆了摆手,浅笑了起来,嘴角荡漾着动人的笑纹,"你别这样看我,我不怎么看言情小说,是我侄女迷七七,上次七七开签售会的时候,她没时间去,非要我去帮她买书签名,我才知道七七。"

"那你见过七七?"安夏瑶眸光唰一下亮了起来,"是不是觉得合你胃口?"

叶歌嘿嘿地笑笑,"可惜我去的时候签售会已经结束了,遗憾没见到七七。"

"哦,这样啊。"安夏瑶点了点头,笑嘻嘻地仰着俏脸对叶歌拍着胸脯说,"没事,下次我把你跟她一起约出来,你带一个空本子,我让七七帮你签一本子的名。"

叶歌眨眨眼,打趣道:"一本哪够。"

"你真贪,一本都不够,那好,十本吧,七七签不完的我代签。"安夏瑶说完哈哈笑了起来,随即打趣道,"要是你跟七七看对眼了,那肯定是想签多少是多少。"

叶歌认同地点了点头,"是啊,还是你想得长远。来,先留个号码吧。"说着报了自己的号码，等安夏瑶存完，随即笑了起来，问，"你跟叶致远什么时候办酒席？"

"十月，到时候我会给你发请帖的，你别忘记给我一个大大的红包就好。"

叶歌点点头，"红包绝对要大，你看你，跟叶致远也不容易。"错过十年还能够重新在一起，可见叶致远跟安夏瑶当初爱得有多偏执了，难怪会那么骄傲地转身，宁愿分开也不委曲求全解释复合。

安夏瑶嘴角只是扯着轻浅的笑，此时想来她跟叶致远确实不容易，人生有多少个十年能够这样蹉跎呢？还好他们足够年轻，还好他们再次相遇的时间是对的，还好他们最终还是认定了彼此，还好缘分始终存在。

"老婆。"叶致远叫唤着推门奔了过来，在安夏瑶身边落座，眼神正视她对面的叶歌，瞬间神色阴郁起来，眸光在安夏瑶跟叶歌之间来来回回打了个转。安夏瑶跟叶歌刚聊嗨的气氛，瞬间因为叶致远的到来、叶致远的冷脸而变得尴尬起来。安夏瑶不由得心生不快，挨着叶致远，咬着他的耳朵低低地表示不满："叶致远，你什么意思？"

"我没什么意思。"叶致远按捺不住地开口，语气不善，"安夏瑶，这就是你学长？"该死的，明明就是叶致远的死敌。

虽然叶致远的语气真的很不客气，表情真的很不友善，但是叶歌还是宽容地抱着微笑，点点头，"你好，叶致远。"

"我本来很好，看到你就不好了。"叶致远不客气地说。不能怪他不淡定，不能怪他任性，只是在看到叶歌的那一瞬间，他就毫不犹豫地想起十年前叶歌跟安夏瑶接吻，然后安夏瑶劈腿给他戴绿帽又分手的事。隔了十年，叶致远还能感觉自己的头顶带着荧荧发光的绿帽。

安夏瑶真没有想到叶致远的反应会这么强烈，会这么毫不遮掩，甚至说很不客气，瞬间尴尬地看着同样神色不自然的叶歌，拉了拉叶致远，气恼道："叶致远，你吃错药了？"

把好好的老朋友会面搞得跟三角恋战场一样，硝烟弥漫，气氛诡异。

"你才吃错药了。"叶致远没好气地回安夏瑶，心里越发恼怒了，安夏瑶竟然偏袒叶歌，这让他醋意浓烈。

看安夏瑶的神色难堪了起来，叶歌也知道他是导火线，不由得起身告辞："安夏瑶，我先走了，回头再联系吧。"

叶致远那嗖嗖的冷眼不断地射在叶歌的背影上，直到他出了咖啡厅，再也看不到了，才转过俊脸看着安夏瑶，带着几分尖酸刻薄嘲讽："跟老情人约会，感觉怎么样啊？"

安夏瑶听出叶致远话里的酸劲，知道他在乱吃飞醋，不想跟他计较，"叶致远，你别胡说八道行不行？"

"我胡说八道？"叶致远轻笑了下，嘴角勾着嘲讽，"当初不是你跟他好上了，才踹了我的吗？现在跟我在一起了，还惦记着他呀？想要跟他旧情复燃，然后再踹我一次？"

"叶致远，吃醋也得有个限度，你别乱想、乱说行吗？"安夏瑶眸光坦荡地望着他，轻扯了下嘴角，"说到当初的事，是我踹你又怎么样？"

叶致远没有说话，紧抿着唇，双眼哀沉地望着安夏瑶，沉默半晌开口："是啊，你踹了我又怎么样？过了十年，我还是屁颠屁颠地追着你跑，我真下贱是吧？"

安夏瑶瞪大了黑眸，不知道该怎么接叶致远的话，想要解释的话哽咽在喉咙口，就是说不出来。

"安夏瑶,你爱咋就咋吧,老子不稀罕你了。"叶致远说完毫不犹豫地转身离开了。

安夏瑶就这样傻站在原地,看着叶致远头也不回地走出她的视线,她的鼻尖克制不住酸涩,眼泪就这样唰唰地掉了下来,说不清楚是委屈,还是被气的,无可抑制地难受起来,心里憋得发慌,难过,疼痛。其实安夏瑶真的很想叫住叶致远,很想跟他好好解释下十年前她踹叶致远并不是因为叶歌有多好,而是叶致远自己先跟路语蕊暧昧不清的,今天偶遇叶歌,也并不是什么老情人约会,而是真的巧合,可是她的脚步却好像是被钉在那里似的,动弹不得。

叶致远大步流星地出了咖啡厅,直奔车上,插了钥匙,启动车,但是没直接开走,而是等了会儿。不见安夏瑶追出来,他拧着俊眉狠狠地捶了一拳方向盘。

安夏瑶拖着沉重的脚步一步一步地抱着电脑走回家,当然,不是回她跟叶致远的家,而是回安家,所谓娘家。

夕阳余晖落在她身上,将她的影子拉得老长老长,一个人那么孤零零的,她的眼泪一直在眼眶里打转,深吸了一口气,憋了回去,然后扯着嘴角轻轻地笑了笑,"叶致远,你不稀罕我,我也不稀罕你!"只是这笑中带着泪。

安夏瑶回到家的时候,安爸爸不在家,安妈妈在看韩剧,她扭过脸看了一眼安夏瑶,视线越过安夏瑶,再看了看安夏瑶空空的身后,疑惑地问:"瑶瑶,你回来了,叶致远呢?"

安夏瑶忙扯了一抹僵硬的笑,面不改色地撒谎道,"他最近有点忙。"接着稳了稳心神道,"我是嘴馋了,想吃妈做的红烧肉,所以才回来了。"

安妈妈瞬间从沙发上激动地跳了起来，拉着安夏瑶的手，"瑶瑶，你嘴馋了？"接着压低了声音，神秘兮兮地问，"瑶瑶，你是不是有了？"

"没有，妈，你想多了。"安夏瑶满脸黑线，无语地抽了抽嘴角，暗自佩服安妈妈的想象力，这都哪儿跟哪儿。她是跟叶致远吵架赌气回娘家的，不由得硬着头皮解释道："妈，我不是为了更瘦点穿婚纱美，一直在减肥嘛，好久没吃肉了，所以才嘴馋想吃。"

"哎呀，你这孩子，又不胖，减什么肥啊！"安妈妈念叨了起来，"你可得注意点，你要把身体调理好，才能早点生个健康宝宝呀。老吃素怎么行呢？我给你做红烧肉去。"

看着安妈妈在厨房忙碌的身影，安夏瑶心里感动得几乎要热泪盈眶，无论什么时候，家总是她最温暖的港湾，无论她长多大，在父母的眼里，她都是一个需要被宠爱的小孩。这个世界上，只有父母的爱是无私的、伟大的、奉献的。

安爸爸没一会儿也回家了，见叶致远没来，看到安夏瑶一个人沉默不语在看着韩剧发呆，不由关切地问："瑶瑶，你没事吧？"

安夏瑶忙挤了一个笑，摇了摇头，强颜欢笑道："我没事。"

"叶致远呢？"

安夏瑶又撒谎跟安爸爸解释了一遍，然后眼眸不自觉地看向自己紧拽着的手机，没有任何叶致远的电话跟信息，心里微微失落。

安爸爸将信将疑地看着安夏瑶，见她眼神飘忽，不由得压低了声音，试探性地问："瑶瑶，你该不是跟叶致远吵架了吧？"

"没，没有。"安夏瑶忙不停地摇头。

"瑶瑶，你撒谎的时候从来都不敢看我的眼睛。"

安夏瑶只能抬眼看着安爸爸焦虑的眼神，心里带着几分愧疚，安抚道："爸，你别想太多，我跟他真没事，我真的是想家了，想你们了，想吃妈做的红烧肉，才回来的。"

"没事就好。"安爸爸宽心了，不过不忘记啰唆几句，"你跟叶致远是夫妻，夫妻之间磕磕碰碰难免，以后要相互包容、相互理解。看你们日子幸福，我跟你妈也就开心了。"

安夏瑶点点头，"爸，你放心吧。"心里却无比的酸涩，她的婚姻之路才刚刚开始，怎么就出错了呢？

安夏瑶其实有想过退一步给叶致远打个电话哄哄他，毕竟谈恋爱都会有吵架、闹别扭的时候，可是安夏瑶潜意识有点害怕，害怕她这轻易地退一步之后，她就会不停地退步。因为她对叶致远在乎，还有对他毫无招架，如果以后真的开始不停地退步，那么到最后安夏瑶会不会退无可退？

安妈妈没一会儿就端着香喷喷冒着热气的红烧肉从厨房出来，招呼道："瑶瑶，来吃红烧肉了。"

而安夏瑶为了表示她没有说谎，想念安妈妈的红烧肉，愣是吃了大半碗安妈妈做的红烧肉，最后摸着滚圆的肚子慵懒地在沙发上休憩，"妈，真好吃，撑死我了，今晚我就住家里吧。"

安妈妈愣了下，"你今晚住家里？"随即忙问，"跟叶致远说过没？"

安夏瑶犹豫了下，随即摇了摇头，"没说过。"心里别扭道：都吵架了，冷战了，说什么说呀。

"那不行。"安妈妈义正词严地拒绝。

"妈,我住自己家里都不行啊?"安夏瑶无辜地看着安妈妈,"你就这么不待见我呀?我还没正式嫁出去呢!"

"不是不待见你,也不是不让你住家里,你这好歹要跟叶致远说下,免得他担心。"安妈妈苦口婆心地说着,"你这孩子还是这么任性、随性,叫我怎么放心?"

"就是,你要懒得说,我来给叶致远打电话。"安爸爸都忍不住加入劝说的行列,当然他更多的是担心安夏瑶跟叶致远在闹别扭,他想做和事佬。

"爸,妈,我跟他又不是小孩子,不用老绑一块的,你们别跟着掺和了。"安夏瑶无奈地说,看到安爸爸、安妈妈都疑惑地看着她,不由得硬着头皮无力地开口敷衍,"好吧,我一会儿给他打电话。"

安爸爸、安妈妈看似松了口气,准备各做各的事,家里的电话响了起来,安爸爸就近接了起来,"喂,你好。"

电话那头的人不知道说了什么,安爸爸瞬间眉开眼笑起来,"是啊,瑶瑶在家呢。你今天怎么没跟她一起回来?"

安妈妈放下抹布快速走过来,用嘴形无声问:"叶致远?"

安爸爸点了点头。

安夏瑶看着天花板不动声色地叹了口气,竖着耳朵听叶致远跟安爸爸在那边闲话家常,聊得异常欢喜,心里不由得纳闷起来,她这幼小的心灵才被叶致远气得冒烟,他倒好,直接一个电话打到安家,瞬间把安爸爸、安妈妈给笼络了过去,安夏瑶又变成孤军奋战。

安夏瑶心里无数次地鄙视叶致远的狡猾、奸诈。

安爸爸乐呵呵地挂了电话,随即转脸,认真地看着安夏瑶，"你跟叶致远在闹小脾气吵架？"

"谁跟他闹脾气吵架了，无聊。"

安妈妈一记爆栗毫不犹豫地敲到安夏瑶的脑袋上，"你竟然骗我。"

"妈，我怎么骗你了？"安夏瑶捂着被敲疼的脑袋看着安妈妈，无辜地道，"牙齿还磕了嘴唇呢，我不过是跟叶致远吵几句嘴，你们至于这样严刑逼供吗？"

安爸爸一副了然的神态，"我就知道你们两个吵架了你才回家的，想蒙我？你嫩着呢。"随即淡淡地说，"虽然你说没有吵架，叶致远也说好着呢，可是你得坦白交代。"

姜还是老的辣，安夏瑶不得不承认老爸在关键时刻不会犯糊涂。

"说吧，你跟叶致远到底怎么回事？"安爸爸、安妈妈瞬间达成统一战线，认真地问。"其实真没什么事，不过因为小事吵了几句而已。"安夏瑶避重就轻地说，"你说，要真有人事了，叶致远还会打电话到家里来查我的行踪吗？"

安爸爸、安妈妈眼神对视了一下，相互交换了下意见，似乎对安夏瑶这解释认可了，毕竟可信度很高。于是安妈妈再次跳出来说："瑶瑶啊，你们吵嘴没什么，夫妻床头打架，床尾合，但是下次可不许直接回娘家了，吵架了，就待在家，哪里都不许去，直到和好为止。"

"为什么呀？"安夏瑶不耻下问。

"婆家知道你吵架就往娘家跑，肯定会想着是不是亏待你了，你要去别的地方，那婆家会有更多的想法。"安妈妈说得一本正经，接着意味深长地说，"瑶瑶，不是我说你，你的脾气是要好好改改，都做人家媳妇，马上就是孩子他妈的人了，怎么还那么任性呢?"

安爸爸插话道:"就是,在我们面前任性没事,我们宠着你,可是你毕竟结婚了,以后日子得你自己过,没事别瞎折腾。"

安夏瑶把头点得跟小鸡啄米似的,"嗯,嗯,我知道了。"

接着在安爸爸、安妈妈轮番说教了整整一个小时后,安夏瑶终于忍不住打着哈欠,"爸妈,我累了,能不能让我先睡?明天再接着说?"

看看时间也差不多十点了,安爸爸最后恩赐地丢了一句:"那你睡吧,明天叶致远来接你。"

安夏瑶回到房间,满腔怒火地掏出手机给叶致远发信息:"不是不稀罕吗?明天不用来接我。"哼,都怪他,莫名其妙发脾气,害得安夏瑶赌气跑回娘家,结果悲惨地被教育了一个晚上,从小到大,安夏瑶还没这样被安爸爸、安妈妈教育过呢。

"我什么时候跟你说明天接你了?"叶致远第一时间回复过来,安夏瑶刚看完,心里还纳闷是不是被安爸爸给诓了,叶致远没说来接她呀,紧接着叶致远又补发了第二条信息:"我看你爸妈,不接你,别自作多情。"

安夏瑶气得磨牙,简直就要爆炸了,"我爸妈不需要你看。"

"你代表不了你爸妈,要不我打电话问下你爸妈?"

安夏瑶无语了,泄气地再回复:"随便你,反正我明天不在家。"

"不急,你爸妈会送你回家的。"

安夏瑶看着叶致远的信息,蒙着被子好一顿抓狂,捶打着床铺,"为什么,为什么,为什么,为什么啊!"叶致远是吃定安夏瑶了,他甚至都不需要为他的过错赔礼道歉,只要跟安爸爸、安妈妈随便说几句,把任性、闹脾气的错全部归结到安夏瑶身上,安爸爸、安妈妈不但会教育她,而且真的会亲自把安夏瑶送上门去,更过分一点的话,甚至会要安夏瑶反过来向叶致远道歉。

实在是太不公平了。

听到电话铃声响起,安夏瑶深吸了一口气,从被子里探出头来,看到叶致远三个大字的时候,毫不犹豫气恼地把电话给挂断了。

叶致远又打,安夏瑶继续挂。

叶致远继续打,安夏瑶继续挂。

一个不停地打,一个不停地挂,也不关机,也不来电转接,就像两个偏执闹别扭的小孩一样生生地耗了一个多小时,直到安夏瑶的手机没电自动关机为止。

第二天,安夏瑶睡得正香,却被人从被子里拎了起来,"安夏瑶,起来了。"

叶致远看到安夏瑶跟他吵架了还能睡好,心里严重不平衡,他昨晚可是一个人在大床上严重失眠,今天早早顶了一双黑眼圈开车直奔安家,遇上出门锻炼的安家爸妈,愣是把他们俩吓了一跳,"致远呐,你来这么早啊?"

叶致远则是温和无害地笑笑,"是啊,今天周末,我休息,想带瑶瑶去郊区公园看大熊猫。"

"哦好的,钥匙给你,我们去锻炼、买菜了。"安妈妈忙热切地把钥匙给叶致远递过去,那本来担忧的心瞬间落了下来，欢快地拉着安爸爸笑嘻嘻地晨练去了。

安夏瑶揉了揉惺忪的睡眼，看着在她床上的叶致远，没好气道："你来干吗？"

"怕你一个人睡不好，来陪你。"叶致远漂亮的眸子朝着安夏瑶眨巴了下，面色带着得意。

"谁要你陪了？给我滚！"安夏瑶床气大得很，看到叶致远那风轻云淡的俊脸就气不打一处来。昨天这混蛋可是害得她哭肿了眼睛，还走了那么多路，回家还挨了那么多训，今天他倒是一脸若无其事，搞得好像安夏瑶没事在折腾一样。

天地良心，打翻醋坛子，小心眼生气，闹别扭的可是这大爷啊。安夏瑶是躺着中枪，她明明什么都没做，却白白赔了那么多的眼泪跟伤心。

"我不滚！"叶致远大大咧咧地往安夏瑶的床上一躺，抱着她柔软的兔斯基蹭了蹭，一脸的无赖模样。

"叶致远，你到底滚不滚？你不滚，我叫人了。"安夏瑶恼恨地伸手指着门，大吼道。

"叫谁？你爸妈吗？"叶致远眨巴了下黑眸，嘴角带着盈盈的笑意，"我想，你叫了的话，你爸妈会把咱俩绑一块，你信不？"

安夏瑶努力地深吸了一口气，磨磨牙，按下所有怒气，因为叶致远说的确实是事实。

叶致远猛一把将安夏瑶拽倒在床上，灵巧地翻身扑上她，将她结结实实地压了个正着。

"叶致远，你到底想干吗？"安夏瑶憋红了俏脸，咬牙切齿地压低了声音问，她可真不敢大声叫起来，万一这安爸爸、安妈妈推门进来，看到这样一副画面，那还不得震掉下巴，因为他们比较容易想象一些少儿不宜的画面。

"我什么都不想做，只是想抱着你睡会儿。"叶致远把安夏瑶当作她的兔斯基一样，紧紧抱着，还蹭了蹭。

安夏瑶彻底石化，忘记该怎么做比较好。

叶致远抱着她舒服地闭上眼，鼻尖都是属于她的淡淡香味，低低地嘟囔着说："安夏瑶，昨天的事，是我不对，原谅我好不好？"

"啊？"安夏瑶瞪大了黑眸，"叶致远，你说什么？"

"我说，老婆，对不起，我错了。"叶致远含糊不清地道歉，顺带检讨了下，"我以后不乱发脾气，也不乱吃飞醋了，你原谅我好不好？"

安夏瑶的心瞬间就软了，却不饶人地伸手捏了捏叶致远的鼻子，气呼呼道："你这个小鼻子、小眼睛、小肚鸡肠、乱吃飞醋的小男人，真的很讨厌！"

"嗯，我知道，我很讨厌。"叶致远深邃的黑眸怔怔地盯着安夏瑶，认真地说，"可是我知道，我再讨厌，你还是喜欢我的，不然昨天不会哭那么伤心。"

"你知道我哭了？你不是走了吗？"

"我是走了，后来又回来了。"叶致远撇了撇嘴。他是气上头情绪失控了，但终究是自家老婆，他放心不下，掉头回来的时候，看到安夏瑶一个人在街上掉眼泪，神色茫然地走着，可把他的心给疼死了，可是又拉不下脸，只能把车开得比走路还慢，跟在安夏瑶的屁股后面，一路跟到了安家。途中不少司机、交警以为他车坏了，关切地询问了几次。

"那你回来了不跟我说话？"安夏瑶抬脸，瞪着叶致远，"晚上给我家里打电话，也不给我打电话，你什么意思啊你？"

"你不是在气头上嘛,我跟你说话,你也不理我呀。"叶致远无辜地辩解,"你看,昨晚后来我给你打了多少个电话,你接了没?"

说到这,安夏瑶倒是心虚了,把脸埋在叶致远的怀里,低低地说:"其实我昨晚也没睡好的,早上才迷迷糊糊睡着呢。"刚迷迷糊糊睡着,就被叶致远给弄醒了。

"那我们再睡会儿。"叶致远翻了个身,将安夏瑶搂入怀里,打了个哈欠,心满意足地睡了起来。

安夏瑶也在叶致远怀里找了一个最舒适的角度沉沉地进入梦乡。

这个埋在安夏瑶跟叶致远心里十年的炸弹,终于这样有惊无险地消失了,不再有任何杀伤力。

安夏瑶跟叶致远这一觉,又睡到日上三竿,整理完毕走出房间的时候,安爸爸、安妈妈安静地坐在沙发上看着电视剧,笑着打招呼:"起床了啊?饿了吧,我们开饭吧。"

安夏瑶顿时有点窘迫,看着一桌子盖着的丰盛饭菜,心里微微感动,抬眼看了看时钟将近一点,"爸、妈,你们等我们吃饭呀?都这么晚了。"

"是啊,爸妈,你们怎么也不先吃?"叶致远拉着安夏瑶落座,也插话,检讨道,"我们两个是比较没有时间观念的,害得你们跟着饿肚子,实在是不好意思。"

"没事,没事,我们也不饿。"安妈妈笑着说,然后一家子欢欢喜喜地开饭。

吃过午饭,叶致远拉着安夏瑶的手跟安爸爸、安妈妈告别,然后带着她往郊区方向开去。

安夏瑶坐在车里,疑惑地看着叶致远,"我们这是去哪里呢?"

叶致远温和地看看安夏瑶,笑着说,"我带你去看大熊猫。"

"看大熊猫?"安夏瑶扫了一眼叶致远,一本正经地说,"今天看你不就是大熊猫嘛。"虽然补了一觉,但是叶致远俊脸上的黑眼圈还是很明显,他不像安夏瑶还能用化妆品遮掩下。

叶致远扑哧一声笑了出来,"老婆,你还真的是越来越可爱了。那我们不去郊区公园,回家看我吧。"说完,叶致远还挑了挑飞扬的剑眉,煽情地说,"我可是全身上下都能给你看的。"

安夏瑶的俏脸不好意思地红了起来,"叶致远,你能不能正经点?"

"老婆,我哪里不正经了?"叶致远无辜地喊冤道,"带你去看大熊猫,你要看我,那我给你看嘛,你又说我不正经,到底是我表达得不正经,还是你自己想的不正经?"

安夏瑶彻底落败,好吧,她真不是叶致远的对手,于是岔开话题说:"叶致远,我要跟你说一个正经事。"

"说吧。"

"我跟叶歌真没什么的。"安夏瑶神色坦荡地看着叶致远,"他只是我的学长,很多年没有联络的学长。"

"我知道。"叶致远淡淡地又接了一句,"就算以前有什么,也都过去了。"说着转过脸,看着安夏瑶,"以后咱不提这个人,不说这个事,好不好?"

安夏瑶深吸了一口气,"叶致远,我们能不能不逃避这个人?"眸光认真地看着叶致远,"你这样刻意不提,搞得我好像跟他有什么似的,我心里难受。"

叶致远歪头认真地想了想,"那该提的时候就提吧。"说着,他又为自己辩解了句,"我不是故意避开他不提的,只是觉得没必要提这个人,他跟我们俩有什么关系呢?"

"万一以后要有关系呢?"

"什么关系?"叶致远的心一紧,忙转过俊脸看着安夏瑶,"你不会是想背着我偷偷跟他有关系吧?"说完不等安夏瑶开口,情急地说,"安夏瑶,如果我跟你一起把叶歌当朋友,我能接受,但是你要背着我偷偷地跟他联系,那可绝对不行。"

"叶致远,你想哪里去了。"安夏瑶无语地翻了翻白眼,随即正色说,"我是想把七七跟叶歌凑一对试试。"

"七七跟叶歌?"叶致远的脑袋反应挺快的,七七跟叶歌真成了,那么他们既帮七七觅得良缘,安夏瑶自然不会跟叶歌有任何暧昧,而他私底下又解决了埋在心里的头号情敌,简直就是一举数得的好事,不由欢喜地扭过俊脸看向安夏瑶,一本正经地说,"我觉得这两个人有戏。"即使是死的,叶致远也会说成活的,没戏也得给他们创造点戏出来。

"真的?你也是这样想?"安夏瑶看自己的想法得到叶致远的支持,不由欢喜起来,"其实那天遇到叶歌,他在相亲,我当时就在想,他跟七七的速配指数还挺高的。只是我不知道该安排他们怎么见面比较好?"安夏瑶确实有点为难,要安排正经的相亲吧,看不对眼,七七跟叶歌看到她以后都得尴尬;要不正经吧,又觉得有些儿戏……

"老婆,我还真没看出来你有做红娘的爱好。那简单啊,我们结婚,找叶歌做伴郎,七七做伴娘,让他们两个自己看对眼去。"叶致远勾着嘴角轻笑,他的心情瞬间灿烂堪比花开,"等他们成了,我们可是头号大媒人呐。"

安夏瑶点了点头,"是啊,反正也没几天了,我怎么就没想到呢,老公,你真聪明。"

叶致远嘴角抽了下,"老婆,那你是不是要奖励我一个吻?"

"等事成了,奖励你无数个!亲得你嘴肿。"

于是这对夫妻在车上热烈地讨论起来该怎么把七七跟叶歌凑成一对。七七在家猛打喷嚏,自己都不知道她的好姐妹为她的幸福生活用心铺路。

第十三章 不忘初心,方得始终

安夏瑶跟叶致远幸福地打闹，日子过得飞快。还有半个月时间就要举行婚礼了，各项准备都妥当了，有雷厉风行的叶妈妈跟细心的安妈妈操办，安夏瑶还真的是清闲的新娘。

安夏瑶平时除了跟叶致远夫妻恩爱，甜蜜约会外，就跟七七逛街、唱歌，享受最后的单身时光。好吧，她已经领证了，是伪单身。

很多人或许不明白，两个女人开个包厢，叫一堆吃的，歇斯底里地唱歌有什么意思？

安夏瑶认为，唱歌只是一种情调，无关人多人少，自己玩得开心就好。她跟七七两个人就喜欢把所有新歌、老歌全部吼上一通，不管唱得好，还是唱得走调，在唱歌的同时，她们可以疯狂，可以惊叫，可以无所顾忌，彻底地激发她们的灵感，也让她们的心彻底放松。

安夏瑶匆忙上洗手间，连手机都没带，等她从洗手间出来，就一直在想，到底是几号包厢？

"安夏瑶！"一个清脆、甜腻的声音在空旷的走廊里响起来，把在两个包厢之间犹豫的安夏瑶吓了一跳，她茫然地转过脸，看向那个叫她名字的人，一张娇小的脸嵌着精致的五官，漂亮得犹如芭比娃娃，跃入安夏瑶黑溜溜的眼眸内，凹凸有致的身材被一身湖蓝色的斜肩连衣裙紧紧地包裹着，剪裁合体的布料将她纤细的腰肢、高耸的胸部曲线恰到好处勾勒着。她完全属于那种让男人第一眼看到就会两眼充血，恨不得眼珠子夺眶而出贴到她身上去的那种女人。她不但有着天使般清纯的面孔，也同时拥有魔鬼一般的身材。她不是别人，正是转学第二天就风靡全校的优雅女神路语蕊。安夏瑶的视线顺着路语蕊看向身后那个风度翩翩、俊朗优雅的男子，当她看到叶致远那张尴尬的俊脸时,心蓦然地抽痛了下。叶致远今天是去公司上班的,这会儿也没到下班时间,叶致远也没跟安夏瑶汇报他来见老朋友,不对,老情人路语蕊,那么叶致远上班时间背着她偷偷地见路语蕊,到底是什么意思?

安夏瑶脑子里飞快地想到叶妈妈之前说,自从路语蕊去国外之后,叶致远身边没半个母的这句话来,心痛得更厉害了,原来叶致远身边没半个母的,被叶妈妈催得急,所以才会死缠烂打追安夏瑶,准备将就结婚过日子。可是当路语蕊回归的时候,叶致远的心是不是再一次动摇了呢?后悔跟安夏瑶在一起了?

安夏瑶跟叶致远在厦门升华的感情,真的是爱情。安夏瑶丝毫不怀疑吵吵闹闹、甜蜜的生活也都真实存在过,可是现在看到路语蕊,看到背着她见路语蕊的叶致远,安夏瑶开始对她的爱情产生怀疑。

因为路语蕊,因为她是最优雅的女神。

因为路语蕊跟叶致远在一起,安夏瑶就是一个被用来赌气的炮灰。

十年前,安夏瑶做过一次炮灰,难道十年后,安夏瑶还是躲不过要做炮灰的命?

安夏瑶心里难受得透不过气来,但是再难过,还是要面对,所以她深吸了一口气,苍白的脸不自然自嘲地笑笑,稳了稳心神,看向路语蕊,礼貌得体地说:"路语蕊,你好。"

十年的时光练就了她的风度,再难受也会假装若无其事。

这或许就是长大吧,学会戴着面具去面对一切。

"安夏瑶,真的是你,没有想到这么多年过去了,你竟然还记得我。"路语蕊自来熟地走过来拉住安夏瑶的手,兴高采烈地说，"你比以前可是漂亮太多了，我刚才都不敢叫你呢。"说着又仔细地打量着她，小心翼翼但是又遮掩不住直白地问她，"你整容了吗？"

"没。"安夏瑶愣了下，随即摇头，"我只是治好了我的牙。"

"哎，没想到你现在还挺漂亮的。"

安夏瑶礼貌地笑笑，虚应着说："漂亮这词，在你面前我可担当不起。"视线越过路语蕊，嗖嗖的冷眼射向叶致远。他默不作声地看着安夏瑶，张了张嘴，欲言又止，不动声色地摇了摇头。

其实他想解释，但是眼下又不能解释，心里憋得发慌。

路语蕊也顺着安夏瑶的视线侧身看向叶致远，忙热切拉着他介绍："安夏瑶，这是叶致远，你还记得不？以前跟你坐过同桌。"

听路语蕊的口气，叶致远压根就没把他跟安夏瑶结婚的事告诉她，也没有告诉她安夏瑶已经是他老婆的事实。

安夏瑶心里纳闷，不，是气闷了，疑惑地看向叶致远，他到底是什么意思？当然叶致远自己不说，安夏瑶也不能厚着脸皮自报家门说我是叶致远的老婆，这老公都不肯承认她，说了也没意思。

叶致远微微拧着俊眉，眸光复杂地看着安夏瑶，依旧没有跳出来解释什么，他眸光里甚至暗示安夏瑶什么都不要说。

"叶致远，你难道忘记了嘛，这个是安夏瑶？"路语蕊看叶致远跟安夏瑶都没有出声打招呼，不由得转身笑吟吟地对叶致远说，"就是以前那个戴着牙箍的，跟你同桌的成绩很好的女孩。"

叶致远这才装作一副好像想起来的样子,对安夏瑶扯着嘴角礼貌地笑了笑,得体地伸手,"安夏瑶,你好。"

安夏瑶惊诧地看着叶致远这副跟她不熟的样子,实在不明白他们在搞什么鬼?难道今天是愚人节?可是9月有愚人节吗?

虽然安夏瑶知道叶致远的演技一向都很好,但是能够在被正牌老婆逮住他跟老情人私会之后,不但不承认老婆,还假装一副不熟悉的样子,表演得那么逼真,让安夏瑶都以为叶致远是不是有双胞胎兄弟,眼前这个还真不像是昨晚那个热情似火把她啃干净的叶致远。

可是叶家的户口本上叶致远是独子,所以眼前这个人是安夏瑶货真价实的正牌老公。

"安夏瑶,你不记得叶致远了吗?"路语蕊看叶致远伸了半天的手,不由得眨巴着黑眸,柔声地问。

"记得,我怎么会不记得?"安夏瑶冷声地笑笑,"他化成灰我都记得。"安夏瑶真是感觉好笑,她真的是忍不住想哈哈大笑一翻,这生活还真狗血,她遇到老公跟旧情人约会,旧情人毫不知情,还在那边傻乎乎地帮他们相互介绍。

路语蕊嘴角扯开灿烂的笑意,美得让安夏瑶这个女的都感觉炫目,只听她娇滴滴地对叶致远说:"既然遇到了老同学,我们一起玩好不好?"

"不好!"

"不好!"

安夏瑶跟叶致远异口同声地说,相互对视了眼,叶致远温润地开口:"安夏瑶是跟朋友一起来玩的,我们叫她一起,她朋友要不开心的,如果我们跟她朋友一起玩,那我们也不自在是吧?"

路语蕊听了，点了点头，"你也说的也有道理，安夏瑶，那我们下次一起玩。"

安夏瑶听得差点抑制不住地吐血，她深呼吸了几口气，眸光哀怨地看向叶致远，"你死定了。"然后顾不得是否失态，毫不犹豫地推开她眼前的包厢大门，大步地走了进去。

"瑶瑶，你怎么了？"七七放下话筒，看着面色惨白的安夏瑶，忙走过来柔声问。

"七七，你打我几下。"安夏瑶拉着七七的手，就往自己的脸上狠狠抽去。

七七忙抽回手关切地问："到底怎么了？"

"会疼。"安夏瑶说完这两个字，眼泪就唰唰地往下掉，"我不是做梦，都是真的。"

"怎么了？"七七被安夏瑶突如其来的眼泪给吓蒙了，不由得把她搂入怀里，拍着她的后背不停地安抚，"瑶瑶，你别哭呢，有什么事跟我说。"

安夏瑶抱着七七哇一声惊天动地般哭了起来。

七七轻轻地拍了拍她的后背，然后不停地给她递面纸，"瑶瑶，你倒是跟我说啊，你到底怎么了？你别哭啊，哭得我也想陪你哭了。"

安夏瑶不说话，不停地哭泣抽噎，她的悲伤情绪很快感染了七七，两个人抱在一起痛哭起来。

当七七哭得比安夏瑶还惨烈的时候，安夏瑶终于抽噎着止住了哭，反问："七七，你怎么了？"哭得这样撕心裂肺，好像比安夏瑶这个被老公戴了绿帽的人都悲惨。

"你先说你怎么了，我再告诉你我怎么了。"七七深吸了口气，"因为你听到我的原因，你或许还会再哭。"

"好吧，我先说，"安夏瑶详细地把她遇到路语蕊跟叶致远的事跟七七说了一遍，总结道，"七七，你觉得是不是很搞笑？叶致远跟路语蕊约会被我撞到，他不心虚也就算了，竟然还故意装作不认识我？你有见过偷腥的猫胆子这么大的吗？"

七七认真地想了想，"我觉得这事有问题。"

安夏瑶冷笑着接话，"当然有问题，叶致远出轨了。"背着自己的老婆跟情人约会，还装作不认识，这样的心态，试问天下男子几个人敢有？

"不是出轨不出轨的问题。"七七这个旁观者显然比安夏瑶冷静几分，"按照正常情况，你这个正牌老婆撞到叶致远跟路语蕊在一起，就像你说的背着你他们悄悄在一起，他应该心慌意乱，不可能这样淡定。"

安夏瑶想了想，"那是因为叶致远太不要脸，太不正常。"

"好吧，就按你说的叶致远不要脸，不正常，可是你又说了，路语蕊不知道你跟他结婚，那么，当时你闹起来或者直接叫叶致远老公，这不就真相大白了吗？"叶致远不说，那安夏瑶为什么要顺着他演戏呢？他们两个人可是有红本本，敲过章的中华人民共和国法律上承认的夫妻。

"他都不承认我这老婆，我哪有脸去捅破啊？"安夏瑶讪讪地接话，"而且他看我的眼神就好像在提醒我不要说。"

七七认真地想了想，"那这件事确实有问题，不过不是叶致远的问题，可能是路语蕊。"

安夏瑶没好气地看向七七，"你别拿恶俗的小言情思路往我身上套。"

"瑶瑶，我是觉得这件事有问题，你还是听听叶致远的解释吧。"说着，伸手将安夏瑶的手机递了过去，上面有一条消息，是叶致远发来的:"老婆,关于路语蕊的事,今晚回家我会向你详细交代,请你不要闹脾气,乖,爱你的叶致远。"

安夏瑶没好气地把手机一扔。

"瑶瑶,其实有句话,我真的想说很久了。"七七犹豫了下,看着安夏瑶,"你为什么每次遇到路语蕊,就这样不淡定呢?我听过你跟叶致远十年前的故事,现在看到你跟叶致远在一起,我觉得你对路语蕊太敏感了。"

安夏瑶有些自卑地低着头,诚实地回答:"因为自卑,丑小鸭是不能跟天鹅媲美。"

"丑小鸭是不能跟天鹅去媲美,但是丑小鸭最后还是变成最漂亮的天鹅。"七七义正词严地说,"而你,安夏瑶,现在就是一直展翅欲飞最美的天鹅,你怕路语蕊做什么?而且叶致远第一时间发信息过来跟你解释了,你就该相信你老公。"七七看安夏瑶不接话,讪讪地又补充了一句,"即使叶致远真的有问题,你有证据,你再哭,你再伤心,也不迟啊。"说完,安慰地拍了拍安夏瑶的肩膀,"再怎么坏,也坏不过我,反正我给你垫底来着,要哭一起哭,要笑一起笑,要闹一起闹。"

被七七这番开导了下,又看了看叶致远的信息,安夏瑶的心情稍微好了一点,不管怎么样,她还是等晚上回家听完叶致远的详细交代再做出定论吧。这会儿她喝了口水,稳了稳心神,正色地看着七七问:"你呢?到底怎么回事?哭得那么伤心!"

"我心情不好。"七七哭哑了嗓子,吸了吸鼻子,"本来不想哭的,可是看见你哭,我就忍不住了。"

"到底怎么回事?"

"我好像怀孕了。"七七擦了把眼泪跟鼻涕,接着自觉地说出安夏瑶想问的孩子的爹是谁,"可是我不知道孩子的爸爸是谁。"

安夏瑶彻底懵住,七七并不是一个乱七八糟的人,而且也没男朋友,怎么会突然怀孕?很显然,七七这震撼的消息把安夏瑶被叶致远背叛的事件压到第二了,她一时顾不得伤心,担忧地问:"你怎么会不知道孩子的爸爸是谁呢?"即使是一夜情,好歹也有个对象可寻吧。

"我也不知道,我就跟顾川出去过一次,七八个人都喝高了,后来都在包厢里醒过来。"

安夏瑶不可思议地看着七七,"七八个都是男的?"

七七点了点头,撇了撇嘴,"我真不记得我有做什么啊,可是这个月我大姨妈迟了半个月都没来。"

七八分之一,确实很让人头疼,安夏瑶无语地看向七七,"测过没?"

七七摇了摇头,"我怕。"万一真的有了,七七又不敢做掉,也不敢生下来,而且还找不到孩子的爸爸,她真的会疯掉的。不测至少还有百分之一的侥幸,那就是大姨妈只是晚来了,虽然晚来半个月太不正常。

"怕什么呢?走,我带你去药店买个测测。"这个问题完全不能拖延跟逃避。安夏瑶第一时间拽着七七去药店买了几个不同牌子的早早孕试纸,逼着她去测。

"啊!"当七七在厕所惊天动地地叫喊起来的时候,安夏瑶的心都被她叫地震了好几下,紧张得漏跳了几拍,忙快步推门走进去,急切地问:"怎么了,怎么了?"瞬间,脑海里浮现一个问题,万一七七真的有了该怎么办?

七七抓着一条杠杆的三个早孕试纸，对安夏瑶说："这会不会是过期失灵了？还有个，你试试看，是不是只会显示一条？"然后不等安夏瑶接话，又可怜巴巴地说，"我不但大姨妈晚来了半个月，而且每天早上都会恶心呕吐，精神常常疲倦，最明显的是我胸老疼。我查过了，这些都是早孕现象。"

安夏瑶也怀疑地看向早孕试纸，"好吧，我也测测看，是不是过期了只会一条杠杆。"

当安夏瑶拿着早孕试纸目瞪口呆地看着那上面显示的两条杠杠时，彻底傻眼了，随即道："七七，这个早孕试纸绝对有问题，要不然我们去医院做下检查吧。"

七七凑过脸看着安夏瑶的那早孕试纸上有醒目的两条杠杠，认同地点了点头，"好，我们去医院。"

到了医院，才知道母子保健医院完全可以用"人满为患"四个字来形容。安夏瑶看着排队挂号的长龙，暗自想了想，等轮到了，估计医生都得下班，那还不如走个后门呢，虽然这样的特权会遭鄙视，可是这会儿心急如焚的安夏瑶已经顾不得那些了。她毫不犹豫地给叶歌打电话求助，虽然他是儿童科的，但好歹也是这家医院的某科主任，跟妇产科的医生应该会有几分交情吧。

果然没一会儿，叶歌就带着安夏瑶跟七七直接找了妇产科著名的权威医生，做了早孕试纸检测，又不放心地抽血验了下，做了一个全身检查。

在等血样检查报告的时候，医生先看了早孕试纸做出来的情况，其实跟在七七家测出来的一样，七七一条杠杠，安夏瑶两条杠杠。

慈眉目善的中年妇女，也就是这家医院最权威的妇产科医生,鼻梁驾着一副无框眼镜,斯文有礼地对叶歌微笑点了点头,然后缓缓地说:"七七小姐,你还是处女,并没有怀孕。"

扑哧!安夏瑶瞬间喷了出来,看着七七窘迫得恨不得挖个地洞钻进去的样子,听到那具有亲和力的产科医生简单地叮嘱道:"你大概是因为熬夜,生活作息不规律或者酒精引起的月经不调,我给你开点药,你好好调理,身体就没问题。"

"谢谢医生。"

安夏瑶也摆出一副长辈的姿态教训七七:"你啊,以后别熬夜写小说了,早睡早起,吃饭规律一点,别对自己身体开玩笑。"

七七忙不停地点头,"嗯,知道,知道了。"一脸的眉飞色舞,压了她好几天,差点让她得焦虑症的假孕事件,总算是一场乌龙,大大地松了口气。

那个戴眼镜的女医生又看向安夏瑶,"安夏瑶,根据尿检,你应该是怀孕了,不过为了保险起见,我们再等等血样报告,那个会更精准一点。"

七七已经为安夏瑶开心起来,"瑶瑶,恭喜你要做妈妈了。"欢快地抱着安夏瑶摇啊摇,那欢喜的模样比自己要做母亲还开心。

安夏瑶此时真的不知道该用什么词语来形容自己的心情,小心翼翼地将手放在平坦的小腹上,如果确实怀孕了,那她该怎么办?

叶致远跟路语蕊的事,让安夏瑶感触还是很深的。

七七感觉到安夏瑶此时心里的矛盾,温柔地抱到安夏瑶,凑到她耳边温和地说:"瑶瑶,我们把事情往好的方面想,你等叶致远跟你解释。"

安夏瑶神色茫然地点了点头，她真的不知道叶致远会给她一个什么解释，也不知道这解释的背后会有什么样的故事。

七七抱着安夏瑶，拍了拍她的肩膀，"咱们做好最坏的打算，就算叶致远劈腿了，爬墙了，那也没关系，你有法律保护，你平平安安地把宝宝生下来，然后你再狠狠地把叶致远给踹了，要好多好多赡养费，带着宝宝远走高飞，然后你还要从小跟宝宝说他爸爸有多坏，让宝宝鄙视，恨死叶致远好不好？"

安夏瑶知道七七是在安慰她，不由得笑着点了点头，"你放心，我没事，有了宝宝，我更加不会让自己有事。"

七七对安夏瑶做了一个打气的手势，"加油。"

叶歌一脸诚挚地祝福她："恭喜你做妈妈了。"

安夏瑶跟七七离开医院的时候，已经确定怀孕十八天。

天色渐渐地暗了下来，安夏瑶一个人坐在客厅的沙发上静静地等叶致远回来跟她解释。

可是，从六点到七点，到八点，到九点……最后，安夏瑶等到了凌晨一点，叶致远还是没有回来。她看着墙壁上的时钟一秒一秒流过，一分一分地走过，一个小时一个小时地转过……

安夏瑶的心情，从开始的雀跃等待到最后渐渐地失落伤感，她带着心酸吞咽下了苦涩的泪水，抚摸着肚子，低低地说："宝宝，你知道吗，现在你爸爸跟他的老情人在一起约会，或许今天晚上他不会回来了。"说完两行眼泪就克制不住地滑落下来，暗自骂自己：安夏瑶，你个笨蛋，有路语蕊，你还指望叶致远跟你解释什么？你是不是要等着他拿离婚协议赶你跟宝宝出门，你才能清醒？

安夏瑶紧紧地抱着自己哭泣起来，委屈的，悲伤的，万种滋味一起涌上心头，让她有种撕心裂肺的痛感，最后眼泪又像断线的珠子一样哗哗地往下流，她用手背去擦，却是越擦越汹涌。

安夏瑶哭累了，红肿的双眼看了看时间，凌晨两点半，而叶致远没有任何电话短信，也没有任何交代。

安夏瑶拖着沉重的步子直接躺在床上，心里憋得发慌、发疼，但是眼泪再也流不出来了。她翻来覆去睡不着，脑子里不断地闪现白天路语蕊跟叶致远亲昵地站在一起的画面，男的俊俏，女的娇媚，确实是天生一对，而安夏瑶只能做他们两个的点缀，用她此时的形单影只去衬托他们两个人的幸福。

安夏瑶想着想着就心痛得喘不过气来，伸手捂着心脏的位置，那里一阵接着一阵疼痛。原来爱一个人太多、太深，终究会伤害到自己，哭过之后，就不想再哭了，痛过之后就不会觉得痛了，有的只会是一颗冷漠的心。

安夏瑶的心渐渐地冷却失温。

安夏瑶本来就是一个敏感而又偏执的女子，她在十七岁那年被叶致远狠狠地伤害了，从此落下了自卑的阴影。她渴望爱，渴望一生细细被人收藏，但是她更害怕受伤害，所以她一直用最坚硬的外壳来保护自己，一旦被人敲破了那壳，里面就是那最柔软的心脏。

叶致远，他成功地敲破了安夏瑶的伪装，得到了她那颗执着深爱的心，所以安夏瑶变得柔软、温顺，可这并不代表安夏瑶从此以后不再有自尊跟底线，任由叶致远去践踏她那最纯真、纯洁的爱。

安夏瑶想不明白，为什么每次在她觉得幸福、快乐的时候，路语蕊就会出现，并且带着她独特的杀伤力将安夏瑶击溃，让她成为炮灰。

叶致远说，他爱安夏瑶。

安夏瑶信了。

叶致远说，他会给安夏瑶解释。

安夏瑶也信了，并且带着忐忑的心情在家等着他回来解释。

可是等不到的失落，让她越来越悲伤，柔软的心越来越克制不住地揪心疼痛，那些曾经在岁月里留下的残破记忆越来越鲜明地浮上安夏瑶的心头，原来不是不疼了，而是最近的幸福将那受过伤的心慢慢抚平了。

可是伤痕始终是伤痕，哪怕再好，哪怕再怎么用心地去抚平，可是一旦被揭开，还是会那么鲜血淋漓。

十七岁的那年，安夏瑶为叶致远撕心裂肺地痛过。

二十七岁的今晚，安夏瑶再一次感觉到那绝望的疼痛席卷她的全身，让她丝毫没有抵抗能力。

安夏瑶，叶致远，路语蕊，这三个人，好像一直是剪不断理还乱。

十年前是，十年后，兜兜转转，逃离不了这个怪圈。

可是，三个人的电影迟早要散场，能走下去的两个人是落幕，不能走下去的还是分开。

十年前，安夏瑶毫不犹豫地选择了分开，因为她年轻，她伤得起。可是十年后的今天，她彻底茫然了，不敢再轻易地做出选择，因为她不再是一个人的事，除了肚子里的宝宝，还有两个家庭，每一样都伤不起。

安夏瑶深深地叹息了一口气，眨巴着黑眸，默数着时间一分一秒地过去，门始终没有打开，而叶致远最终也没有回家。

当一个女人目睹自己的老公跟旧情人在偷偷约会，并且夜不归宿的时候，会想些什么？

安夏瑶不知道，她不敢想，也不能想，不然她怕自己会崩溃，会疯狂，会想不开……但是安夏瑶清楚自己的心，就在等待中慢慢地关上了门。

如果说这一晚给安夏瑶感触最深的是什么，那就是在绝望跟等待中游荡，在痛苦跟煎熬中徘徊，很受伤，也很绝望。

无数次叹息，深呼吸，安夏瑶揉了揉酸涩、肿胀的眼，没拉窗帘的窗外，天空已经灰蒙蒙了。

她等了叶致远整整一个晚上，心急如焚地等叶致远回来解释，可是她什么都没有等到，甚至连她自己的心也丢掉了。

看了看凌晨四点十分收到的陌生号码信息，看到那张照片，安夏瑶只觉得心瞬间就不疼了，麻木了，也结冰了。

安夏瑶从床上起身，轻轻地抚摸着自己的小腹，那里有一个小小的生命，才第十九天，本来很欢喜的事，可是瞬间就变得那么无奈。

如果安夏瑶没跟七七去唱歌，她就不会遇到叶致远跟路语蕊，那么至少她在知道怀孕的消息后，会跟叶致远欢喜几天，甚至更长时间。

可是现在的事实，安夏瑶先是遭遇了叶致远跟路语蕊的暧昧约会，接着知道了这个来得不是时候的小生命，一切顺序都颠倒了，感觉就变了。安夏瑶静静地站在窗前看着晨曦微露的阳光一点点一点点透过云层，渐渐地渲染天边，然后柔和地照射在大地上，金黄色的光芒是那样的柔和、温顺，可融化不了她的心。

安夏瑶环视了下屋子,然后简单收拾了下自己的行李,将钥匙放在餐桌上,毫不犹豫地拉上门出去。

经过上次回娘家事件后,安夏瑶不敢再回家,免得父母担心,只能给七七打电话,"我现在过去找你。"

叶致远摸着宿醉后头疼欲裂的脑袋在酒店醒过来,掏着没电关机的手机,懊恼地捶打了下脑袋,昨晚他被路语蕊灌多了,还好看这样子他的清白还在,只是答应了要向安夏瑶解释,结果忘得干干净净。

不过叶致远想着,反正自家老婆,也不差这一晚,所以他快速地从床上起来,看到桌子上留了一张纸条,是路语蕊清秀的字迹,"叶致远,其实我想起了一切。这次我故意回来,只是知道了你们要结婚的消息。我见不得你们幸福,所以昨天的一切都是我故意安排的,这是你们欠我的。如果你们还能在一起,我会带着未婚夫过来喝喜酒。如果你们不能在一起,那么请你深深地记得我,为了你,我死过。"

叶致远懊恼地将那张纸随意往口袋里一塞,然后以最快的速度赶回家。

家里安安静静的,叶致远的心慢慢沉了下来,快步走进卧室,床上整整齐齐,他幽深的黑眸快速地扫了一眼,敏感地觉得似乎有什么不对劲。

叶致远将手机充上电,就开始打安夏瑶的电话,"对不起,您拨打的电话已关机。"不死心地又拨了一遍,依旧是"对不起,您拨打的电话已关机"。

叶致远看到洗手间属于安夏瑶的化妆品不见了,心蓦地沉了下,又看到餐桌上的钥匙,他终于不淡定地给安家爸妈打电话,不过为避免老人担心,他还是理智地说:"爸、妈,忙什么呢?"

一如既往,安妈妈接了他的电话,欢喜地问:"致远啊,你跟瑶瑶这周要回来吃饭吗?"

叶致远一听这口气,就知道安夏瑶没回家,不由得泄气,但还是温和地说:"嗯,要回去的,妈,我上班去了,回头聊。"

叶致远甚至都来不及听安妈妈的叮嘱,就快速地挂断电话奔了出去。

七七神采奕奕开门的时候,就看到安夏瑶一脸的颓然跟落寞,眼尖地发现她手里竟然提着行李,不由惊诧地问:"瑶瑶,你怎么了?"把安夏瑶的行李接了过来,"怎么回事,你玩离家出走?"

安夏瑶深吸了一口气,用沙哑的嗓子说:"我有点累,想好好睡一觉,你身份证给我,我去酒店开个房间住。"

安夏瑶不傻,她有多少朋友,叶致远清楚。她知道她来七七这,叶致远很快会找来,但是她用自己身份证开酒店的话,就凭叶致远的能力,还是能轻松找到。

因为七七只是她的笔名,她的真名,安夏瑶自己都忘记叫什么了,所以用她的相对来说很保险。

"瑶瑶,你真离家出走?"七七看安夏瑶竟然要拿她的身份证去住酒店,不由得有些傻眼,看来安夏瑶短时间内跟叶致远是不准备见面了,不由得关切地问,"昨天,叶致远回家跟你解释了什么啊?"心里暗自猜测叶致远跟安夏瑶到底说什么了，害得安夏瑶这样狼狈地离家出走。

莫非叶致远跟路语蕊真的在一起，要安夏瑶主动退位？七七想到这，忙催促着问安夏瑶："你倒是说句话呀，要急死我呀？"

"你先把身份证给我，我们去酒店说。"安夏瑶也不打算瞒七七，所以催促道，"我现在真的很累，再不好好睡觉，我肚子里的宝宝就要抗议了。"

一听安夏瑶提到宝宝，七七忙奔进房间，拿了她的包包，帮安夏瑶提着行李，"走，我们去酒店。"

一路上，七七还是不停地追问："昨晚叶致远到底说了什么？"

安夏瑶终于不耐烦地用沙哑的嗓子说："他昨晚压根就没回来。"

"啊？"七七傻眼，忙为叶致远开脱道，"他是不是公司有事加班什么的给耽误了呀？"

安夏瑶正色地看着七七，嘴角扯着苦涩的笑容，"虽然我也很想为他这样开脱，但是事实上，他昨晚跟路语蕊在酒店。"安夏瑶似乎是花了很大的力气，非常艰难地把这句话给说完，接着深吸了口气，很努力地将在眼眶打转的眼泪给逼了回去。

"不是吧？"

安夏瑶没有再解释，她把手机递给七七，"你自己看，路语蕊给我发的信息。"

七七将信将疑地打开安夏瑶的手机，查看了下信息，还真的是叶致远跟路语蕊暧昧地躺在床上自拍，虽然不是艳照，但是那寓意不言而喻。

七七把手机递还给安夏瑶，忧心地问："瑶瑶，那你现在准备怎么办？"

"现在我的脑子很乱，我也不知道怎么办。"安夏瑶疲倦地靠着七七，"我想了一个晚上，可是我什么都没想出来，我现在很累、很困，就想睡觉。"

七七温柔地拍了拍安夏瑶的肩膀安抚着，"放心吧，船到桥头自然直，不直也撞直。"

安夏瑶轻轻地扯了扯嘴角，缓缓地闭上酸涩的眼，任由心头那苦涩的滋味弥漫整个五脏六腑。

到了酒店房间，安夏瑶埋头睡下。

七七看着安夏瑶疲倦的样子，也不再多话，很安静地翻看手机里的小说，等安夏瑶醒来再好好跟她聊聊，毕竟安夏瑶现在的情况，七七不敢丢下她一个人。

直到华灯初上，安夏瑶才打着哈欠醒来，看到在一旁沙发上打瞌睡的七七，心里微微生出几分感动来，有时候这样的姐妹比男人靠得住。她轻手轻脚地去浴室梳洗了下，再次出来的时候，脸色虽然还是不怎么好，不过比起早上濒临死亡的状态，算是恢复了几分人气。

七七睡眼惺忪地打着哈欠醒来，打了个招呼："瑶瑶，我叫外卖了，明天我给你煲个鸡汤来，你脸色实在太差了，要补补。"

安夏瑶苦涩地笑着，"七七，谢谢你。"

"得了，都什么时候了，还跟我客气。"七七没好气地撇撇嘴，"还有，你难过，笑不出来就不要笑了，笑得比哭还难看。"

七七叫了一桌子的菜，可是安夏瑶真的没有任何胃口吃东西，端着饭碗慢慢地数着米粒吃。

七七忍了几次，终于忍不住搁下筷子，看着安夏瑶，"瑶瑶，你不想吃？不喜欢这些菜？"

"我实在没胃口。"

"没胃口也得吃，你不吃，你肚子里那个也得吃，要不然营养跟不上怎么办？"七七猛给安夏瑶碗里夹肉跟菜，"你可以折腾感情，可以折腾男人，甚至可以折腾你自己的心情，但是不能折腾自己的身体，也不能折腾自己的胃。因为你身体的每一样器官，包括每一个毛细孔，都是父母给的，不是你自己的。你伤了，你父母得多难过呀。"

安夏瑶知道七七是想安慰她，不由得点点头，"我知道。"然后，强迫自己开吃。

等吃完收拾完，七七看了看时间，晚上九点多了，安夏瑶的神色又开始神游，她本来想回去，也不敢回去，安静地陪着安夏瑶。

安夏瑶站在大窗口，看了看漫天的繁星，低声感慨："等待是那么的不容易，伤害却是那么轻而易举。"

她用十年空白的感情来坚守自己的心，用来等待一个敲开自己坚硬外壳的人，好不容易感情在时间的累积下慢慢地升温了，可是还没来得及幸福，它就遇到了狂风暴雨。

结局会是什么样，安夏瑶现在也不知道，因为她能猜到开始，但是每一种爱情都有不同的结局。幸福有幸福的不同，悲伤有悲伤的不同。

"瑶瑶，其实也没那么悲观。"七七顺着安夏瑶的视线眺望着星空，看着闪亮的星星，"不管你跟叶致远吵架也好，分开也好，你至少能名正言顺地有个属于自己的宝宝。这个宝宝可是从你身上掉下来的肉，首先在你的肚子里像个种子一样慢慢发育成形，然后你会看着他一点一点地长大，从会爬到走路、说话，然后慢慢长大。以后你笑，他会跟着你笑；你哭，他会给你递面纸安慰你，让你别哭；你被人欺负了，他还会保护你……"七七尽可能地描绘着贴心宝宝的可爱样，目的很简单，不想让安夏瑶伤害自己，让她在这次婚姻保卫战中，能够为了宝宝，勇敢地去面对路语蕊这个第三者，坚决捍卫自己的婚姻，果断地击退语蕊这个第三者。击退之后，再跟叶致远好好算账，敢爬墙偷吃，暴打他到呕吐为止。

在七七眼里，路语蕊是女神又怎么样？叶家的家谱上，安夏瑶才是正房儿媳妇，红本本上，安夏瑶才是叶致远的配偶，有这么强硬的后台，什么女神，要多远滚多远去。

安夏瑶被七七所描绘的宝宝给迷住了，她摸着平坦的肚子，无限憧憬地说："是啊，我还有宝宝，我怕什么？"即使真的丢了宝宝的爸爸，还有属于自己的宝宝。

看着安夏瑶的心情似乎稍微好了那么点，七七犹豫了下，还是忍不住问："瑶瑶，你想过离婚吗？"

虽然现在的局面安夏瑶很难过，但爱情还是让人很难忘，或许以后叶致远跟路语蕊要光明正大地在一起，会逼迫安夏瑶离婚，她可能会离婚，但是现在安夏瑶轻扯了下嘴角，扯出一抹僵硬的笑来，"说实话，昨晚想了很多，唯一没有想过的是离婚。如果叶致远要离的话，至少也得等我生完宝宝。"

"瑶瑶，既然你不想离婚，那么你必须为宝宝而战。"七七一本正经地看着安夏瑶说，"你不能生了宝宝再给路语蕊让位，要是叶致远不把宝宝给你怎么办？要知道这宝宝虽然是你生的，但是他也出种子有份的，难道你想让宝宝受路语蕊那个后妈的虐待?"

安夏瑶嘴角抽搐了下,有点哭笑不得地看着七七,也只有七七在安夏瑶心情如此差劲的时候还能陪着她,想尽办法安慰她,卖力逗她笑,不过安夏瑶确实是没心情笑,"七七,我现在心情好了很多,没事了,你先回去吧。"

安夏瑶只是想一个人静静地待着,一个人慢慢地把所有的事想一遍,不管好的,还是坏的,开心的还是伤悲的,那是安夏瑶跟叶致远两个人的事情,再好的姐妹也介入不了。

七七自然是明白的,在安夏瑶这件事情上,姐妹再好,只能陪着伤悲,尽力安慰,最后做出决定的只能是她自己。七七不由得挥了挥手,"那我先走了,明天给你送吃的来,你乖乖在这里,哪都不许去,知道不?"

安夏瑶乖巧地点了点头,答应了下来,不放心地叮嘱道:"你不要告诉他我在这里,也不要告诉他我有宝宝了。"

七七点了点头,拉上门,长叹了一口气,心里默默祈祷安夏瑶跟叶致远能够熬过这一关,早日雨过天晴吧。

安夏瑶跟叶致远是经过双方父母祝福的,国家法律认可的夫妻,他们之间要真想分开,也不是那么容易的。只不过安夏瑶遇到路语蕊这个完美女神,她就不由自主地自卑,然后落荒而逃。七七除了给她打气,让她克服自卑,勇敢面对以外,也不希望这样的事一再发生,希望这次迎战之后,能杜绝后患。

人这辈子说长不长,说短不短,要是安夏瑶不克服遇到路语蕊就退缩的毛病,以后那才叫麻烦不断呢,毕竟路语蕊是活的,说不定什么时候就遇到了。

即使安夏瑶亲眼所见叶致远跟路语蕊背着她悄悄约会,即使路语蕊能把她跟叶致远在酒店拍的暧昧照片发给安夏瑶,但是不知道为什么,七七这个旁观者却始终认为叶致远跟路语蕊之间是没有任何暧昧的,那是一种说不清楚的直觉,当然也是有事实依据的,如果叶致远真跟路语蕊有什么暧昧的话,那他何必对安夏瑶死缠烂打?如果只是玩玩,没必要拉着家长拐她去领证结婚。要知道对叶家来说,叶致远离婚的话,也算是一件丑闻,要付的赡养费可不是小数目,叶家钱再多,也没必要撒了金钱再搞臭名声?

再说了,那天叶致远确实发信息安抚安夏瑶,只不过迟了一晚来解释,这一晚有很多原因可以解释,安夏瑶太过敏感而已,安夏瑶面对路语蕊太自卑。

如果叶致远真跟路语蕊有什么,也不会挑在准备酒席之前的半个月,难道他还想临时换新娘?当然即使他想,叶家两老在的话,也是不会允许发生那样荒唐的事的。所以七七赌叶致远跟路语蕊没有奸情,应该是有什么误会或者善意的谎言吧。

不过七七这些话也真不能跟安夏瑶说,她知道安夏瑶的脾气,这会儿她跟叶致远逆着呢,如果安夏瑶帮叶致远说话,多半要被安夏瑶列入谢绝往来户。

七七这个好姐妹做得也是相当辛苦,不过为了姐妹的幸福,再辛苦,她都觉得值得。

回到家的时候,将近十点,七七刚走出电梯,就看见叶致远神色颓然地坐在她家大门前,那一地烟头让七七善良的心微微动容了下,随即想到安夏瑶并不比叶致远好过到哪里,不由自主地叹息了一声,心里暗叫:这对祖宗冤家,看来她得做个和事佬了。

"安夏瑶在哪里?"看到七七回来,叶致远忙从地上起来，但是因为久坐腿麻，一时没站稳，狼狈地再一次摔倒。

看到意气风发的叶致远如此狼狈，也是不容易的事，七七虽然有点幸灾乐祸地想笑，但是想到当下的局面，不由故意板着冷脸没好气地说："安夏瑶不是你老婆吗？她在哪里，你来问我？是不是有点搞笑了？"刚打开门，叶致远一个箭步冲了进去，丝毫不避讳这是七七的香闺，神态焦急地进去搜人。七七也由着他去，面色淡然地稳坐在沙发上，看着叶致远小心翼翼又慌乱地将她家仔细搜了一遍，最后失落地来到她面前，恳切地问："七七，告诉我，安夏瑶在哪里？我找她很急。我欠她一个解释。"

"你找她很急？"

叶致远赶忙点了点头，"很急，很急。"

"很急，很急？"七七轻笑了出来，嘲讽道，"既然那么急，你昨晚干吗去了？"问完，不等叶致远回答，七七自己给出了答案，"你跟老情人路语蕊约会去了，不但假装不认识瑶瑶，还去了酒店，是吧？"七七看着叶致远面色不自然地尴尬，继续往死里损，"叶致远，你这样解释不用说给瑶瑶听，她不会原谅你的。"

"七七，你知道我要说的不是这个。"叶致远深吸了一口气，"虽然昨天我跟路语蕊确实见面了，并且我也假装跟瑶瑶不认识，最后甚至被路语蕊灌醉带去了酒店，没及时回家跟瑶瑶解释，但是我是清白的，也是有苦衷的，不管你信不信。我现在真的要找瑶瑶解释，你告诉我她在哪里好不好？"

看叶致远说得一脸坦荡，七七确实相信他是清白的，一个真的要出轨偷腥不爱安夏瑶的男人，犯不着对安夏瑶的好姐妹交代这么多。只是这么便宜放过他，实在让七七不解气，但是真要下手折腾吧，怕到时候最心疼叶致远的还是安夏瑶，这可真为难七七了。

叶致远看七七的表情有点纠结，不由拧着俊眉恳切地说："七七，求求你告诉我瑶瑶在哪里？"

叶致远一向高傲自负，长这么大还真没开口求过什么人，但是他知道凭七七跟安夏瑶的交情，由她帮自己说好话，更利于他跟安夏瑶的情感修复，毕竟昨天的事确实是叶致远的不对，换作任何女人都会伤心欲绝，叶致远自己都恨不得一巴掌把自己给扇死。

如果说叶歌是安夏瑶跟叶致远情感里的导火线，那么路语蕊绝对就是那颗定时炸弹。每次叶致远跟安夏瑶幸福时，她就会出现。偏偏安夏瑶不争气，只要遇到她，瞬间不战而降，丢盔弃甲，溃不成军。

叶致远此时真的是深深地心疼安夏瑶，虽然才短短一个晚上，但是对于某些人某些事来说，这一晚实在是漫长，漫长得足够抵掉他跟安夏瑶之间好不容易建立起来的点点温情。

不过现在也不是叶致远自责的时候，当务之急，最紧要的是把安夏瑶给追回来。

"七七，你是瑶瑶的好姐妹，你是想看她幸福的，对吗？"叶致远动之以情，"我爱安夏瑶，我会尽我最大的能力让她幸福。"

"可是我答应了瑶瑶不能告诉你她在哪里，你这样很为难我啊？"七七终于松口，然后皱眉看着叶致远，"你说你清白，那有证据不？有的话，我或许能帮你。"七七倒不是真想看证据，毕竟这事也不会真有证据，她只是想看叶致远这个男人对安夏瑶到底重视到什么程度。七七迟早会带叶致远去见安夏瑶的,不过叶致远的诚意决定了这个时间的长短。

叶致远没有废话,随即把路语蕊写的那张纸递给七七。

七七快速地瞄了一眼,是路语蕊清秀的字迹,"叶致远,其实,我想起了一切。这次我故意回来,只是知道了你们要结婚的消息。我见不得你们幸福,所以,昨天的一切都是我故意安排的,这是你们欠我的。如果你们还能在一起,我会带着未婚夫过来喝喜酒。如果你们不能在一起,那么请你深深地记得我,为了你,我死过。"

虽然不清楚整个事件的来龙去脉,但是确实证实了七七的猜测,叶致远跟路语蕊之间有一些说不清楚的秘密,而这些秘密得留给安夏瑶,所以她立马倒戈,拽着叶致远往安夏瑶住的酒店奔去。

安夏瑶警觉地问了问:"是谁?"

七七忙大声回答:"瑶瑶,是我,我忘记拿东西了。"

一听是七七的声音,安夏瑶忙打开门。

叶致远一个侧身率先挤了进去,随手将门大力地甩上。

七七摸了摸差点被撞歪的鼻子,嘟囔了句:"真是个急性子。"然后心情极好欢快地跳着步子离开了酒店,因为她相信,叶致远今晚一定能够抱得美人归。

看着强挤进门的叶致远,安夏瑶瞬间愤怒了起来,张牙舞爪地怒吼:"你来干吗?"接着准备开门跑出去。

叶致远眼疾手快一把顶住门,一把拽着安夏瑶,"老婆,你听我解释好不好?"

"哼,你现在知道叫我老婆了?"安夏瑶听到这话,忍不住冷嗤了下,"昨天在路语蕊面前,你怎么不说我是你老婆呀？你不是不认识我吗？"

"老婆，对不起，我混蛋，我该打，"叶致远拽着安夏瑶的手往自己俊脸上狠狠地抽了一巴掌，"但是你听我解释好不好？"

安夏瑶忙捂着耳朵摇头，大声叫："我不听，我不听，我不听！"

叶致远猛一把将安夏瑶拉到怀里，用力紧紧地抱着她，"老婆，不要离开我。"

安夏瑶则是气恼地拳打脚踢，在叶致远怀里好一阵闹腾，看他纹丝不动，不由得张嘴在他的肩膀上狠狠地咬了一口。叶致远疼得有些龇牙咧嘴，但是并没有甩开安夏瑶，拧着俊眉看着她苍白的俏脸，心里带着心疼和愧疚。安夏瑶用了全身最大的力气咬下去，没一会儿，隔着衣服她的嘴里弥漫了淡淡的血腥味，而她的牙关也开始发酸，才松开了叶致远，深吸了一口气，垂下眼睑，低低地说："叶致远，我现在不想看到你，也不想听你任何解释，你走吧。"

叶致远拉着安夏瑶的手贴到自己胸口，眸光灼灼地看着她，"老婆，虽然昨天的事，无论我解释什么都无法弥补你受到的伤害，但是我真的想解释给你听，因为我爱你。"

"你爱我？"安夏瑶笑中带泪地抬眼看着叶致远，"十七岁那年，你说你爱我，我信了。"哽咽了下，安夏瑶委屈地说，"可是转过身，我却看到你跟路语蕊在接吻。"她再一次哽咽，自嘲地笑了笑，"全世界的人都以为我劈腿甩了你，甚至你自己也是这样觉得的。可是叶致远，明明就是你跟路语蕊先勾搭的，那我凭什么做你们感情世界里的炮灰呀？"安夏瑶终于把憋了十年的委屈说出来。房间内昏暗的灯晕映照着叶致远俊朗的五官,此时他幽深的眸子里流转着一种忧郁,看着泪流满面的安夏瑶,心头不由得一阵柔软,歉意地说:"老婆,真的对不起。"

"你别跟我说对不起,道歉有用,要警察来干吗?"安夏瑶抬着满是晶莹泪痕的俏脸看着叶致远,眼泪克制不住地往下掉,哽咽着继续说,"二十七岁的我,你说你爱我,我又信了,可是你却背着我跟路语蕊暧昧,竟然当着她的面不承认我这个老婆,当我是陌生人。"安夏瑶说得委屈,抽噎得差点就喘不过气来,"你说你会给我一个解释,要我乖乖在家等你,我还是相信了。"安夏瑶胡乱地用手背抹了一把如掉线的珍珠似的眼泪,继续控诉,"可是你,叶致远,你让我整整从傍晚六点等到了清晨六点。"深吸了一口气,安夏瑶凄凉地笑了起来,大声地质问,"你跟路语蕊在酒店厮混,叶致远,你还有什么脸来见我跟我解释?"

叶致远被安夏瑶这番控诉说得鼻尖酸涩,心里涩涩地透不过气来,但还是正色地看着安夏瑶,深吸了一口气,拧着俊眉一字一句地说:"老婆,今天我会把所有的事跟你解释一遍,你听完了,再考虑要不要原谅我,好不好?"

或许是叶致远的表情太过凝重,或许是这样的气氛有些煽情,或许是他的话真切地触动了安夏瑶柔软的心,不管要不要原谅叶致远,至少听他解释一遍,安夏瑶也能给自己的心一个交代,她收住眼泪,吸了吸鼻子,将眼角的湿润逼了进去,面色淡淡地端坐在了沙发上,看着叶致远,"好吧,你解释吧。"

叶致远在安夏瑶的对面坐了下来,他的黑眸深沉地看了安夏瑶半响,才无奈地叹息了一声,温润地开口:"我先从十七岁那年的事说起吧。"

安夏瑶点了点头，毕竟那段炮灰生涯一直是她心中无法磨灭的痛，也因为那段该死的炮灰生涯，深深地让安夏瑶有一种说不出来的自卑感。

"我承认，在转学之前，我追求过路语蕊。"叶致远开场很坦白地说，"不过被她以她妈妈说了要好好学习，天天向上，不能谈恋爱的借口拒绝了。"

安夏瑶没有接话，这些她大概还是能拼凑得起来。虽然十七岁过去很久了，但是在安夏瑶的心里，往事历历在目，清晰得就好像是发生在昨天一般，听着叶致远继续说："我脾气烈，好面子，被拒绝了，感觉很难堪，所以不肯去上学。"随即叶致远勾着嘴角，对安夏瑶笑了笑，"其实那时也是年少轻狂，感觉自己下不来台，去学校会被人嘲讽。"说着，叶致远又叹息了声，"可我爸妈不那么认为，他们以为我学坏了，不肯上学，于是不顾我的抗议直接帮我转学了。"

"所以你交白卷，故意做问题少年？"安夏瑶忍不住插话，她想到叶致远第一次转学来班级的场景，还有第一次跟她坐同桌，把她气哭，又小心翼翼哄她的样子……

其实那些回忆真的很美。因为人的青春就那么短，能留住的真不多。

叶致远看安夏瑶愿意接话，心情微微振奋了下，接着说："我承认一开始我不喜欢你，虽然你长得可以，但是戴着个牙箍，真不算漂亮。"见安夏瑶怒瞪叶致远，他不由得求饶道，"你别生气嘛，我只不过实话实说。"

"跳过这段，讲重点。"安夏瑶对她那段牙箍时期耿耿于怀。

叶致远耸了下肩膀，勾着嘴角笑了笑，"不能跳过，因为这是重点。"眸光灼灼地看着安夏瑶，"虽然你不是最漂亮的，但是你的心地很善良，你真诚地跟任何人相处，你笑起来的样子最为动人，眉眼笑得弯弯，嘴角会有两个酒窝，当然没有牙箍，就真的是微微一笑很倾城了。"

安夏瑶的心里有些欢喜，看着叶致远，板着脸道："继续说。"

"我跟你接触的时间越长，越喜欢你，我的心里、脑子里满满的都是你。"叶致远款款深情地看着安夏瑶，"但是我好面子，我被拒绝过，我怕你拒绝我，我会想不开。"

"你说假话了。"安夏瑶认真地看着叶致远，"你被我拒绝过很多次，可你没有想不开过。"

叶致远嘴角抽搐了下，一本正经地说："第一次你拒绝我的时候，我确实很想不开，我当时都想着要放弃了。"叶致远悄然地扫了一眼安夏瑶，听她忍不住问："那为什么没放弃？"

"我是想，我魅力这么大，你一个小小的牙箍妹都搞不定，我以后还怎么在江湖上混？"叶致远说完，毫不意外地得到安夏瑶赏赐的两个大白眼，但是他继续说，"我就越挫越勇，后来你越是拒绝我，我越是不放弃，一定要追到你。"这一招，在重新追二十七岁的安夏瑶依旧有用。

"叶致远，我今天没心情跟你叙旧，我们从你跟路语蕊暧昧开始说吧。"安夏瑶知道，越是听她跟叶致远曾经激情飞扬的故事，她就越没办法淡定面对叶致远，毕竟那是她年少时期最纯、最深、最爱的人。

叶致远认真地想了想，带着点无辜说："我跟路语蕊其实并没有暧昧过。事情很简单，我转学之后，她发现自己喜欢我，就追着我。那时候你也知道，我对她并没有好脸色，而且后来我是真的很喜欢你。所以安夏瑶，你才是我真正的初恋女友。"

安夏瑶的心又不淡定了，她看着叶致远气呼呼地道："没有暧昧，你跟她接吻？叶致远，你也太随便了吧。"

叶致远拍着脑袋，拧着俊眉看着安夏瑶，认真地说："我跟她真没接吻，要非说有，那就是我们分手那天，她跟我告白，我没答应，她就扑上来强吻我，我愣住了，后来我推开她，也跟她解释清楚了。她一直以为我跟你在一起是故意气她来着，其实不是，她算什么啊？我叶致远好马不吃回头草的，还别说是送上门的回头草。"说完，缓了缓气，哀怨地看着安夏瑶道，"谁知道，我走下楼的时候，却发现你……"叶致远恼羞成怒地顿了顿，"你竟然跟别的男人抱在一起。安夏瑶，你是我的女人，身边不能有除了我以外的任何异性，所以我被气死了，然后就情绪失控，口不择言，行为不受控制了……"叶致远说到这，看到安夏瑶不自然的神色，后知后觉地问，"安夏瑶，你该不会是看到路语蕊强吻我，以为我跟她暧昧，才故意弄一顶假绿帽给我的吧？"

安夏瑶痛苦地闭眼点点头，又好气又好笑，事实的真相竟然是这样？

叶致远也感慨道："没有想到我们分开竟然是这么莫名其妙。"说完，暗自为错过的十年而惋惜。

"叶致远，十年前的事，我们也算解释清楚了，过去的就让它过去吧。"安夏瑶心里同样感慨，但是此时更重要的事还没处理，所以她看着叶致远，"昨晚的事，给你一次解释的机会。"

叶致远看着安夏瑶点点头，"十年前我跟你莫名其妙分手的事,确实解释清楚了,但是我要跟你说路语蕊的事,并且为我昨天的所有行为做一次辩白。最后原谅不原谅,就看你。"

"说吧。"虽然安夏瑶不是很想听路语蕊的事,但是既然有关昨天的事,她不得不耐着性子听。

"跟你分手后,我是真的受伤了,气愤地转学,路语蕊也跟着我,一直死缠烂打地追着我。"叶致远有点头疼地说,"她追了我整整三年,甚至我爸妈都知道,但是我一直没办法忘掉你,忘记我们曾经的过去。你是我最美、最初的爱跟心动,我一直不甘心就这样被你给甩了。所以当最后一次拒绝她,我狠下心说这辈子我只爱安夏瑶一个,不会再爱任何女人了,她伤心地选择了割脉自杀。"

安夏瑶蓦地瞪大了眼睛,显然被震住了。

叶致远缓缓地说:"手腕上割开了五厘米的口子,血流了大半夜,被人发现的时候,大脑已经休克,后来抢救过来,但是因为大脑失血而休克的缘故,她选择性地失忆了。"叶致远缓了缓气,"她记得转学的事,记得同学,记得老师,记得我,但是她忘记自己深爱过我,为我自杀的事,也忘记我跟你恋爱过。她把我当哥哥一样依赖。我对她是有愧疚的,毕竟她是因为我自杀,不过我对她仅仅是愧疚,没有爱情。"生怕安夏瑶误会,叶致远忙急切地解释。

安夏瑶的嘴巴惊讶地张着。

叶致远不紧不慢地说:"医生说她很偏激,如果再受刺激,想起了什么,或许还会再次自杀,所以我用最快的时间把她送出国。这几年,她也生活得很好,有一个疼爱她的未婚夫。"叶致远停顿了下,"我一直害怕刺激到她,然后让她想起什么再追求我,或者发生悲剧,所以最近她从国外回来度假,我都是偷偷摸摸地陪着她玩,也不敢告诉她我跟你要结婚的事。"

叶致远看到安夏瑶似乎动容的表情,试探地坐到她身边,拉着她的手,认真地说:"在唱歌的地方遇到你是意外,假装不认识你,我是害怕她想起什么。老婆,你要相信我,我真的不想在我们婚礼之前有任何事情发生,所以我那天想把她哄回国外。"

叶致远说到这,语气变得愤愤不平,"可是我真不知道她已经恢复了记忆,还摆我一道,故意把我灌倒带去酒店。"说完,叶致远忙正色地看着安夏瑶,"虽然我跟她去了酒店,但是老婆,请你相信我,我真的是清白的。"

安夏瑶的心再一次错乱了,虽然事情的真相有点狗血,但是她爱叶致远,所以选择相信他。只是现在异常心疼自己,昨晚到今天掉了那么多的眼泪,伤了那么多的心。

如果安夏瑶对路语蕊不是那么敏感,如果安夏瑶自信一点,她就不会落荒而逃,那么她就不用那么伤感、难过了。

虽然叶致远已经将事实全部解释清楚,安夏瑶也毫不犹豫地原谅他,可是她那被伤过的心,那曾经破碎过的心,是不是真的能够一笑而过,跟叶致远重新幸福地在一起吗?

叶致远看安夏瑶咬着唇沉默起来,有点急了,生怕安夏瑶不相信似的,"老婆,你一定要相信我,我说的都是真的。"说完,叶致远忙在身上找了一圈,然后把路语蕊写的纸条给安夏瑶看,"这是我被黑的证据。"安夏瑶认真地看了一遍,是路语蕊清秀的字迹,"叶致远,其实,我想起了一切。这次我故意回来,只是知道了你们要结婚的消息。我见不得你们幸福,所以,昨天的一切都是我故意安排的,这是你们欠我的。

如果你们还能在一起,我会带着未婚夫过来喝喜酒。如果你们不能在一起,那么请你深深地记得我,为了你,我死过。"

"老婆,我真的是被冤枉的,你相信我的对不对?"

安夏瑶点了点头,"虽然我相信你,但我还是没办法轻易地原谅你。"安夏瑶深吸了一口气,看着叶致远,伸手指了自己心脏的位置,"这里,为你痛心了一个晚上,从等待、失落到绝望跟心死,我很想一笑而过,可是它结冰了,不再热切,不再有温度。"

叶致远拉着安夏瑶的手,含情脉脉地说:"老婆,我知道我错了,你原谅我这次好不好?"

"叶致远,不是我原谅不原谅的问题。"安夏瑶轻轻地摇了摇头,叹息了一声,"虽然你觉得你的解释只是晚了一个晚上,但是很多事已经变了,尤其我的心在这个晚上对你彻底冷了。我是爱你,但是想到那些误会跟伤害,我就不敢轻易再去爱你,因为爱你心好疼。"叶致远拧着俊眉看安夏瑶的神色不像是说笑,不由得感觉他的心也闷闷地透不过气来,张开双臂温柔地拥抱着安夏瑶,"老婆,你的心结冰了没关系,我用我火热爱你的心慢慢将冰融化,我一定会重新温暖你的,你相信我好不好?"说完,轻轻地在安夏瑶的额头上落下一个吻,"老婆,我爱你,真的很爱很爱。从最初的开始是你,到现在还是你,未来依旧是你。"

安夏瑶的心又被感动得冒着气泡,看着含情脉脉盯着她看的叶致远,她轻轻地咬着唇,不敢轻易地说不好,也不敢说好,她还是有点犹豫。

幸福来得太猛烈的时候,受过伤害的人会比没受过伤害的人更多一丝谨慎,毕竟撕心裂肺痛过的人不会再想着要去痛第二次，但是又无法抵挡住爱情的诱惑，毕竟爱情太美，滋味太妙。当你有过刻骨铭心的爱情之后，就好似沾染了罂粟，既害怕爱情带给的伤害，但是又期待下一次更加凶猛的沉沦。

叶致远眸光幽深地看着安夏瑶，紧紧地搂抱着她，亲昵地用下巴顶着她的额头，温柔地说："老婆，过去的事，我们都过去了好不好？以后我会加倍对你好的。"

过去的事真的能够过去吗？真的能够一笑而过不去计较吗？

安夏瑶不知道，但是她想让宝宝看到幸福的未来，而她的幸福一直在她最爱的男人身上，所以她最终还是轻轻地伸手主动地环抱住了叶致远的腰身，将俏脸深深地埋在他厚实的胸膛中，低低地说："叶致远，我有了。"

叶致远因为安夏瑶的主动拥抱而兴奋起来，毕竟雨过天晴，他们夫妻总算是见彩虹了，而这些郁结在叶致远跟安夏瑶心中埋藏了十年的误会，也都清楚地扫除了。现在他跟安夏瑶的心，都装满了对彼此深深的爱意跟眷恋，以后的生活，会在磕磕碰碰里继续幸福，一路相携。

叶致远真的欢喜得恨不得抱着安夏瑶满地打滚，摇旗呐喊"我们会幸福一辈子"，后知后觉地反应过来安夏瑶说的那句话，忙激动地拽着安夏瑶的手问："老婆，你有了？"

安夏瑶羞涩地看着俊脸上带着兴奋的叶致远，嘴角遮掩不住笑意地点点头，开心地说："今天是第十九天。"

"真的？"叶致远瞬间欢快地把安夏瑶抱起来转圈圈，"老婆，你真伟大。我要做爸爸了，我竟然要做爸爸了！"

安夏瑶被他转了几圈，不由得头晕眼花，忙叫道："停停，停，叶致远，我会吐的。"

叶致远一听，忙小心翼翼地把安夏瑶放在地上，接着把俊脸凑到安夏瑶平坦的小腹上，傻乎乎地说："我要听听看，这里有我的宝贝儿子呢。"

"你怎么知道是儿子？万一是女儿呢？"安夏瑶看着叶致远问，"你是不是重男轻女？"

"没有，我只是随便说说，要是女儿，那更好啊，女儿是爸爸贴心的小棉袄。"叶致远笑得眉眼弯弯，眼角荡漾着幸福的笑纹。

叶致远，虽然我们彼此空白了十年，但是庆幸我们再次遇到了彼此，我们的心依旧为彼此留着位置和名字，我们弥补了这十年的青春。我们很幸运，感谢命运，感谢上苍。在我以后的岁月里，我会更加坚定、勇敢地走下去。

感谢你终究是爱我的，感谢我的不忘初心，方得始终。